JN033841

# 谷川俊太郎 私のテレビドラマの世界

## ――『あなたは誰でしょう』

著＝谷川俊太郎
編＝瀬崎圭二

ゆまに書房

巻頭文

# 確かな幻

谷川俊太郎

父が初めてヨーロッパに旅した時、土産にムビコンという8ミリのムービーカメラを買ってきてくれた。詩と関連して写真は撮っていたけれど、8ミリのムービーが詩と結びつくとは思えなくて、ムビコンはグッドデザインのハードウェアとして楽しんだだけだった。機械好きの私はその後も16ミリのカメラを買いこんだりしたが、いわゆるホームムービーの断片が残っただけで、自分ひとりで映画を撮るという夢は、中途半端に終わった。

だがそんな経験と、依頼されて記録映画の構成に関わったことなどが、私がテレビドラマの世界に興味を抱くきっかけになっていたかもしれない。

＊

舞台の袖から白ずくめの雪女が
半身をのぞかせた
見えている半身よりも
見えない半身が恐ろしかった
役者が演じている事実ではなく
雪女がそこにいる真実が
幼い私には現実だった

そんな切実な恐怖を覚える機会は
成長するにつれて失われ
いわゆる赤毛ものの嘘くささが
若い私を「ドラマ」から遠ざけた
だがその「嘘」は言語の宿命なのだと
詩を書き続けているうちに私は気づき

言葉にひそむ自由を身につける術を覚えた

欺くのも言葉だが
真実への道筋を指差すのも言葉
活字ではなく人体に生まれる「声」は
電子メディアが生む「映像」とともに
私たちの日常とほとんど同じ次元の
生き生きしたリアリティを獲得し
さらに夢想空想妄想の宇宙にまで拡散している

# 目次

# 目次

インタビュー

# 「テレビドラマをつくっていた頃」

聞き手：瀬崎圭二

『祭』（1962）ロケハンにて。左より、森開逞次、黛ひかる、石崎二郎、谷川氏。

## 【放送業界にかかわり始めた頃】

――よろしくお願いいたします。私は日本近現代文学を専門に研究しておりまして、五年ほど前からテレビ草創期におけるテレビへの文学者のかかわりについて調査し始めました。現在ではあまり知られていないことなのですが、谷川さんはその頃、実際にテレビドラマ制作にかかわっていらした文学者の一人でした。テレビの完全デジタル化が進んだ結果、巷からブラウン管のテレビが姿を消すようになり、もはやテレビも一つの歴史となったようなところがあると思います。研究の世界でも、演劇や映画、ラジオといったメディアと文学との関係を問うことが当たり前のようになってきましたが、比較的軽視されがちなテレビと文学との関係を問うこともできるのではないかと思い直しました。テレビ放送が開始された頃、文学者はこのメディアに大きな期待を寄せていたかもしれない、それを問い直してみたいということもあります。これまでに、安部公房、椎名麟三が脚本を書いたテレビドラマを実際に視聴し、谷川さんがお書きになられた「あなたは誰でしょう」も拝見しました。その他、テレビをめぐる座談会で谷川さんもご一緒されたことのある佐々木基一や寺山修司の存在も重要だと考えています。まずは、この当時のこと、ラジオやテレビの業界で仕事をされ始めた頃の谷川さんの状況についてお話をおうかがいできれば、と思います。

**谷川**　まず民間放送が出来始めたのが一九五〇年代の始めですよね。その頃から、ラジオドラマの脚本を詩人に委嘱するということがけっこうあったんですね。で、人気のある帯ドラマの書き手はけっこういたんだけれども、単発のドラマ枠というのがあって、その枠に、詩人たちが生活費稼ぎで書いていたんですよね。それが始まりで、その流れでだんだんテレビに行ったというのが僕の場合ですね。我々の仲間ではけっこうそういう人が多いと思いますね。ラジオドラマで始まって、テレビができて、ラジオドラマの制作からそのうちテレビも書くようになったケースです。確か、当時、日本教育テレビ、NETというのがありましたよね？　あれが始まったときに羽仁進さんたちが参加していたかと思うんですが、そのときに僕が短いドラマを書いたのがテレビドラマを書いた最初だと思うんです。で、その背景として詩人たちの間に詩劇、詩的なドラマに対する関心がけっこうあって、それはイギリスのディラン・トマスのUnder Milk Woodとか、けっこう有名なラジオドラマが出て来ていたときで、そういう影響を受けていたんですね。確か有吉佐和子さんのような作家も詩劇に関心があったり、思想家では福田恆存さんも詩劇をお書きになっていたりしたんですね。で、我々も普通のリアリスティックなラジオドラマじゃつまんない、せっかく詩を書いているんだから、詩劇の方に行こうじゃないかという動きがあって、僕もそれを目指して書いたんだけれど、僕はやっぱりドラマに向いてなくてね、あんまりいいものが書けなくて。確か、『部屋』っていう、今でも現代詩文庫に載っている短いドラマが、民放で初めて実際に映像になったものなんですね。

――私も今回調べてみたんですが、やっぱり『部屋』が谷川さんにとって最初のテレビドラマなんですね。

谷川　たぶんそうだったと思います。それまでラジオドラマはあるにしても、映像化されたのはそれが最初だと思います。

——テレビドラマの脚本を書かれた頃の谷川さんは、ラジオや演劇の脚本を書かれたり、「鉄腕アトム」の歌詞を書かれたり、映像や音楽のジャンルで活発な活動をされています。「予定表」（『毎日新聞』朝刊、一九五九年一月七日）や「新風」（『朝日新聞』夕刊、一九六一年一月二三日）に取り上げられた当時の谷川さんへのインタビュー記事を見てみますと、それは生活のためだとか、家をお建てになられて金が必要なんだとかおっしゃっていますが（笑）、ただ、そこには同時に創作上の問題意識もあって、詩をもっと他者に拡げていく、間口を拡げていくといったような意図があったのではないかと思います。

**谷川**　本当に生活のためというのはありましたけど（笑）。現実に現代詩の世界はすごく狭苦しくって、閉鎖的だとずっと感じていたんです。ですから、他のジャンルとのコラボレーションみたいな形で、間口を拡げていきたいっていうことは、わりと最初から思ってましたね。

——例えば、『読売新聞』（夕刊、一九六〇年五月二八日）に、「詩と映画、ジャズとの結合　谷川の詩中心に」という新聞記事があるのですが、これは、谷川さんが詩を朗読されて、その後ろでジャズや映像が流れているといったようなものをイメージすればいいのでしょうか。記事によると、詩は「糞真面目な人々またはノン・センセーション」といったものであったようです。

**谷川**　それは、たぶん草月会館でやってた実験的な試みじゃなかったかな。人形劇の台本を書いたりしてたんですね。それからもちろんジャズがあって。草月会館でそういう実験的な催しがあったんですね。「糞真面目な人々〜」は、舞台の作品だったかと思います。

——こういう動きは、谷川さんだけでなく、他の詩人たちにも共有されていたんでしょうか？

**谷川**　動きはあったけれども、現実に作品を作った人はそんなに多くはなかったかもしれませんね。寺山修司が出て来たときにね、彼はそういうことを活発にやったわけだけれども、彼よりもうちょっと前の世代である我々のところだと、堂本正樹なんかがそういうことをやってましたね。

## 【ラジオの仕事とドキュメンタリー】

——谷川さんが書かれたエッセイで「見失われたオウディエンス」というものがあります。これは、中部日本放送（CBC）が刊行していた雑誌『放送と宣伝　CBCレポート』（一九五九年九月）に掲載されたものです。当時、CBCは放送芸術に非常に意欲的な放送局でした。このエッセイによりますと、ラジオの仕事を始めた頃、谷川さんはこの仕事を通じて人間的なコミュニケーションが回復していくと感じ、非常にラジオに対して期待をしていたとあります。ところが、だんだん当初の期待が薄れてきて、本当にこれでコミュニケーションができているんだろうかと疑いを持ち始め、ラジオの向こうの聴取者の姿が見えないことに元気をなくされています。それでも、一緒にラジオ番組を作るスタッフを実際のオーディエンスとして考えて、そのコミュニケーションの重要性を再確認するという内容です。

**谷川**　ああ、ＣＢＣの雑誌にね、書いてましたね。ＣＢＣには放送芸術に熱心なディレクターがいてね。そのエッセイですが、僕は、最初から自分と読者との関係はすごく大切だと思っていて、詩というのは、詩人と読者との中間に成立するものであってね、詩が活字になって、どこかの雑誌に載っているだけでは、詩は成立していないと、読者という生身の人が受け入れてくれて初めて詩が成立するんだと考えていましたから、ラジオドラマも、詩の受け手としての聴衆ということをずっと考えていたと思うんですよ。詩は本当に狭い世界だったけど、ラジオだったらもっとたくさんの人が受け取ってくれるんじゃないかと。そこに日本の現代詩の生き生きした再生みたいなことがあるんじゃないかという期待はありましたよね。

――そのエッセイを書かれた後のことなのですが、当時の谷川さんが反応を示された新聞記事で、「聴取率〇・〇％が第二放送に98本」（『朝日新聞』朝刊　一九六一年一月二一日）という記事があります。ラジオの聴取率〇・〇％の番組がかなりあることに、谷川さんがショックを受けているような発言が「企業（ビジネス）への積極的発言を」（『放送と宣伝　ＣＢＣレポート』一九六一年三月）の中にあります。

**谷川**　やっぱり詩の読者は少なくても、ラジオの聴取者はもっと多いだろうという期待があったんですね。

――この頃の番組はアーカイブがほとんど残っていなくて、今回聴くことができたのが、横浜の放送ライブラリーに保存されている『或る初恋の物語　遠いギター・遠い顔』（RKB毎日放送、演出・武敬子、一九五八年三月二五日放送）と『十円玉』（NHK、演出・小林猛、一九六三年七月六日放送）という谷川さんのラジオドラマなんですが、『十円玉』は昭和三八年度の芸術祭奨励賞を取っています。ラジオの聴取者が少ないという事実を知った後も、谷川さんはラジオ番組の制作にかかわっておられたということになりますね。

**谷川**　活字で、印刷メディアで発表されるのが普通だったけど、詩というのは基本的には声であったから、朗読というのが大事なんじゃないかということを、僕はアメリカに留学していたときに向こうの人の朗読なんかを聴いて、声のメディアと文字のメディアとは両方とも同じくらい大事なんだと考えるようになってたんですね。だからラジオドラマに関しても、詩の声みたいなことをラジオドラマでどうにか出していけないかみたいな、詩の朗読とからめた肉声とか俳優の発声とかね、そういうものを同時に考えていたところはありますね。活字でしかないものを実際に俳優さんがスタジオで声にしてくれると、やっぱり活字が立ち上がってくるような気がしました。それは歌とも関係するんですけれども、自分の詩が歌になったときにね、ずっと文字よりも生き生きと立ち上がってくる感じがあって、それがやっぱり好きだったんですね。それが現代詩にとって必要だと思ってましたね。

――当時はラジオドラマについての批評も新聞によく掲載されていましたが、谷川さんのラジオドラマを評価するような記事はけっこうあります。そういうものはやっぱり創作の励みにはなりましたか？

谷川　そうですね。今はもちろんラジオドラマの批評なんてほとんどないだろうと思うんですけれども、当時はやっぱりちょこちょこ見ましたね。そういう関係のジャーナリズムもあったわけだし、雑誌もあったわけだし。詩集の批評がうれしいのと同じように、ラジオドラマ書いて、それの批評が出ればすごくうれしかったのはよく覚えています。

——先ほどお話されていたラジオドラマと詩劇との関係について、この時期、いろいろな詩人が放送詩劇の可能性を考えていたと思うのですが、谷川さんの『詩劇について——詩人の側の二、三の点』（『季節』一九五六年一〇月）の中に、「テレヴィジョンの出現によって、ラジオは音によるイメージの世界を失いました。今やラジオは完全に音そのもの、声そのもの、言葉そのものに頼るほかなくなってきている。放送詩劇は正にそういう要求を満たすものです」というご発言があります。一九五三年に放送開始になったテレビが一般に普及する以前と以後では、ラジオに対する考え方にも変化がありましたか？

谷川　どうだったかなあ。どんどん関心を失っていったのは確かですね。それで自分が参加して何かを書こうという気はなくなっていったということはありますけどね。でも、テレビドラマの最初の頃、僕は映像と言語テキストとの関係というのは、わりと初期から考えていて、ドキュメンタリー映画の脚本とかね、それから絵本のテキストとか、それから写真に物語をつけるとか、そういう注文があれば受けてたんですよね。だからテレビの場合も映像と言語テキストとの関係という感じで、絵本などと同じように入っていったところがあるんです。

——なるほど。絵本と映像とを同じレベルで考えていらっしゃるのは意外でした。では、テレビの仕事をされてから絵本の仕事を本格的にされるようになったという順序ではないんですね？

**谷川**　絵本が先かもしれないですね。つまり、いわゆる大企業のテレビ会社のテレビ番組だけじゃなくて…。例えば、レーザーディスクっていうのが出てきましたよね？　その前に僕は16ミリのカメラを買って自分でプライベートの映画なんかを作ろうとしたこともあるんですけれども。つまり、詩っていうのは一人で書けるわけだけれども、映画っていうのはどうしても他のスタッフが必要になってくるんです。その頃、羽仁進が「カメラ万年筆説」っていうのを唱えていて、まだそこまでカメラが発達してなかったんですね。僕が自分でまわして映像を撮るようになったのは家庭用ビデオカメラが手に入るようになって小型化してからなんです。だから、映像と文字テキストとの関係っていうのは並行して自分の中では進んでいったところがあるんですけれども、それが、だんだんマスメディア的な場じゃなくて、完全なプライベートメディアで作れるようになって、マスメディアであることにはどんどん関心が薄くなっていったということは言えますね。それはやっぱり一人で詩を書いている人間の習性なんですね。多人数でやりたくないんですよ。映画を作る気があったんだけど、市川崑さんと付き合いが始まって、いかに監督ってのが大変なものか分かってね（笑）。もう手を出さないことにしました。だから、テレビも、ドラマよりもドキュメンタリーの方にずっと興味がありましたね。テレビマンユニオンを今野勉さんたちと一緒に作った萩元晴彦が、ラジオドラマの頃からの友達でね。彼がテレビでやり始めたときに、『現代の主役　小澤征爾「第九」を揮る』（ＴＢＳ、一九六六年二月一〇日放送）という名作を撮ったんですよ。僕はそれで構成を担当したんですが、それが一番テレビとしてやっててピンときたものですね。だから、台本書いてフィクションでテレビドラマやるよりも、ドキュメンタリーの方が面白いと思っていました。僕の『あなたは誰でしょう』もドキュメンタリー風な構成になっていますよね。

——その『小澤征爾「第九」を揮る』を放送ライブラリーで見たんですが、私、音楽に造詣がなくて、クラシック音楽がまるで分からない人間なのですが（笑）、それでもあのドキュメンタリーはすごく面白かったです。小澤征爾について、第九についても詳しくないのですが、小澤征爾が指揮をする姿であるとか、つぶやく姿であるとか、そういう映像に見入ってしまいました。それから、小澤征爾に対して番組の冒頭や間で質問をぶつけていますよね？　あれは谷川さんの発想ですか？

**谷川**　あれはクラシック音楽を知らなくても全然大丈夫ですよ（笑）。質問はディレクターの発想ですね。

——谷川さんはこの番組で構成を担当されたということなんですが、具体的にはどのような役割を担われたのでしょうか？

谷川　大体記録映画の構成っていうのは、実際にどういうものが映るか分からないわけですから、骨組みみたいなものをつくるというのが基本で、映画『東京オリンピック』（監督・市川崑、一九六五年三月二〇日公開）をつくったときも、骨組みは市川崑さんがつくったんだけれども、その中であらかじめ決まっているものだけが書いてあるという感じなんですよね、『東京オリンピック』の場合は。勝負がどっちが勝つかとか、記録が何秒であるかとかは、全然決まってないわけだから、「そうでもあろうか」とか「かもしれない」っていう書き方で書いてるんですね。テレビのドキュメンタリーの場合は、『東京オリンピック』ほど不確定要素がないわけで、『小澤征爾「第九」を揮る』は、萩元晴彦さんがやったわけだけれども、萩元さんは、ただ小澤が振ってるところを撮るだけじゃなくて、何か他に要素を入れたいってことがあったんですよね。それで萩元さんが小澤に質問していく発想が生まれたんじゃなかったかな。

――ほとんど小澤征爾を撮るカメラの位置が変わっていないですよね。それも萩元さんの発想ですか？

谷川　そうです。ほとんどフィックスですよね。それを市川崑さんがすごく評価してましたね。萩元さんは、あのあたりでドキュメンタリーの基本みたいなものを身につけたんでしょうね。彼はラジオの頃からドキュメンタリーやっていた人だし。

――この番組が、谷川さんが一番テレビをやっていてピンときたものだという話を聞くと、谷川さんの友人の寺山修司さんが脚本を担当されたテレビドラマ『Q』（KRT〈現TBS〉、演出・石川甫、一九六〇年一〇月三一日放送）について、谷川さんが『テレビドラマ』（一九六〇年一二月）誌上に書かれた批評の意図が少し分かったような気がします。谷川さんはこのドラマを批判されていて、ドラマの中に描かれた、人間とネズミの相容れぬ二つのイメージの衝突が重要なんだけれども、一九六〇年の安保闘争という社会状況の中にドラマが回収されてしまって、そのような大事なイメージの部分があまり表れていないことを特に厳しく批判されています。イメージということは、谷川さんが詩の中でも大事にされていることだと思うし、映像をつくるときにも大事にされていることなのかなと思います。

谷川　大事にしているというよりも、それが拠りどころって言えばいいのかな。つまり、劇的な対立が自分の中にないもんだから…。もちろんドラマのある詩はあるんだけれども。むしろ詩を書いていると、詩というのは、日本語の場合、基本的に短いわけなんですよね。言ってみれば、場面を書くんですよね。で、小説はストーリーを書くわけだし、テレビドラマもある程度ストーリーがあるんだけれども、ドキュメンタリーというのは場面の集積でつくられるわけじゃないですか。で、ストーリー作ると、かえってわざとらしくなっちゃったりするわけだから。だから、僕としては、映像はドキュメンタリー的なものの方がわりと自分に合ってるなという感じで、絵本でも最初はそれで始めてましたね。物語絵本は苦手でね。絵本の世界で「認識絵本」という言い方があるんだけれども、そういうものから始めましたね。

――物語やドラマをつくるのが恥ずかしいっていうことはありますか？（笑）

**谷川**　いや、恥ずかしいってことはないです（笑）。自分がわりと恵まれた生まれ育ちで、自分の中に劇的な要素があまりなかったから、ただドラマが得意じゃないんだって思ってましたね。

――確かに『小澤征爾「第九」を揮る』というのは、場面のイメージを突き付けてくるところがあるかなと思います。

**谷川**　そうですね。あれは一応リアルタイムでずっと撮ってて、それを切っちゃったわけですけれどもね。萩元さんは確か完全に長回しで撮ったはずなんですよね。前に回るとか横に回るとか全然しないで、ほとんど一カメで、ずっと撮ってたってところが、当時新鮮でしたね。

## 【谷川氏とテレビドラマ】

――谷川さんが放送業界にかかわられた頃のことに話を戻しますと、谷川さんが『ＮＨＫ　放送文化』（一九五七年一一月）に書かれた『新しいイメージを』というエッセイがあって、おそらくこれは、まだテレビ番組の制作に具体的にかかわってはいない頃に書かれたものだと思うのですが、この中で谷川さんは、「テレビジョン――遠く離れたものを見たいという夢、どんな子供でも一度は抱く千里眼の夢。テレビジョンとは、本質的にはその単純な夢の実現以外の何ものでもない、ぼくにはどうしてもそんな風に思えるのです」と、テレビを非常にロマンティックに捉えてらっしゃって、テレビに夢を託すようなことを書かれているんですけれども（笑）、このエッセイのことはご記憶にありますか？

**谷川**　いや……、もう自分の手元にないから……。全然覚えてないなあ（笑）。

――「見えないものを見る」装置としてテレビを捉えて、それは、もともとは「詩人のビジネス」だともおっしゃっています。

**谷川**　それはやっぱり映像と言語テキストとの関係っていう文脈の中では、映画が相当大きなものだったから、自分でも映像を撮りたいってことと並行してあったと思うんですね。テレビのドラマとかを。

――谷川さんの場合は、ラジオの方も同時並行でなされてたので、ラジオからテレビの方に移行したという形ではないですよね？

**谷川**　そういう感じではないですよね、僕の場合には。

――先ほどおうかがいしたことと重なるかもしれませんが、ラジオドラマと、テレビドラマの製作を同時並行でやられていて、テレビの場合は映像が入ってくるということについて、谷川さんの中でどのような判断がありましたか？

谷川　要するにラジオドラマの初期というのは、ディレクターなんかが、全然芸術方面の人じゃなくて、経済学部を出たとか、そういう人が多かったわけですよ。だから、作者の我々が現場で演出に口出しをするようになったんです。だから、文字を書いているだけじゃなくて、実際に生身の俳優さんに、「こういう風に言ってくれ」とか、「いや、そこはそういう言い方じゃ違う」とかってことを現実にやってきて、現場で何かを作るっていうことにやっぱり面白さを感じるようになったんですね。それが、だんだんテレビになると、ますますスタッフが増えてくるわけじゃないですか。だから「一カメさんどうぞ」、「三カメさんそこ寄って」とかって、そこまではできないわけですよ。現場に相当専門職が入ってきてるから。だからテレビドラマの場合には、例えば僕は、小説は書けない人間なんですけれども、詩っていうのが一つの場面を作るものだとすれば、小説はどうしても物語を作るものですよね？　ですから、そういう点で、テレビドラマの場合には、やっぱりテーマっていうものを前もってちゃんと考えて、それから許されれば、実際に現場に自分も行って、ディレクターと相当打ち合わせをしてね、ロケにずっと同行して、そういう形で参加するようになったんですよね。だから、そこはすごく違いますよね。

――一九六〇年前後に谷川さんがかかわったテレビドラマで気になったのは、『りんご』というテレビドラマのように、りんごがよくドラマの中に登場してるんですよね（笑）。男女の関係の中によくりんごをかじるという行為が描かれています。

**谷川** それは、ユング派の河合隼雄さんに指摘されたことがありますね。詩の中にも「りんごへの固執」というのがあってポピュラーになった詩もあるし、一種シンボリックにりんごを使う場合がすごく多いんですよ。それは、幸福な幼年時代を過ごしたからなんだって河合隼雄さんは分析してくれましたけど。

――やっぱり幸福な幼年時代を送られたと思われますか？（笑）

**谷川** 僕はものすごく恵まれた幼年時代を送ってます（笑）。本当にその通りだと思って。でも、りんごについては「リンゴのある風景」というショートショートのようなものも書いているし、けっこういろいろ登場しますね。それは自分が意識して登場させているんじゃなくて、自然にりんごが出て来たみたいな（笑）。

――『祭』というドラマの中にも男女がりんごをかじる場面があって、りんごが唐突に出てくるんですよね。それが少し気になりました。

**谷川** ああ、なるほどね。なんか自分にとってはそういう場合に他の果物だと納得できなくて、りんごならちゃんと自分の腑に落ちるみたいな、そういう意識下の何かですね。たぶん意識してないものだと思います。

――『電話』や『パーティ』は脚本を読んだだけではなかなかイメージが湧かなくて難解でした。

谷川　前衛劇みたいなものが好きでしたからね。『電話』では、ドキュメンタリー風にして俳優にアドリブ的にしゃべらせるってことも考えてましたから。映像を見ないと分からないのもそうだけど、ラジオやテレビの場合は声の調子とかもね、大事だから。文字化されたものだけでは全然つながってこないでしょうね。

――少し話が谷川さんから離れてしまいますが、私が今まで調べてきたことの中で、この当時テレビというメディアに期待していたグループで、佐々木基一や安部公房らの「記録芸術の会」の動きがあって、ここには『あなたは誰でしょう』を演出した和田勉も入っていました。こういう動きに谷川さんも関心をお持ちでしたか？

谷川　僕はグループに全然属していない人間で、あるいはグループに属したくない人間なので、いつでも単独でやる人だから、そういう会があるってことは知ってたと思うんだけど、一緒に何かやるって気には全然ならなかったですね。だけど、現実にコマーシャル的な記録映画で、何か日産自動車の記録映画を作るとか、そういう一つのプロジェクトがあって、そこに参加するっていう仕事はもちろん受けていました。そういう類のものは何本かあるかと思います。

――例えば、当時、安部公房が作っていたテレビドラマは現在も残っているので映像を見ることができたのですが、わりと実験的なことをやっています。特にそのような動きが谷川さんの視野に入っていたということもないですか？

谷川　僕は安部公房さんというのがあんまりピンとこなくて、あんまり読んでもいないし、見てもいないんですけどね。だけど、もちろん関心は持っていたんですけれども。僕は映画で言うとウィリアム・ワイラーから出発した人間なんですよ。ウィリアム・ワイラーってリアリズムの監督でしょう？　ああいう映像や脚本の書き方がすごく好きで、テレビドラマの場合に、前衛的な何かをやるっていうんだったら、一種のドキュメンタリー的な『あなたは誰でしょう』みたいなものになっちゃって、普通に書く場合には、わりと正統的なドラマで、自分ではそれが一番気に入ってたところがありますね。例えば『じゃあね』っていう笠智衆と田中絹代がやってくれたものなんか、今でもすごく気に入っていて、あれがＮＨＫのアーカイブスにあったらもう一回見てみたいと思うんですよ。笠智衆と田中絹代がやってくれたことをすごく光栄に思います。

【雑誌『テレビドラマ』】

――ご存知のように、一九五九年九月に創刊された『テレビドラマ』という雑誌があって、この雑誌に谷川さんのお名前がたくさん出てきます。一九六一年から六二年頃ですね、この雑誌の目次や奥付に、編集委員としてクレジットされています。

**谷川**　ああ、そんなことがあったかもしれませんね。もう覚えてませんけど（笑）。そんな熱心に編集委員やった記憶がないから。

——ここで新人脚本コンクールの選者もされてるんですが、それもあまりご記憶にないですか？（笑）

**谷川**　覚えてない（笑）。誰か一人ね、わりと僕のことを認めて下さった先輩に誘われて、そういうことに参加したってことは覚えてますけどね。

——『テレビドラマ』は、当時のテレビドラマを意識的に作っていこうという動きの中で比較的長い期間刊行されていた雑誌で、誌面で交わされている議論も専門的で、きちんと批評もしていこうとする雑誌だったのではないかと思うのですが。

**谷川**　そうだと思いますよ。あとはテレビ局の雑誌みたいな

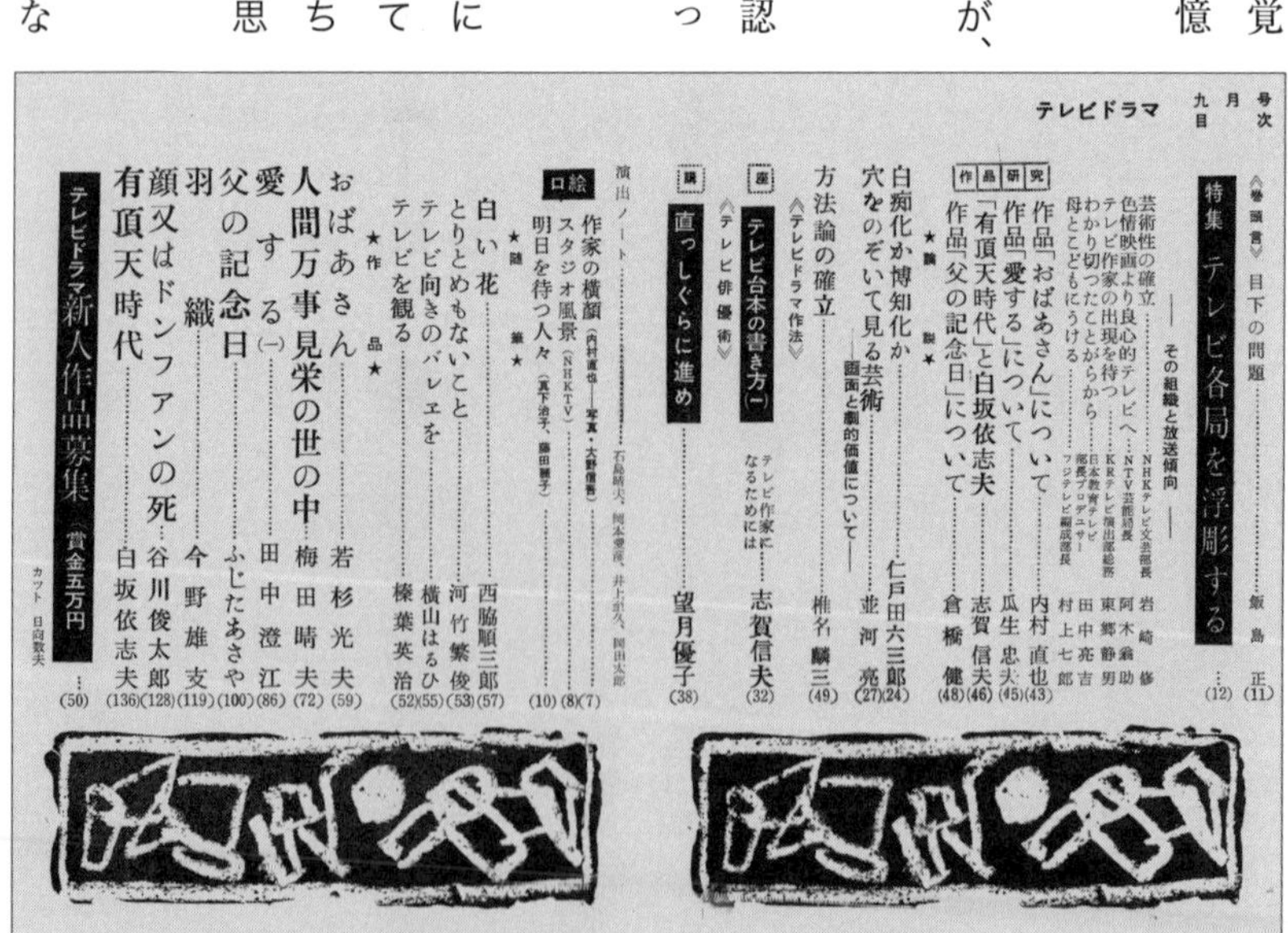

テレビドラマ　九月号　目次


カット　日向数夫

『テレビドラマ』創刊号目次。飯島正、椎名麟三、西脇順三郎らが寄稿。

ものがあるだけで、局から離れたものとしては、これだけだったんじゃないかなあ。そうそう、志賀信夫さんが批評家としては活躍してらっしゃって、志賀さんに声をかけられた記憶があるんですよね。

――この雑誌の創刊号に谷川さんの『顔又はドンファンの死』が載っています。

谷川　これ見ると…西脇順三郎も書いてるんだねえ…なるほどねえ。これ、けっこう貴重品ですねえ。

――この雑誌を見たときに、ずいぶん文学者たちが放送芸術、テレビドラマに発言をしているということが分かりました。これは、今では考えられないことだと思います。それでこのことを調べようと思い、谷川さんにたどり着いたんです。谷川さんは、この雑誌の一九六一年二月号には、巻頭に顔写真入りで掲載されています。

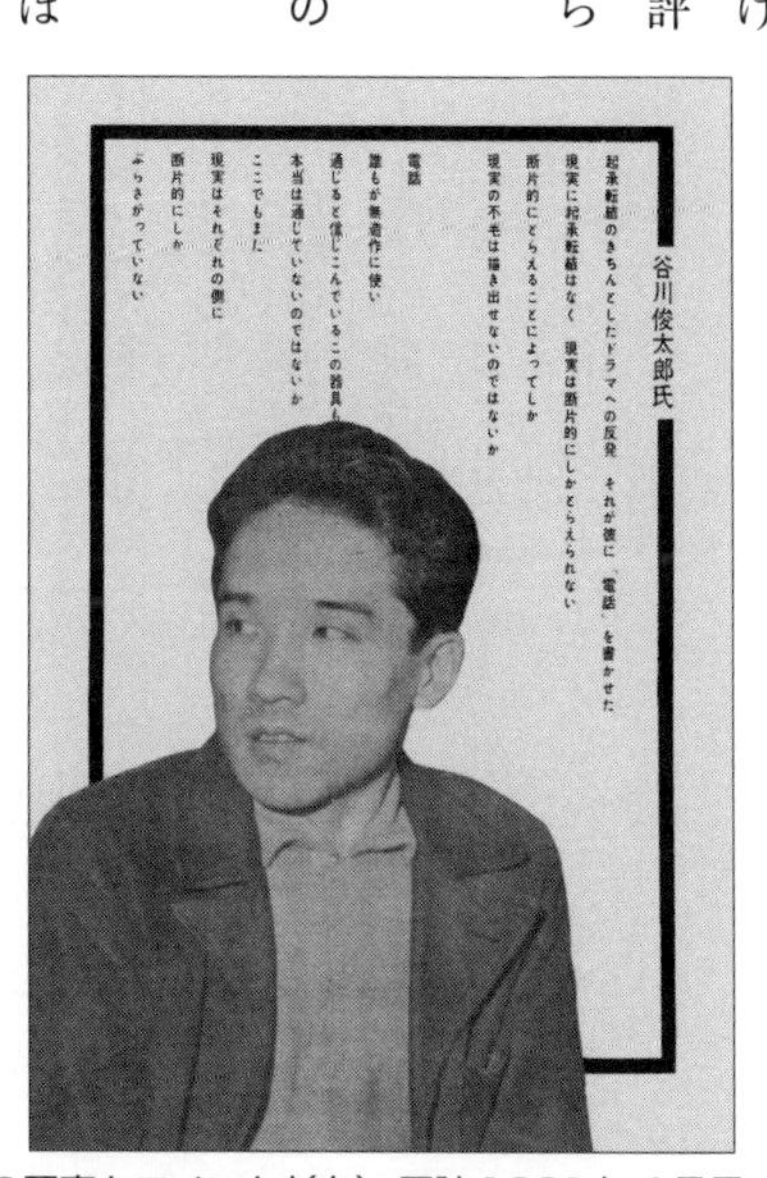


『テレビドラマ』1961年2月号、巻頭に掲載の写真とコメント」(右)。同誌1961年4月号、シンポジウム「テレビの二重構造」(左)。

谷川　あら、顔まで出てる（笑）。本当だ。

――この雑誌を見ると、谷川さんが何回かテレビドラマをめぐる座談会に出席されていることが分かります。例えば、佐々木基一が司会で、当時サンヨーテレビ劇場のスポンサーだった三洋電機の宣伝課長、それから電通の部長、ＴＢＳの方、そして谷川さんと脚本家の寺田信義を交えて『テレビの二重構造』（『テレビドラマ』一九六一年四月）という座談会が掲載されています。これは面白い座談会で、要するに、テレビドラマ制作をめぐって、企業側と創作する側との対立が鮮明になっていて、佐々木さんと谷川さんは基本的に同じ立場で、スポンサーの意向よりも自分の作りたいものを作りたいというお考えで、寺田さんはもう少し企業側の意向も汲み取っているところがあるかな、という印象です。

谷川　この頃になるとプロの放送作家というのが出てきてるわけでしょう？　たぶんそういう人たちが、例えば、連続ドラマとかね、そういうものを手がけていて、わりと局寄りだと思うんですよね。で、我々なんか、常に外から参加してるっていう意識がありましたからね。だから、やっぱり自分にとっては詩が本業で、テレビドラマ、ラジオドラマには、詩人として参加して、そこに詩的なものを持ち込みたいみたいな、そういう意識だったから、この雑誌なんかも僕が保存していないってことは、どっちかというと活字になる詩の方に重みがあったということなんでしょうね。だから、逆に今読むとすごく面白いんですよ。昔の台本なんかでもね。今こんなもん書けないな、みたいなものもありますしね。

――座談会は何度か行われていて、興味深かったのが文学者が集まっているもので、谷川さんと寺山修司、小田実、TBSの大山勝美、NETの北代博、放送評論家の志賀信夫による『テレビ界・抱負現状』(『テレビドラマ』一九六四年二月)です。これが行われたのが一九六四年の頃のことなので、既に谷川さんはかなりテレビへの関心を失っているのではないかと思います(笑)。抱負をテーマにした座談会なのですが、座談会の最後で谷川さんは、「僕は抱負は何もない」、「立派なドラマだったら芝居でやりたい」、「バラエティみたいな何か得体の知れないものをもっとやりたい」、「CMフィルムでも僕は非常にやりがいがある」、「僕が詩人だということとかかわりない仕事がしたい」という発言をされています。

**谷川**　僕はやっぱりドラマがあんまり得意じゃないってことがあるんですよね。それはたぶん自分の生育歴みたいなことと関係あると思うんだけれども。そんなに劇的なことがない、わりと無難に育ってきたっていうところがあって。例えば、僕、一人っ子でしょう?　あんまり友達が必要な子ではなかったんですよね。だから、いじめっ子にいじめられたりはしたけれども、学校で取っ組み合いのけんかしたりとかね、そういう経験がない人間だから。私の父親は哲学をやっていた人で、僕のものなんか時々読んでくれていて、「お前の詩にはドラマがない」ってよく言われてましたね。詩にもドラマがなかったし、だからテレビドラマとかラジオドラマも、今読み返して相当通り一遍なことをやってるなと。本当にシリアスなドラマってものがないなと思いますね。

## 【『あなたは誰でしょう』】

――でも、唯一映像の現存する谷川さんのテレビドラマ『あなたは誰でしょう』をＮＨＫアーカイブスで拝見しましたが、すごく面白く印象深いドラマでした。これは和田勉が演出をしていますね。和田勉さんとはどういうきっかけでご一緒されたんですか？　前からお知り合いだったんですか？

**谷川**　いや、そんなことはないと思う。どうやって知り合ったのかな…。このときに初めて一緒に仕事をしようってことになったのかもしれません…。とにかく和田勉は、当時演出家としては有名な人だったんですよね。普通の演出家がやらないようなことをやって。だから、そういう点では、作品を見てて関心があったことは確かですけれども。その前に、お付き合いがあったかどうかは覚えていないんだけれども…。確かに『あなたは誰でしょう』のときが初めてかもしれませんね。

――谷川さんから見ると、和田勉さんはどういう演出家に見えましたか？

**谷川**　まあ、すごくパワフルな人であることは確かなんですよね（笑）。先ほどお話しした経済学部を卒業したような方のラジオの演出なんかはすごく自信がなくて、こっちに頼ってくるようなところがあったけれども、和田勉さんはとにかく自信満々で、独断専行という感じがすごくあって、それがすごく良かったですね。好きでしたね。

――『テレビドラマ』一九六一年六月号に載っている谷川さんの『メニューにない料理』（本巻三九一頁に収録）という記事に、和田勉と、音楽を担当した武満徹と、武満さんの家の二階の六畳のこたつでドラマについて話し合ったということが書かれています。そういう雰囲気の中で作られたということなんですね。

**谷川**　あー、そんなことあったかも。うん、そうですね。和田勉さんとはそういうことがありましたよね。

――『あなたは誰でしょう』も含めて、谷川さんのテレビドラマの脚本を拝見すると、演劇的な雰囲気がありますね。和田勉の演出によるものなのかもしれませんが、『あなたは誰でしょう』も、スタジオ全体を映すようなことを意図的にしていますよね。

**谷川**　そう、僕は、イヨネスコがやってたようなアンチテアトルっていうんですかね、そういう演劇の構造そのものを演劇にするみたいなことにずっと興味があって、絵本の場合でもそれをよくやってるんだけどね。テレビやるときにもテレビドラマの構造そのものを見せるとかね。だから、僕は物語絵本が苦手なように、普通のテレビのドラマの台本は苦手だったんですね、簡単に言えば。

――それが、こういう形で表れていると。

谷川　そうだと思いますね。

――じゃ、こういう演劇的な舞台設定というのは、谷川さんのアイデアでもあるということですね？

谷川　僕は『お芝居はおしまい』（演出・浅利慶太、一九六〇年一〇月五日初演）という、三幕物で劇団四季で上演されたものなんだけれども、あれなんかまさにそうなんですよね。演劇ってものが解体していくみたいな。その発想っていうのは常にあったから。これもやっぱりそうなってるんだろうな。で、何もないところからドラマが始まるということが好きだったのね。ああ、『あなたは誰でしょう』の台本読み直してみると、これ、けっこうドラマになってるんだねえ。

――先ほど触れたラジオドラマ『或る初恋の物語　遠いギター・遠い顔』にしても、戯曲の『お芝居はおしまい』にしても、メタフィクション的な構造、これが芝居なんだということをあえて自分で言ってしまうような構造がありますね。『あなたは誰でしょう』も、そういうところがあるのかなと思います。

谷川　大体それが最初っからありましたね。詩に関しても、なんか詩を書いている自分を書くとかね、詩を書いていること自体を書くとか。そういう内幕をばらすみたいな書き方がけっこうあるんですよね。

――こういう方法も、谷川さんだけの方法ではないですよね？

谷川　もちろん、もちろん。ピランデルロの『作者を探す六人の登場人物』だっけ？　それなんかもまさにそれなんですよね。ああいうものを読んで影響を受けてますね。当時有名な一種の前衛劇だったし、けっこう流行っていて、日本でも上演されたし、ラジオかテレビにもなってるんじゃないかな。

──私が思いつくのは、やっぱり安部公房も同じようなことを演劇でよくやってらして、たぶん同じ時代の表現者たちが、無意識のうちに吸収しているものがたくさんあるんだろうなと思います。

谷川　それはたくさんありますよね。

──『あなたは誰でしょう』は、一人の平凡な男の存在自体を問いかけていくような物語になってて、当時としてもとてもインパクトがあるドラマだったように思います。エンディングが「1＝∞」（1イコール無限大）という表記で示されてドラマが閉じられますし。

谷川　どのくらい和田勉さんと相談して書いたか覚えてないなあ。これ、映像残ってるんでしたっけ？

──はい。NHKのアーカイブスに保存されています。ただし、一般非公開ですが。おそらく著作権、肖像権の問題があるんでしょうね。谷川さんは映像そのものもあまり覚えてらっしゃらないですか？

谷川　うん…。台本読んでも全然思い出せない（笑）。だって、この時代ビデオデッキなんてないでしょう？　一度放送されたらそれっきりだもんね。これ、たぶん、現場の収録につきあってなかったんじゃないかと思うね。

——完成したものもご覧になってはないですか？

谷川　それは見たような記憶があるんだけど、覚えてない（笑）。

——『テレビドラマ』一九六一年六月号を見ますと、このドラマに対して、寺田信義は批判的なんですけれども、岡本愛彦は「本年度の秀作」って褒めてらっしゃいます。ドラマの中に、詩人が登場人物として出てくるんですよね。その詩人が詩「くりかえす」を朗読します。

谷川　これは自分の詩ですから、詩集に載っているようなものを入れてますね。

——どちらを先に作られましたか？「くりかえす」の詩が先ですか？　脚本が先ですか？

谷川　詩が先です。

――詩のイメージを脚本に拡げたようなところもありますか?

**谷川**　あるかもしれませんね。そのときの作者である私の意識みたいなものはずっと続いてるわけですからね。メディアが変わっても。そういうものがひょこっと出てくるものはいくつもあるんじゃないでしょうかね。

――このドラマにおける一人の男の平凡な存在や人生そのものを問いかけるというモチーフは、この当時の文学作品に共有されたモチーフかなと思うんですよね。高度経済成長期の中で、大量にサラリーマン階層が出現していくような社会状況が反映されていて、平凡な人生の意義をどうやって見つけていいか分からないといったモチーフです。自己の存在意義を見出せない男に対して、警察官が身分証明書を提示しろと男に言ったり、精神科医や男の妻、経済評論家、学生運動をしている青年、アンケート屋、天文学者といった人物が登場して男の存在やその意義を問いかけたりします。

**谷川**　そうですね。伝統的なアイデンティティっていうものの持ちようがなくなってきている時代ですからね。自分探しって言葉が出て来たけれども、その頃から始まってるんじゃないでしょうかね。

――そういう中でこの「1=∞」(1イコール無限大)という表現が出てくるのかなって思ったんですけれ

ども。これに託されたものは何でしょうか？

谷川　これは和田勉のアイデアじゃなかったのかなあ（笑）。台本にはないでしょう？

――『テレビドラマ』一九六一年六月号に掲載されている脚本には、「1＝∞」（1イコール無限大）のエンドロールでドラマが閉じられるように書かれているんですが、これは、和田勉さんが手を入れた後のものを掲載しているようですね。

【北海道放送と芸術祭参加】

――二つの芸術祭参加作、『ムックリを吹く女』『祭』についておうかがいしたいと思います。森開逞次と作られた北海道放送制作のドラマです。

谷川　森開さんという人がすごく情熱的な人で（笑）、僕が初めて北海道に行ったのは、この仕事のときなんですよ。北海道を見せてやると。それで、武満徹に音楽を頼むというのも僕が望んで決まっていたと思うんだけれども。確か武満と一緒だったと思うんだけど、当時まだ珍しい英国製のローバーって車で森開さんが北海道中連れまわしてくれたのね。だから、すごく印象が強いですね。北海道が本州とは全然違うっていうことをそのときに感じて。それで、彼の問題意識としてはやっぱりアイヌの人たちのことと、それからニシンが全然不漁になってきたというのがあって、そういう企画を与えられたって言えばいいのかな、自分も純粋に話を聞いているときにすごく共感したわけだから、その二つをテーマにしたということなんですけど。

――森開さんとはそれ以前にも、北海道地域のみで放送された『死ぬ』というドラマでご一緒されています。

**谷川**　森開さんとは一時期相当親しくつきあってました。

――北海道放送は本当に放送芸術に意欲的な局で、いろいろな面白いドラマを作ってるんですよね。昭和三六年度の芸術祭賞を受賞した『オロロンの島』（一九六一年一〇月二七日放送）とか、小南武朗というディレクターが安部公房に脚本を依頼した『虫は死ね』（一九六三年一一月一〇日放送）で芸術祭奨励賞を受賞しています。地方局には放送芸術やテレビドラマ制作に意欲的な局があって、地方局にとっては芸術祭での受賞がその局の名前をアピールする絶好の機会だったようです。

**谷川**　そうですね。ラジオドラマの頃からそうでしたね。大阪の方の新日本放送（ＮＪＢ）とかね（現・毎日放送〈ＭＢＳ〉）、熱心にいろいろやってて、武満徹と僕がミュージック・コンクレート作ったのも大阪の方のラジオ局だったんですよ。

——谷川さんは、『放送と宣伝　CBCレポート』（一九六一年三月）誌上で、当時福岡のRKB毎日放送のディレクターだった久野浩平とも往復書簡を交わされていますね。RKB毎日も非常に意欲的な放送局で、やはり安部公房と『目撃者』（一九六四年一一月二七日放送）というテレビドラマを制作しています。

**谷川**　中部日本放送（CBC）もけっこう頑張ってましたよね。

——北海道放送で作られたこの『ムックリを吹く女』ですが、これはアイヌ文化がテーマになっているドラマです。先ほどおっしゃられたように、これは森開さんの問題意識から出発されているということですか？

**谷川**　そうですね。森開さんに直接そんなふうに言われたかどうか分かんないけれど、何しろ身近に北海道中をドライブして回っているわけですよね。もちろん、アイヌのコタンにも連れてってもらうわけだから、アイヌ文化の当時残っているものが自分の中に入ってくるわけだし、森開さんと話し合っているうちにどうしてもアイヌを扱うってことははっきりしてきたって記憶がありますね。

——じゃ、森開さんを通じてアイヌ文化に関心を持たれたってことですね。

**谷川**　そうですね。僕が本当に北海道を知ったのは森開さんのおかげだという感じです。

――放送当日の『朝日新聞』（朝刊、一九六一年一一月一二日）のテレビ欄を見ますと、ドラマに特別出演されたアイヌの方がドラマの中のセリフに涙ぐんだということが書かれています。『ムックリを吹く女』は、谷川さんにとって手ごたえのあったドラマでしたか？

**谷川**　うん、まあ、アイヌというちょっと違う文化、それから北海道に行って違う風土にすごく夢中になってましたね。それで、自分としてはとにかくロケハンにも付き合ったし、収録にどこまで付き合ったかよく覚えてないんですけどね。相当力を入れてたんだけど、何か反応が今一つだったという感じがあって。で、それは、僕はちょっと森開さんの演出力に疑問があった記憶がありますね。

――このドラマが放送された後、いろんな批評が出るんですけれども、当時の資料を見ると賛否両論だったようです。『朝日新聞』（朝刊、一九六一年一二月二〇日）に掲載されている当時の芸術祭の審査結果によりますと、ABCDという段階の評価をそれぞれの審査委員がつけていくんですが、『ムックリを吹く女』はAが三票、Bが一票、Cが一票、Dが三票と、票が割れています（笑）。大木豊『芸術祭がきまるまで』（『テレビドラマ』一九六二年二月）という記事によりますと、芸術祭の審査の過程の中でどうしてもこれはダメだという人がいるので、受賞には至らなかったようです。

**谷川**　どういうところがダメだったんだろう？

――芸術祭の審査結果を報じた先ほどの『朝日新聞』の記事には、「セリフが浮いている」という指摘があります。また、当時の批評を見ますと、例えば、加賀充という方が『テレビドラマ』(一九六二年一月)誌上でかなり手厳しい批判をされていて、「詩人・谷川俊太郎の詩の誤算」とか、「映像としてのイメージが実に貧弱である」ということを言っています。あるいは、大木豊『テレビ週評』(『読売新聞』朝刊一九六一年一一月一五日)は「全体的に観念的なところがちらつくのが難だ」と評しています。ただ、難解であるとか観念的であるという批判は、当時の芸術祭参加作に対する決まり文句でもあるんですよね。

**谷川** 加賀さんって方は、名前は聞き覚えがあるけど……。放送局のディレクターたちも芸術祭っていうと、相当力が入っちゃいますからね。毎日流れている帯のドラマと全然違うものを作ろうという気があったんじゃないでしょうか。

――『祭』については、ご記憶はありますか?

**谷川** ええ、ええ。あれも鰊御殿を北海道で初めて見たわけだし、ニシンがそれほど北海道の人たちにとって大切なものだってことを知ったわけだから。自分は北海道放送の仕事は全部得したって感じですね。つまり、北海道を知る上で、個人じゃ全然分かんないところを知ることができたんですね。

――『祭』に関しては、例えば『テレビドラマ』(一九六二年一二月)誌上で、水尾比呂志が「作者の成長」

を指摘しています。まあ、先ほどの加賀さんの批評や、当時の新聞に掲載されていた批評を見ますと、当時の批評は厳しいなと思います（笑）。

**谷川**　うん、今は本当に厳しくないでしょう？　詩の場合でも本当そうなんですよね。みんな紹介してくれて、褒めてくれるだけみたいな。それはすごく不満ですね。

――芸術祭の審査は、『ムックリを吹く女』よりも『祭』の方が厳しくて、『朝日新聞』（朝刊、一九六二年一二月一九日）の報道によりますと、芸術祭参加作品二八作品中二七位という結果でした。

**谷川**　ああ、本当？（笑）でも、ロケにも収録にも付き合って楽しかった記憶がありますね。僕、ジープっていう車に戦後間もなく出会って、それは自分にとって自動車の原型の一つだったんですよね。そのジープがロケで使われてて、運転したりしたのがすごく楽しかったんですよ（笑）。

**【テレビとの距離】**

――それで、このあたりから谷川さんはテレビに関心を失っていくんじゃないかと思うんですけれども（笑）。

**谷川**　うん、そうですよ。テレビ自体が変質していきますしね。

――やっぱりスポンサーとの関係とか、そういったことがありますか？

谷川　スポンサーとの関係まで考えてなかったと思うけど……。でも、『祭』って相当一生懸命やって、自分は面白かったんだけれど、賞をもらえなかったようなこともありますよね。自分は、ドラマはそんなに得意じゃないということと相俟って、もっと違うジャンルで仕事をしようというふうになったんじゃないかな。

――これは、谷川さんだけではなくて、当初テレビに期待していた安部公房とか佐々木基一もほぼ同じ時期、一九六〇年代半ばくらいにテレビから撤退していきます。この時期にどうも思うようにいかないことが多くなったようです。

谷川　そうですね。我々はどちらかというとアートの方の人間ですよね？　だけど、テレビ局のディレクターにアートの方の人があんまりいなかったという感じがしますね。詩に関しても、名前は今ちょっと出てこないんだけれども、一人だけＮＨＫに詩にすごく熱心な人がいて、テレビなんかでも森開さんみたいな人はすごいアート系の人だったんだけど、演出力がちょっと弱かったようなこともあってね。そういう現場で一緒にやる人の魅力がだんだん失せていったということはありますね。それはやっぱりテレビのコマーシャル化、商業路線にどんどんいくっていうところも背景としてあったと思うんです。

——例えば、当時ＲＫＢ毎日放送の『ひとりっ子』っていうドラマが、防衛大学への進学を取りやめる青年を描いて、局やスポンサーの判断で放送を中止されるようなこともありました。この頃からテレビ全体が、谷川さんがおっしゃるような商業路線というか、最初の頃やっていたような表現への固執をだんだん失っていったことがしばしば言われます。

**谷川**　市川崑さんが『源氏物語』をやられたのは何年くらいでしたっけ？

——『源氏物語』（毎日放送）は一九六五〜六年です。

**谷川**　市川さんがテレビの世界へ入ったのはすごいショッキングだったんですよね。僕、台本を一本だけ書かせてもらったんですけどね。伊丹十三が光源氏っていうのがおかしかったね（笑）。ぴったりだったけど。

——少し当時のことを振り返って大きな質問をさせていただければ、と思います。放送芸術、ラジオやテレビにかかわってこられて、結局これが谷川さんに与えたものというのは、何があるというふうにお考えですか？

**谷川**　それはいろいろあるんじゃないかと思うんだけど、一つはラジオに関しては声っていう問題がありますよね。それも詩人自身の自作朗読的な声だけじゃなくて、複数の声を自分の中でどういうふうに処理していくのか、といったことです。それは結局ドラマなんだけど。そういう点では、大岡信さんが書いたドラマ（「声のパノラマ」『櫂詩劇作品集』一九五七年、的場書房）を聴いて自分を反省したときがあるんですけどね。彼はやっぱり複数の声のようなことを意識して、いわゆる芝居臭さが全然ない形で書いてたんですよ。テレビになってくると、それは、僕はどうしても映像と言語テキストとの関係っていう文脈で考えていたから。もう一つは演劇との関係というのもあって、自分は、本当は『お芝居はおしまい』のようなね、演劇と似たようなものをテレビドラマでもやりたかったわけだけれども、それはやはりテレビの商業主義的な面で相当難しいもんだったから、テレビドラマのパターンの中で、『じゃあね』のように、老人問題とか当時まだあまり扱われていない問題をやろうといったことになったんだろうと思うんだけど（笑）。ただ、テレビでもラジオでも連続して付き合ってませんでしたからね。点としてね、その時々に付き合っているだけだから、自分にとってはそういうところは自分の他の問題とも繋がり合っちゃって、テレビだからどうとか、ラジオだからどうとか、そういう問題意識にあんまりならなかったんですよ。

――なるほど。それで、これも面白いなと思ったんですが、谷川さんが、ラジオ、テレビドラマの脚本を書かれていた当時、同時に、ラジオやテレビを詩の素材として取り上げられているんですよね。「さびしいアンテナたち」（『ＮＨＫ　放送文化』一九五六年三月）とか「聞いて」（同、一九五八年一二月）、「遠さ」（同、一九六一年九月）といった詩です。こういうのを見ると、テレビやラジオに対して批判的なんですよね（笑）。例えば、「遠さ」では「テレビジョンが遠さを殺す」といったような表現が見られます。つまり、ラジオやテレビにかかわっておられながら、どこかでそれらを相対化しているような表現が見られるように感じました。

**谷川**　僕には全てについてそういうところがありますね。でも、僕の場合、ラジオからテレビへの関心というのは、基本的にハードウェアとしてのラジオから来てるんですよ。戦争の末期に京都に疎開してたんですけれども、そのとき母親が何か買ってくれるって言ったときに、京都にある島津製作所のテスターっていうのを買ってもらって、すごいうれしくて。そこから戦後東京に帰ってきて、ヤミ市でアメリカ製のラジオに感激して、真空管ラジオを作ることが趣味になったんですよ、ずっと。だからラジオドラマを書くときも何となくハードウェアとしてのラジオに対する一種の親近感みたいなものがどっかにあったんじゃないかと思います。それで、詩なんかでもね、やっぱりラジオというものが自分にとって身近なものだったから題材にしたんじゃないかなと思うんですけどね。

――ハードウェアとしてのテレビについてはいかがですか？

**谷川**　ラジオほどには興味がなかったのは、一つはデザイン面で、テレビはラジオより後になって出て来たので、デザインがわりと固定したんですよね。で、大きさもある程度の大きさがないとダメだから。僕は真空管ラジオはずいぶん集めたんですけれども、テレビは集める気には全然ならなかったですね。

――ラジオやテレビを素材とした谷川さんの詩を読むと、それらが人間の感覚を奪っていくといったような表現をされているように思います。

谷川　それはありますね、基本的に。ラジオが好き、テレビが好きということはあるんだけれども、べったり一〇〇%OKってわけじゃなくて、常にどこかに批評が残ってるんですよね。というのは、生の一対一のコミュニケーションが基本だと思っているからでしょうね。だから、マスメディアそのものにどこかで疑問があるんです。

——谷川さんがそう考えておられたということは、非常に重要だと思います。貴重なお話をたくさんおうかがいすることができました。どうもありがとうございました。

付記　二〇一七年五月二七日、及び九月一五日に、谷川俊太郎氏宅で行ったインタビューを編集したものである。

# テレビドラマ・シナリオ集

1959（昭和34）年〜1974（昭和49）年

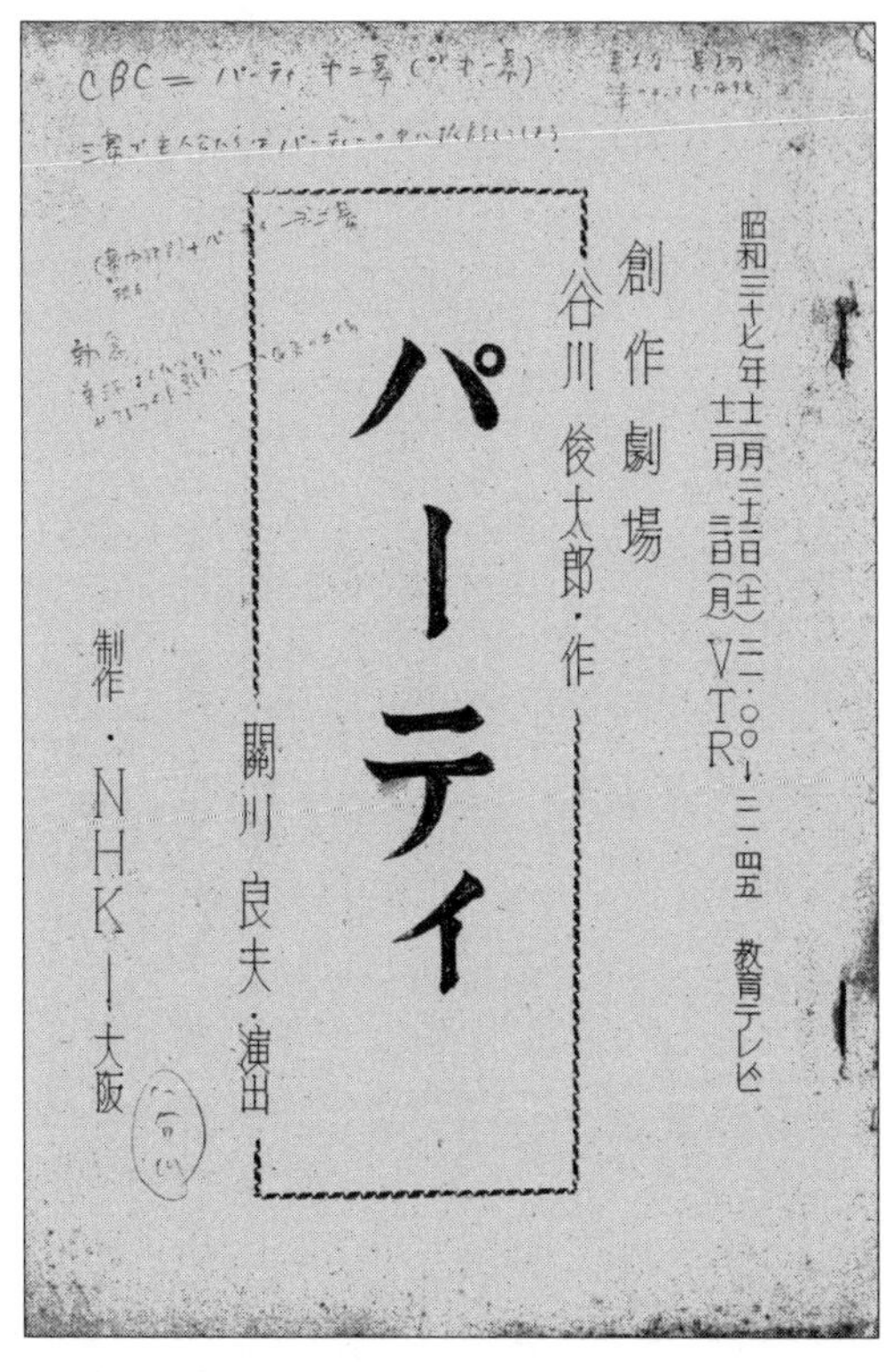


『パーティー』（1962年12月放送）台本（谷川氏所蔵）。

＊作品の一部に、現在から見て人権にかかわる不適切と思われる表現・語句が含まれていますが、作者の意図はそれら差別を助長することにはないこと、そして執筆時の時代背景と、文学的価値を鑑み、原文を尊重しそのままとしました。（編集部）

# 部屋——詩劇のためのスケッチ——

放送データ

制作・日本教育テレビ（NET　現・テレビ朝日）
演出・浅利慶太、谷川俊太郎
放送日・1959（昭和34）年3月30日　22時30分〜23時「半常識の眼」

人物
男　二十代のなかば。
女　十代の終り。
プロデューサー　中年、そうぞうしい。

昼

男　君は誰？
女　誰でもないわ、まだ。
男　ここはどこ？
女　どこでもないわ、まだ。
男　では何をしているんだ、君はここで。

女　何もしていないわ、まだ。

男　何だか妙な部屋だな。扉が一つあるだけ。窓もなければ、テーブルもない。君の腰かけているものは、それは何？

女　椅子よ。

男　へえ、それでも椅子か。脚が三本しかないじゃないか。

女　はじめからびっこだったわ。

男　直してあげようか。

女　直せないわ。誰にも。（むきになって）

（短い間）

男　君はどうやってここへ来たの？

女　憶えてないわ。気がついてみたらここにいたのよ。あなたは？

男　僕も同じさ。気がついてみたら君の目の前にいた。

女　その前のことは？

男　何も憶えていない。君は？

女　ここへ来る前、私はみそさざいだったような気がするわ。

男　みそさざい？

女　おしゃべりな小鳥よ。

男　小鳥だったの？　君は。

女　たしかじゃないのよ。

男　でも、今はもう人間だろう？
女　そうらしいわね。どう見えて？
男　どうやら人間の、それも女らしいな。
女　もし私が女なら、あなたは男かもしれないわね。
男　何故？
女　あなたは私と違うもの。声も、髪の毛のかたさも、のどの形も、掌の厚さも。
男　よく観察してるんだな。
女　自分の指や、ひざっこぞうを見るのは、もうあきあきしたわ。
男　何故逃げ出さないんだ、ここから。
女　逃げ出す？
男　扉があるじゃないか。
女　無いも同然よ。
男　何故？
女　開けて御覧なさい。

（短い間）

男　あっ。

（間）

男　何も見えない。全然何も見えない。霧かな。
女　何も見えない、じゃなくて、何もない、なのよ。霧なんかかかってやしないわ。

男　では何だ、何なのだ、この扉の外は。空なのか。宇宙なのか。（怖れて）
女　あなたも始めてなのね。何もないっていう状態を目の前に見るのは。そのあわて方を見れば分るわ。私もそうだった。始めてその扉の隙間から外をのぞいた時は、目の前のものが一体何なのか、見当もつかなかったわ。扉の外には、何もないのだっていうことを理解するのに、随分長い間かかったわ。あんまり簡単すぎて、かえってむずかしいのね。
男　何もない、一体どういうことなんだ、これは。
女　どういうことでもないわ。ただそのままよ。何もないのよ。
男　吐き気がする。
女　私もそうだったわ。少し眠るとよくなるわよ。
男　眠れるもんか。
女　忘れるのよ、扉の外のことは。くよくよしたってどうにもならないわ。
男　閉じこめられちまったんだな、二人とも。
女　閉じこめられた？　誰に？（いぶかしげに）
男　そんなこと知るもんか。
女　よくないと思うわ、そういう考え方は。外に何もない以上、もし何かがあるのだとしたら、ここの中にしかないのよ。つまり、この部屋の中にあるものが、私たちのすべてだし、同時に、すべてはこの部屋の中にあるのよ。閉じこめられたという言葉は正しくないわ。
男　うるさい！　少し黙ってくれ！
女　お望みなら黙るわ。でも、一分間と辛抱出来ないわよ。

男　そうかもしれないな。
女　一人で黙って考えこんでしまうより、二人で話しあった方が元気が出るものよ。
男　どんなことを話そうっていうんだ。
女　そうね、例えば、窓の話なんかどうかしら。
男　窓なんてないぜ、ここには。
女　ええ、だから窓の話をするのよ。
男　馬鹿々々しい。
女　どうして？　窓が好きなんですもの、窓の話をしたってわるいことはないでしょう。
男　勝手に夢を見るさ。窓があろうがなかろうが、どうせ外には何もないんだ。
女　まるで何もないっていうものが、すぐ外にあるような云い方ね。
男　他にどんな云い方がある。
女　何も云わないのよ。何もないってことを云うには、それしか云い方はないわ。
男　窓の話をしようって云った所をみると、窓はあるらしいね。
女　すべてはこの部屋の中にあるのよ。聞いてなかったのね。（重々しく）
男　聞いてたよ！　しかしないじゃないか、なんにも！
女　見えないだけよ、まだ。
男　いいさ、いいさ、何とでも云ってくれ。窓の話をうかがおうじゃないか。
（短い間）
女　（リリカルに始める）窓は四角いとは限らないわ。眼や唇の形をした窓だってあるし、心臓の形をした窓だってあるわ。窓は壁にはまってるとは限らないわ。かげろうみたいに空中をとびまわってる窓だってあるし、空みたいに大きさの分らない窓だってあるわ。

男　どうやってのぞくんだい、そんな大きな窓から。

女　窓には二種類あるのよ。もたれるための窓と、とび出すための窓と。同じ窓を、その二つに使い分けることも出来るわ。夜、川のほとりで待っている恋人の所へ行くために使われた窓は、朝、その人との生活を夢見るためにも使われるのよ。だから女は、窓をとても大切にするものよ。丹念な刺繍のあるカーテンをかけたり、ベゴニアの鉢を並べたり、大きな熊のお人形を腰かけさせたりして、祭壇みたいに飾り立てるわ。

男　そんなことをしたって、別に窓の外の世界が変るわけでもないだろうに。

女　窓の内の世界が変れば、外の世界だって変るわ。

（短い間）

男　どうだか。

女　あなた、顔色がわるいわ。まだ吐気がするの？

男　もうなおった。

女　私の椅子に腰かけたら？

男　大丈夫。

女　腰かけた方がいいわ。ふらふらしてる。

男　では、かけさせてもらうかな。ひっくりかえりはしないだろうな。

女　見た目よりずっと安定してるわ。

男　本当だ。

女　どう？　少しは楽？
男　楽だけど、どうも落着かないな。
女　慣れないせいよ、慣れれば何ともなくなるわ。
男　妙なことを訊くようだけれど、この椅子は前からこの部屋にあったのかな。
女　ええ、そうらしいわ。
男　誰がもってきたんだろう。この中に。
女　さあ、自然に出来たんじゃない？
男　自然にって？
女　つまり、どこから来たんでもなくて、始めからこの部屋の中で生まれて、育ったという意味よ。
男　椅子が？
女　ええ、椅子も。私たちと同じように。でなければ、私かあなたのどちらかが、造ったんでしょう。
男　僕じゃないな、勿論。
女　あら、どうして？
男　だって、木をけずったり、釘を打ちつけたりした覚えは全く無いからな。第一僕だったら、三本脚の椅子は造らない。
女　でも、先刻あなたは、私に会う迄のことは何一つ憶えてないって云ってたわ。
男　あ、そりゃそうだ。しかし、そりゃここへ来る前の話だからね。
女　ここへ来る前？
男　うん。変かい？

女　どこから、ここへ来たの？
男　どこからって、そりゃ憶えてないのさ。
女　そのあとよ、あの扉を通って来たの？
男　あの扉？
女　そうよ、先刻あなたが開けて、外を見たあの扉よ。
男　まさか。
女　あの扉以外には、入ってくる所はないわ。
男　何もない所から来たのか？　僕は。
女　およしなさい。そんな風に考えるのは。また吐気がするようになるわ。あの扉から来たと思う位なら、始めからここで生まれ、ここで育ったと思っている方がましでしょう？　どうせ憶えていないんだから、同じことよ。
男　ふるさと、僕の、ふるさと。
女　まあ、随分しゃれた言葉を知ってるのね。でも、まだもったいないわ。大切にしまっておくものよ。そんな言葉は。

**夜**

男　夜になったんだね、いつの間にか。
女　眠ってたわ、あなたは。
男　そうらしい。

女　いい夢を見た？
男　妙な夢さ。樹が一本生えている、それだけなんだ。
女　何の樹？
男　どうやらりんごの樹らしいんだ。
女　この樹じゃない？
男　え？　あっ、いつ、いつの間に生えたんだ。
女　あなたの眠っている間よ。
男　たしかに本物のりんごの樹だ。しかもちゃんと根をはってる。
女　実もなってるわ。ひとつだけ。
男　随分早く育つんだな、このぶんじゃ、枯れるのも早いだろう。
女　あなたがそう望めばね。今すぐにでも枯れてしまうわ。でもまさか、そんな意地わるはしないでしょう？
男　この実は、食べられるかな。
女　食べたいの？
男　うん。眠ったら、腹が減った。
女　では食べられるわ。
男　何故？
女　このりんごの樹は、あなたの夢から生まれたのよ、だからまだ、まるで下手くそな詩人の書いた詩の一行のように、ふらふらしているわ。この樹をちゃんと育てようと思ったら、あなたの夢の中から、この部屋の中へ早く移してしまわなければ駄目よ。

男　どうやって移すんだ。
女　食べたいんでしょう？　りんごの実が。
男　うん。
女　食べるのよ、枝からもぎとって。
男　大丈夫かい。見えてるだけで、さわろうとすると、なくなってしまうんじゃないだろうな。
女　食欲が盛んなうちは大丈夫よ。
男　この椅子にのぼってとるよ。押さえててくれるかい？
女　ええ。
男　そら！
女　まだ青いわ。
男　だがいいにおいだ。よくじゅくしてる。
女　青い種類なのね。
男　さあ、半分こだ。
（短い間）
女　おいしいわ。
男　随分こくのある味だなあ。どこから養分をとったんだろう。
女　あなたの夢からよ。
男　そうとは信じられないね。ほら、この根を見てごらん。床の下の方にまでくいこんでいるよ。そうだ！もしかすると、

女　もしかすると、何？
男　気がつかなかったな。この床の下だな。
女　何が？
男　何がって、そりゃ分らないさ、まだ。しかし、あの扉の外とは違うものがあるんだ。どうしてもっと早く考えなかったんだろう。僕たちも、この椅子も、きっとこのりんごの樹と同じように、床の下からここへやって来たに違いない。もしかすると、大きな地下道があるんだ。それを歩いてゆくときっと海に出る。いやそれとも大きな町に出るかもしれないぞ。大変だ、ぐずぐずしちゃいられない。先ず床をはがすんだ。
女　だって、床をはがしてしまったら、りんごの樹が倒れてしまうわ。
男　かまうもんか、すぐにいやって程食えるようになるさ。
女　でも、樹がかわいそうよ。
男　それどころじゃないよ。ここから出られるかもしれないんだぜ、さ、手伝ってくれよ。りんごの樹をひっぱるんだ。床板を根と一緒にはがすんだ。
女　私こわいわ。
男　死ぬまでこんな所に閉じこめられていたいのかい。
女　このままでいいのよ。私は。
男　何だって？
女　出なくてもいいの、ここから。
男　本気かい？
女　ええ。そんなにわるい所でもないと思うわ、ここだって。もし、

男　もし？

女　——あなたと一緒にいられさえすれば。

男　馬鹿云ってら。

女　どうして？

男　そんなこと云ってる場合じゃないんだ。ここを出たからって、すぐはなればなれになる訳でもないし。とにかく先ずこの床の下を調べてみることだ。

女　強情なのね。でも、私は手伝わないわ。

男　いいよ、それならそれで。

女　後悔するわよ、きっと。

男　何を？

女　床の下が、扉の外と同じだったら、どうするの？

男　そんな馬鹿なことって、あるもんか。

女　もしあったら。

男　心配性だなあ、大丈夫だったら。

女　では、もし大きな地下道があったら、どうしようっていうの？

男　君を連れて先へ進むね。

女　先ってどこ？

男　そりゃ分らない。行ってみなければ。

女　地下道の先は、もしかすると、またここへ戻っているかもしれないわ。何日も何日も歩き続けて、同じ所へ帰ってくるんだわ。おまけに、りんごの樹だって、枯れてしまっているわ。その時には。

男　けちをつけるのはやめてくれ！　くだらない想像をしてるだけじゃ、何も始まらない。さあ、ゆくぞ。よいしょ！　えい！　そら！　はがれたぞ！　や、かすかに明るい、何があるんだろう！　あっ！

（間）

女　何があったの？

男　…………

（長い間）

女　何でも一応はやってみずにはいられないのね。子供が新しい玩具をこわすみたいに。あなたの夢には、一本のりんごの樹を育てるだけの力があったけれど、あなたはそれを自分の手で枯らしてしまったわ。不器用な人。

男　――何もない。扉の外と同じだ――どうすればいいんだ。

女　私、あなたを愛しているわ。

男　逃げ出せない。どこへも逃げ出せない。一生の間、こんなところで、どうすればいいんだ。

女　あなたを愛しているわ。

男　誰が、何の権利があって、僕をこんな目にあわせるんだ。あ、それとも、これは夢なのかな、ゆうべ飲みすぎて、悪い夢を見てるのかな。そうだ、きっとそうだ、すぐに目が覚めて、大笑いするぞ。

女　夢ではないわ。あなたを愛しています。

男　おや、君は誰？　夢の中の美人？　ミスドリーム。

女　忘れたの？

男　忘れないさ、でもこれは夢だからね、もうすぐ君ともお別れさ。
女　馬鹿！　意気地ない！　男のくせに。
男　何だって？
女　ごまかすのはやめて！　夢でないことくらい、自分でよく知っているくせに。
男　…………
女　愛しているわ、あなたを。
男　何べん云うんだ？　一度云や分るよ。
女　分ってやしないわ。
男　愛なんて大げさな言葉を、よくそう簡単に云うね。
女　今、一番大切な言葉だからよ。何度だって云うわ。十回や二十回使ったって、すりきれるような言葉じゃないでしょう？
男　自分のことしか考えないんだね。僕の気持なんておかまいなしか。
女　自分のことと、あなたのことの区別なんかつかないわ。私たち二人きりじゃないの。愛しあわずに、どうやって生きてゆけるの？
男　愛しあったら生きてゆけるのかい？　こんな牢獄の中でも。
女　ええ、愛しあいさえすれば、生きてゆけるわ。
男　愛しあおうがあうまいが、僕はこんな所は御免だ！　君は勝手に誰かと愛しあってくれ！
女　あなた以外に誰もいないわ。（真面目に）
男　探せよ、探してくれよ、ほら、そこに椅子があるじゃないか、椅子じゃ駄目かい？

女　本気でそう云うのね。私がこのびっこの椅子を愛してしまってもいいの？
男　御自由に。
女　本当に、いいの？
男　いいよ。
女　本気よ、私。
男　冗談もいい加減にしろよ。人間の女が、椅子を愛せる筈がないじゃないか。
女　私は、人間でも、女でもないわ、まだ。
男　へえ、では君は何だい？　椅子か？
女　あなたが愛してくれない以上、私は誰でもないし、何でもないのよ。でも、私は、ひとりぼっちではいられない。おそかれ早かれ椅子を愛することになるでしょう。
男　どうやって愛するのさ、椅子を。
女　分らないわ。でも、愛し始めたらすぐに分るわ。
——かわいそうな椅子。三本脚のびっこで、塗りも方々はげかかっているし、腕の所は釘もゆるんでいる。でも、背中のスプリングはまだやわらかいし、脚の形だってわるくはないわ。誰がつくったのか知らないけれど、割とよく出来ているわね。
私はあなたに同情するわ。椅子さん、だって、私とあなたは似ているんだもの。私はしゃべるし、あなたは黙っている、私は二本脚だけど、あなたは三本脚、私とあなたには随分違うところもある。だけど私もあなたもひとりぼっち、扉の向こうには何も無く、私たちを愛してくれる人は誰もいない。私たちが愛しあうより仕方がないわね。教えて頂戴、椅子さん。私があなたに何をしてあげられるかを。

男　そうだ！　もしかすると、扉と反対側の壁の方に、もうひとつの部屋があるんじゃないかな。
女　そうだ！　私はあなたに脚をあげることなら出来るわ。あなたは私を腰かけさせてくれるのだから、ちゃんとした四本の脚がいるわ。私はあなたに腰かけさせてもらえるのだから、一本脚だって不便じゃないわ。
男　やっと分ったよ、たしかにそうだ、隣にも部屋があるんだ。その部屋からずっと廊下が続いていて、外に出られるようになっているんだ。どうして早く気がつかなかったんだろう。
女　右脚と左脚のどっちをあげた方がいいかしら。
男　今度こそ大丈夫だ。この壁に穴をあけさえすればいいんだ。
女　私の脚が、あなたにうまくつながるかどうか心配だわ。
男　何かいい道具はないかな。
女　四本脚になったあなたはきっと、とても素敵よ。
男　椅子を使おう、あの脚の先で突き破るんだ。一寸借りるよ、この椅子。
女　あ、待って、何をするの！
男　壁を突き破るんだ、今度こそ出られるよ。
女　どうしようっていうの、私の椅子を。
男　この脚を使うのさ。
女　折れてしまうわ、そんなことしたら。
男　どうせこわれかかってる。
女　愛してるのよ、私が！

男　まだ妙な意地をはってるのか。すぐに出られるんだぜ、ここから。

女　出たくなんかないわ。椅子を返して！

男　すぐ返すよ、壁さえこわせばこっちのもんだ。そら！

女　やめて、やめて！　こわれてしまう！

男　えい！　案外頑丈な壁だな。これでもか、もうひとうち！

女　無駄なことよ！　私に椅子を返して！

男　畜生！　傷ひとつつかない。もうひとつ、えい！　あっ

女　ああ……

（間）

男　おそろしく丈夫な壁だなあ、これじゃ歯が立たない。

女　私の、私の椅子……

男　ごめんよ、これしか道具がなかったんだ。

女　死んでしまったわ……

男　ばらばらになっちゃった。

朝

女　なんにもなくなってしまったわ。椅子はこわれてしまったし、りんごの樹は枯れてしまった。もうすぐ、ここも扉の外と区別がつかなくなりそう。

男　僕たちがいるじゃないか、まだ。

女　いないわ、もう。
男　怒ってるのかい？
女　私たち、お互いにひとりぼっちよ、何も出来ないわ、ひとりでは。
男　ふたりだって同じだろ？
女　いいえ、ひとりとふたりの間には、大変な違いがあるわ。特にそれが男と女である場合には。男が疲れて帰って来た時、女は男の背中の汗をふいてやることが出来るわ、女がワンピースのボタンに手がとどかない時、男はそれをはめてやれるわ、少くとも二人は、足を温めあいながら眠ることが出来るわ、そうして……
男　そうして？
女　二人はいつか、子供をもつことが出来るわ。
男　子供を？　何のために？
女　何のためでもないわ。
男　僕たちと同じ苦しみを与えるためにか。
女　いくら苦しんでも、扉の外よりここの方がましよ。
男　分るもんか！
女　では何故、扉を開けて出てゆかないの？
男　…………
女　簡単なことよ。ただ扉を開けて、一歩外へふみ出せばいいだけ。苦しみはなくなるわ。気の遠くなるような餓えも、やけつくような渇きも、わけのわからないさびしさも、何もかもなくなるわ。何もかもなくなってしまう、考えてみるとその方が楽かもしれないわね、だけど楽だと思うその気持もなくなってしまうんだわ。思い出もなければ未来もない、喜びをはばむ壁もないかわりに、いつかは突然希望に変わるかもしれない失望もないわ。

男　外よりはここの方がまだましだよ、じゃくに障ることだが。それにしてもここには余りに何もなさすぎる。

女　あなたがこわしたんだわ。

男　たった二つだけだぜ。

女　りんごの木はもっと育ったわ、きっと。

男　どうしろっていうんだ。もう一度眠って夢を見ろっていうのか？　もう無理だよ。こう疲れてちゃ、夢も見ずに眠りこむか、でなければ全然眠れないか、どっちかだ。

女　私、口紅で絵を描くわ。壁の上に。

男　すぐはげてしまうぜ、もう少し休んだら、もう一度体当りでこの壁を試してみるんだ。

女　そうしないですむように、窓をひとつ描いてあげる。

男　なるべく大きなのを頼むよ。

女　欲ばっちゃ駄目よ。

　ほうらこれがたての窓枠、これは横の窓枠、これが桟よ。戸は開き戸にするわ。勿論ガラスばりよ、カーテンはレースのと厚手のと両方。今は朝だから開けてあるの。そら窓が出来たわ。

男　小さすぎるな。

女　これでも？

男　うん。

女　では、ほら、この位では。少し大きすぎた?
男　いや、まだ小さい。
女　あら、もう私、手がとどかないわ。自分で描いたら?
男　うん。
女　シャツに口紅をつけないようにね。とれなくなるわ。
男　大丈夫。ほうら僕の欲しい窓はこんなのさ。
女　あら、それじゃ、壁全体が窓になってしまうわ。
男　そうさ。それが僕のねらいなんだ。
女　では、これは壁ではなくて、閉じた窓にすぎないってわけ?
男　その通り。
女　まあ、面白いわね。いっそのこと他の壁も天井も床も、全部窓にしてしまいましょうよ。
男　そんなことをしたら、壁がなくなっちまうぜ。
女　いいえ、あるわ。一ヶ所だけ。
男　どこ?
女　この扉と、その外よ。
男　部厚い壁だね。
女　無限に続く壁よ。
男　よし!　そうら、ぜえんぶ窓だ!
女　大きな窓、世界一おおきな窓!

男　どうだ！　部屋全部が窓なんだ。
女　窓でできてる部屋なんだ！　わーい、こんな部屋見たことないだろ！
男　床もない、天井もない、全部窓だ！
女　部屋じゃなくて、これじゃ窓そのものよ、私たち、窓に住んでるのよ！　玩具の熊みたい！
男　ワハハハハハ！
女

（間）

男　口紅が、すっかりなくなっちゃった。
女　いいのよ、どうせちびてたわ。
男　汗かいて、それなのに青い顔をしているよ、君は。
女　大丈夫よ。
男　冷い手をしている。
女　あなただって。
男　寒い？
女　ええ、少し。
男　僕の肩に頭をのっけてろよ、少しは楽になる。
女　急に親切になるのね。
男　僕が？　そうかい。
女　他にすることがないから？

男　そうかもしれない。
女　壁を破るのは、やめにしたの？
男　だって、みんな窓になっちゃったんだろ？
女　そうだったわね。窓から何か見える？
男　うん。
女　何が？
男　僕たちさ。

（短い間）

女　本当に見えるの？
男　見える。
女　嬉しいわ。

（間）

男　おや、これは何だい、ここにおちてる。
女　りんごの種子だわ。
男　芽を出すかな。
女　出すわよ、きっと。試してみましょう。この倒れたりんごの樹の裂け目に植えるのよ。
男　どうやって水をやる？
女　この上で泣くのよ。
男　いつ？　今？

女　今でなくとも、いつかは泣くわ。
男　不倖せで？
女　いいえ、そうとは限らない。幸せの涙かもしれないわ。
男　試してみよう、それも。

（間）

女　私に、接吻してくれたのね。
男　僕たちが愛しあえば、きっとりんごの種子も負けん気をおこして芽を出すぜ。
女　待って！　種子に水をやってくるわ。

（短い間）

プロデューサー　どうもどうも、お疲れさまでした！　すばらしい出来でしたよ。おそらくこのコンビの最上のもののひとつかもしれないな。
男　誰？　誰です、あなたは。
女　あの扉を開けて入って来たわ、この人は。
プロデューサー　ハハハ！　正に入神の名演技。作中の人物になりきってますな。いやモニタールームで聞いていたわれわれまでついひきこまれちまいましてね。このスタジオが、スタジオに見えなくなった位でしたよ。や、もう朝の五時だ。すぐ車出しますから、それまでむこうでお茶でも。放送は二十日の金曜日、ゴールデンタイムの真中に出します。これだけのいい録音がとれりゃ、プロデューサー商売もやり甲斐があるってもんですよ。
女　ここは、スタジオなんかじゃない筈よ、あの扉のすぐむこうには、何もない筈よ。

プロデューサー　え？　何か錯覚してられますね。あの扉のむこうは廊下で、

男　廊下？　廊下のむこうには何がある？

プロデューサー　突きあたりは、お手洗ですよ、御存知の筈でしょう？

男　そうだ、手洗いだ、そのむこうは？

プロデューサー　非常階段かな。

男　その下は。

プロデューサー　街ですよ。

男　助かった！　出られたぞ！　このいまいましい牢獄から逃げ出せるんだ！　万才！

（去る）

プロデューサー　何をあわててるんだい。頭へ来たのかな。

女　どこへ行ってしまったの？　あの人は。

プロデューサー　酒場へ行ったんでしょう。あの男は飲むと正気になるんですよ。もっとも朝の五時じゃ、どこも開いてないな。

女　教えて頂戴、私は誰？

プロデューサー　ハハハ！　冗談のうまい人だな、あんたは。教えてあげますよ。あんたは何をかくそう文芸座の山木さゆりさんである。

女　違うわ、違うわ。

プロデューサー　へえ！　じゃ一体誰なんです？

女　誰でもないわ、まだ。ここがどこでもないのと同じように。

# 顔又はドンファンの死

放送データ

制作・ラジオ東京テレビ（KRT　現・TBS）
演出・大山勝美
放送日・1960（昭和35）年3月21日　22時〜22時30分
「慎太郎ミステリー暗闇の声」

人物
ドン・ファン（中年）
バーテンダー（シスターボーイ）
警官1（野暮）
警官2（小心）
花子（うらないの婆）

花子を除く四人の登場者は、狂言風に喋り、花子は謡をうたうように喋る。
所作もまた、それぞれ狂言、能に自由に倣う。
道具は酒場のカウンターと椅子ひとつにとどめるのが望ましい。
円型劇場的な空間。

何も無い空間をうつしていたカメラに突然仮面じみた顔がC・U（クローズアップ）でフレームインする。

M（ミュージック）（いささかグロテスクなユーモア、能の囃子のようでもあり、マンボのようでもある）

**ドンファン**　まかり出でました私は、このあたりに夜な夜な出没するドンファンです。今夜も月は円く、ネオンは真赤にまたたいている。いざ、さっそうと出かけるとしよう。

ワイシャツののりはぱりぱり、ハンケチは純白、ズボンの折目はぴたりと決まり、キッドの黒靴はぴっかぴか、頭にいただく秋の霜の渋さ、我ながらあっぱれ天下一の色男ぶり。

いや、一寸散歩するうちに、ここはゆきつけの酒場、ブラック・トンネルだ。先ず元気づけに一杯いきましょう。

やあ今晩は今晩は、いい月ですね今晩は、そう、いつものやつを一杯。

**バーテン**　今夜はまた特におめかしでいらっしゃる。御洋服も御新調ね。

**ドンファン**　はっは、いつもながら十二ヶ月の月賦払い。

**バーテン**　御冗談ばっかり。

**ドンファン**　いやいやほんとほんと。だからここも二ヶ月勘定のつけで飲む。

いや何も貧乏な訳ではない。何となくこう、月賦払いが性に合うのでね。大丈夫、おあしにはきちんとしている方だ。

**バーテン**　先生はいつもお話が面白いわ。ではいつものカクテルをこう、しゃかしゃかしゃかと。はあ、どうぞ。（シェイカーをふる。中身はない）

ドンファン　いや、いつもながらあんたの腕はたいしたもの。同じ名前の酒でもここのは一段とうまい。ゆっくりいただくとしよう。こう、ちびちびと、もう一つ、ちびちび。結構な味だ。（グラスをとってのむ）時にバーテンさん、近頃いい子はいないかね。

バーテン　天下のドンファンが女ひでり、まさか。

ドンファン　いや、そのことそのこと。色にかけてはいささかのうぬぼれをもつ私としたことが、近頃の珍しい不景気。

バーテン　それはまたどうしたわけで、そのような。

ドンファン　何、わけは簡単。街を歩けばきれいな女は沢山いる。柳の眉、星の瞳、花の唇、鹿の脚、ところが、これはと思うのにとんとぶつからない。

バーテン　つまりお好みがおやかましくていらっしゃる。

ドンファン　いや、つい先頃まではこうではなかった。どんな女でも、どこかいいところのあるもの。眼にけんがあれば鼻がかわいい。脚が太ければ胸が豊か。色が黒ければ唇が甘い。それが女あさりの楽しみだった。それがこの頃では。

バーテン　この頃では？

ドンファン　何もかもあきあき、みんなつまらない。

バーテン　それはまたぜい沢な。

ドンファン　もしかすると、ホルモンの不足かと疑って、友だちの医者に診てもらったのだが、五体は至極健全。

バーテン　ではつまり、近頃はやりの女ぎらいにおなりになった？　嬉しいな。僕を口説いて下さる？

ドンファン　いやそうではない。そうではない。女はこれ迄以上に好きなのだ。ただ、今迄はどんな女でも女であればよかったのだが、今は只一人の女が恋しい。その女をもとめて、日夜心も体も焼かれるばかり。
バーテン　先生に恋されるなどという果報者、それは一体どこの誰？
ドンファン　それがどこの誰でもないのだ。どこの誰かが解ったらどんなに幸せだろう。恋しいのが誰なのか、私にも解らないのだ。女に会う度に、あれも違う、これも違うと思うばかり。それなのに私のこの胸の底には、ただ一人の女の顔が、夜も昼も影のように夢のようにおぼろげな形をうつしている。
バーテン　それは一体どんな顔？
ドンファン　口では云えないあえかな顔、きっとどこの誰にも似ていない。
バーテン　先生としたことが、まるでにきび面の中学生のような。
ドンファン　いやどうも、これも今迄の乱行のたたりかもしれない。

　　C・U（クローズ アップ）で突然フレームイン。
　　ぞっとする程みにくく不潔な老婆。

婆　そうかもしれぬ。そうでないかもしれぬ。この婆が見てあげよう。

　　M（ミュージック）（不気味に鋭く）

ドンファン　な、なんだ、急に、びっくりするじゃないか。
バーテン　ばあさん、来ちゃ困るって云ったろ。そんな汚い恰好でお店に出入りされちゃあお客さまに悪いわよ。

ドンファン　何をするんだい、この婆さんは。
バーテン　うらないですよ。
ドンファン　何、うらない？
ドンファン　手相を見るのか？
婆　そうだ、何でもうらなってあげるよ。
ドンファン　手相、顔の相、眼の中、胸の奥、この婆の目は何でも見通しじゃ。
婆　面白い。みてもらおう。ひとつ私の商売をあててごらん。
ドンファン　それは御免じゃ。
婆　どうして、何でもうらなうと云ったじゃないか。
ドンファン　わしはあんたの未来を教える。あんたのこれからの運命を語る。面白半分のからかいはおことわりだ。
婆　えらそうなことをいう婆さんだ。追い出してくれよう（カウンターを出てくる）
バーテン　まあまあ一寸待てよ。じゃあひとつ私の未来をうらなってもらおうじゃあないか。
ドンファン　どうだい婆さん、じろじろと見てくれ。何が見えるかね。私の眼の中、胸の奥に。

M（ミュージック）（静かに妖しく）

婆　——顔じゃ、女の顔じゃ。
ドンファン　何？　女の顔？
婆　——白い顔じゃ、白くて冷い顔、冷くて美しい顔、ぞっとする程美しい顔。
ドンファン　誰の顔だ、それは、どんな顔だ。
婆　——静かなおそろしい顔じゃ、あんたの心を溺れさせ、あんたの心を凍らせてしまう顔じゃ。

ドンファン　もしかするとそれは、私の求めている女かもしれない。
婆　そうじゃ、これこそあんたの求めている女の顔じゃ、あんたの唯一人の女の顔じゃ。
ドンファン　どんな女だ、婆さん、お前の知っている女か？
婆　そうじゃ、わしの知っている女じゃ、よく知っている女じゃ。
ドンファン　誰だ、それは誰だ、会ってみたい。
婆　すぐ会えるぞ、もうすぐ会える。
ドンファン　どこで？　どこで会える。
婆　ここで、この酒場のこの場所で。
ドンファン　いつ？　今夜か、それとも明日か？
婆　今、たった今。
ドンファン　何？　今？　誰もいないじゃないか。
婆　あんたの目の前にいる。
ドンファン　私の目の前に？　誰もいない。婆さん、お前しかいないよ。
婆　そうじゃ、わしがいる。
ドンファン　何だって？
婆　この婆じゃ、あんたの求めている女は。

間——

**ドンファン・バーテン**　（吹き出す）ぷうはははははははは。

**ドンファン**　婆さん、冗談はよせ。

**バーテン**　お客さまをからかうと只じゃおかないよ。

**婆**　からかってはいない。目をつぶって見なさい。

**ドンファン**　目をつぶれ？　どうして？

**婆**　目をつぶりなさい。手間はとらぬ。

**ドンファン**　今度は鬼が出るか、蛇が出るかもう一寸つきあおう。バーテンさん。あんたもつぶれよ、罰があたるといけない。

**バーテン**　僕も？　馬鹿々々しい。でもまあいいわ、一寸くらい目をつぶったって別に目が減る訳でもないでしょう。

**婆**　よいか、さあ目をつぶって。

　カメラが目をつぶった二人をうつしている間に、婆は面をつける。小面などの若い女面。非常に美しい。

　M［ミュージック］（鋭く）

**婆**　さあ、あけてよい。

**ドンファン**　あ！

　驚くドンファンのC・U［クローズアップ］

**バーテン**　なんだ、おどかすなよ、婆さん変なお面をかぶっただけじゃないか。だまされましたね、先生。

間――

バーテン　先生、どうしたんです?
ドンファン　この顔だ、たしかにこの顔だ。
ドンファンの視線を追ってパンし、婆をとらえ、面にC・U（クローズアップ）する。
バーテン　何ですって?
ドンファン　この顔なのだ、私の胸の底にあった顔だ。
バーテン　先生、しっかりして頂戴、気味が悪いなあ。
ドンファン　何という美しい顔だ。私の心の奥底にねむっていた顔だ。ああ、不思議な顔だ、夢のようにやさしくたゆとう顔だ。私の心の中のおぼろげな影のようなもの、それがやっと今、ここにこうして形になったのだ。これこそ私の恋する顔、私の求める顔だ。（放心したように）
バーテン　先生、だってこれは、この顔は、本当の女の顔じゃあありませんよ、これはお面ですよ。
ドンファン　お面?　ああ、そうか、これは面か。
バーテン　そうですよ、ただのお面ですよ。
ドンファン　では、この女は、ここに立っているこの女は。
バーテン　うらないの婆さんですよ。先生、大丈夫ですか?　まさか頭に来ちゃったんじゃないだろうな。うらないのしわくちゃ婆さんですよ。
婆　違うわしはもううらないの婆ではない。

バーテン　何だって？
婆　わしはもう婆ではない。
バーテン　おいおい、人を馬鹿にするのもいい加減にしろよ、婆さん。こんな汚いお面なんてさっさととっちまえ。（面に手をかけようとする）
ドンファン　待て、一寸待ってくれ。婆さん、お前、この面をどこからもってきたのだ。え？　これは能面だな、それもとても古いものだ。その辺にごろごろしてる能面じゃない。
婆　この面はもう面ではない。この婆も、もう婆ではない。
ドンファン　そんな妙な意地悪は云わんでくれ。な、婆さん。私はこの面がほしいのだ。是非ほしいのだ。な、私に出せるだけの金は出す。頼むからゆずってくれ。
婆　ききわけのない人じゃ、この面はもう面ではない。これはわしの顔じゃ。
バーテン　先生、こんな婆さんを相手にしたってつまらないわよ。そんなにこのお面が御入用なら、僕がとってあげますよ。ほら婆さん、とっとっとそんな妙なものをとって先生に差上げなよ。
婆　とれない、もうこの面はとれない。
バーテン　ええ、めんどくせえ婆さんだ、じゃあこうしてやる、えいとれ、これでもか。えい、……や、これは妙だ。
ドンファン　どうした、どうしたんだ。バーテンさん。
バーテン　先生、こ、この面は。
ドンファン　面が？
バーテン　こ、こりゃ気味がわるい。

**ドンファン**　お！　面が面でなくなって。

**バーテン**　すっかり顔にはりついている、先生もうよしましょうよ。こんな婆さんを相手にするのは。僕、こわくなってきた。わあ、気、気味のわるい婆さんだな‼

（突然恐怖にかられて、女のように逃げ去る）

**ドンファン**　おい、バーテンさん何も逃げ出さなくとも……だが、本当にこの面は……

**婆**　とれぬ、いくらひっぱってもとれぬ。これはわしの顔じゃ。

**ドンファン**　これは、お前の顔……。

**婆**　わしの顔じゃ。あんたの求めている女、あんたの恋する女の顔じゃ。よく見るがいい。

**ドンファン**　この顔だ、この顔しかない。どうしてもこの顔だ。私の求めている女の顔。

**婆**　わしじゃ、このわしなのじゃ、あんたの求めている女は。

**ドンファン**　たしかにこの顔だ。ああ、たしかにこれこそ唯ひとつの顔。（憑かれたように）

**婆**　では何故抱かぬのだ、何故接吻しないのだ。

**ドンファン**　お前か、たしかにお前なのか。

**婆**　わしがこの顔をもつ限りはな。

**ドンファン**　ああ私はこの顔から目が離せない。まるで何かの呪いにかかったように。だが、どうすればいいのだ。美しいのはこの顔だけなのだ、体は、体はうらないの婆さんの体だ。ひからびたのど、たれ下った乳房、枯木のような脚。

**婆**　しわがれた声、まがった腰、垢のたまった足指。だが顔は違う、顔はあんたの恋しているただ一人の女の顔じゃ。みずみずしい唇、白く匂う肌、妖しい眼、さあ、何故抱かぬのだ。何故接吻しないのだ。

ドンファン　ああこの顔は美しい。限りなく美しい。この唇は、私の唇にむかって開かれている。だがくさい！　何だこの匂いは。
婆　わしの匂いだ、わしのこの汚い体の匂だ。
ドンファン　ああ情ない、これほどの美しい顔が、私の死ぬ程恋いこがれている顔が、この汚い肉体のものだとは。ああ私はお前を抱きしめたい。抱きしめてこのつややかな頬に、冷い鼻に、そうしてこのぬれた唇に、私の唇を押しつけたい。それなのにああこのくささ！　この手足の汚さ。お前は何の因果で私を苦しめるのだ。
婆　よく嗅ぐがいい。この匂いを。わしの体の匂いだ。わしのくさった体の匂いだ。だがくさいのはわしだけではない。誰のせいなのじゃ、誰がわしの体をこんなにくさらせたのだ。
ドンファン　何？
婆　よく見るがいい、わしの顔をよく見るがいい。
ドンファン　え？　この顔は、あ！　この顔は…
婆　思い出したかな。
ドンファン　昔の、遠い昔の記憶だ。
婆　この白いひたい、この赤い唇、このさびしげな眉……
ドンファン　花子…お前は、お前は、花子…
　突然、婆の口調も声も若返る。
花子　そう、あたしは花子、三十年前、あんたに捨てられた女よ。
ドンファン　まさか、まさか。

花子　そら、この左手を見て頂戴、あんたにもらった約束の指輪、もうしっかりと指にくいこんで、とろうとしてもとれないわ。

ドンファン　昔のことだ、ひどく昔のことだ。お前は私の初恋の女だった。

花子　あんたのやさしい言葉を真に受けて、あたしは待っていた。三十年の間。

ドンファン　お前の顔だったのか、花子、お前の顔だったのか。私の心の奥底にかくれて、私を苦しめていた顔は。お前は、お前はこんなに美しかったのか。

花子　あたしは長い間待っていた。あの貧しい村の、こわれかかった水車小屋の中で。ひとりぼっちで、毎日々々。水車は夜も昼も廻っていた。ごろごろ。ごろごろ。春が来て夏が来た、秋がゆき、冬がいった。水車は廻っていた。ごろごろ、ごろごろ、そうしてあんたは帰ってこなかった。あの小さな水車小屋に私を置き去りにしたまま。

ドンファン　私も気にはかけていたのだ、花子。しかしなにしろ……

花子　あんたはあたしのことなどすぐに忘れてしまったわ。

ドンファン　そんなことはない。私にだっていろいろ苦労があったのだ。

花子　あたしは待ったわ、いつまでもいつまでも待ったわ。そうしてあんたを待ち続けるために。あたしは男に体を売るようになったの。

ドンファン　わるかったな花子、私がわるかったよ。

花子　ごろごろ、ごろごろ、水車はまわっていた。あたしはあんたのことを想いつづけた。あんたのことを想いながら、他の男に抱かれていた。

ドンファン　私はね、すぐお前を呼び寄せるつもりだったんだよ。ところがあの頃は不景気でね。なかなか働き口がなくて。

**花子**　ごろごろ、ごろごろ、水車は廻っていた。あたしはあんたのことばかり想っていた。たったひとりで、男からうつされた病気に苦しみながら。

**ドンファン**　そうだったのか、花子、お前の顔だったのか。いやどうも不思議なものだな、やはり初恋の女の面影は忘れられないとみえる。それにしても花子、お前はこんなに美しかったのか。私も馬鹿だったな、こんなにきれいな女を忘れてたなんて。

**花子**　ごろごろ、ごろごろ、水車は廻っていた。春夏秋冬…………

F・O（フェードアウト）

M（ミュージック）（せわしげに短く）

カットして、双生児のような警官の一組のM・S（ミディアムショット）カメラにむかって喋る。

**警官1・2**　まかり出ましたは、このあたりの治安を預る警官です。

**警官2**　ただ今この通りをいつものようにパトロールしていた所。

**警官1**　角から三軒目の骨董屋古山のおやじがまっさおになってとんできて云うには、

**警官2**　泥棒だ、泥棒だ、大事な品をやられた。

**警官1**　きいてみれば、飾棚に飾ってあった重要美術品指定の能面、何でも何十万の値打のものが、

**警官2**　煙のように消えている。

**警官1**　どうやらついさっき店の前をうろうろしていた物乞い風の婆さんがあやしいとのこと。

**警官2**　その婆さんが、ブラック・トンネルに入っていった所を見た者があったので、

**警官1・2**　こうして息せききって来たのです。

警官1　あれがそうだ、あの隅に向うをむいて立っている、あれがその婆さんに違いない。（二人、花子とドンファンに近づく）

警官2　もしもし、お婆さん、もしもし。

警官1　や、婆さんかと思えば顔は若い女。

警官2　こりゃ妙だな、あんたどこから来たの。

花子　ごろごろ、ごろごろ、水車は廻っていた。

警官1　何だって？

警官2　こりゃ少し変なんじゃないか。

警官1　失礼ですがあんた、こちらの女の方のお知合ですか？

ドンファン　私？　私ですか、私は何も悪いことはしていない。

警官2　いや、こちらの女の方のこと、

ドンファン　これは、この人は、私の、実はええ、その、私の、

警官1　あなたの？

ドンファン　知合（しりあい）で。

花子　さあ、この顔に接吻してごらん。あんたの恋している女の顔、長い間求めていた女の顔だよ。

警官2　何を云ってるんですか？

ドンファン　いや、こちらのことで、どうぞ御心配なく。

警官1　くさいな、何だろうこの匂いは。

警官2　どうもこの、この人の匂いのようだな。

花子　接吻して頂戴、花子はあんたの女よ。三十年間あんたを待ち続けた女よ。さあ、あたしに接吻して頂戴。
警官１　この人はあんたの恋人なんですか？
ドンファン　いや、そういう訳でも。なにたいしたことじゃあない。実は、この婆さんは、その、
警官２　この婆さん？
警官１　や、これを見ろ、この顔は、これは顔じゃないぞ。
警官２　成程。盗まれた能面に生きうつしだ。
ドンファン　何？　盗まれた能面？
警官１　そう、一寸した盗難がありましてね。
ドンファン　いや違う！　冗談じゃない、これは面じゃありませんよ。本当の女の顔ですよこの女の顔ですよ。よく見て下さい。
警官２　何だって？　あんた目が悪いんじゃないですか？
警官１　ここにちゃんと紐が見えてるじゃないですか？
ドンファン　何？　紐？　そんな筈はない。これは面じゃなくなっている筈だ。これは顔なんだ。いくらひっぱったってとれないのだ。
警官２　丁度いい、面をとるのはあとの方がいい。このままの方が証拠がはっきりする。
警官１　とにかく現行犯でこの女を逮捕します。
ドンファン　いかん、それはいかん！
警官２　何ですって？
警官１　あんたはこの女の何にあたるかしらないが、云いわけがあるのなら、

警官2　署に来てから云ってもらいます。
ドンファン　やめろ、この女を連れてゆくのはやめろ。これはもう面じゃないんだ。この女の顔なんだ。連れてったたって無駄だ。
警官1　おい、君、あ、やめろ、おとなしくし給え。
ドンファン　この顔は渡せない。この顔は私のものなんだ。どうしてもこの顔を私からうばおうというのなら、こちらにも覚悟がある。さわるな！　この顔にさわるな！（手近のナイフを手に、警官にかかってゆく）
警官1・2　あ、危い、そんなものをふり廻して。公務執行妨害だぞ。あ、おい、やめろ、やめんと射つぞ、馬鹿なことはよせ。そのナイフを捨てろ、おい、本当に射つぞ、あ、えい、ばん、ばあん！（二人、拳銃を出して射つ）
ドンファン　ああっ（倒れる）
　　間――
ドンファン　う、うったな！
警官2　仕方がなかった、正当防衛だ。
警官1　正当防衛だ。
警官2　すぐ医者を。
警官1　おう　いってくる。
警官2　たのむ、ちぇ、面倒なことになったなあ。
ドンファン　おおお、花子、花子……
警官2　おい、しっかりしろ、今すぐ医者が来るからな。

ドンファン　花子、ここに来てくれ。
警官2　婆さん、あんたのことらしいぜ。
ドンファン　花子、ああ、美しい顔だ。接吻させてくれ。
　花子はかがんで、面をドンファンの顔に近づけ、接吻する。
　M（ミュージック）（変に気味わるくロマンティックに）
ドンファン　冷い、冷い唇だな。まるで血が、通っていないようだ。ああ苦しい。私はもう駄目だ。私は死ぬ。初恋の女の面影をこの胸に抱いたまま死ぬのだ。ドンファンらしい、あっぱれな最後だ。……（死ぬ）
警官2　あ、こりゃいけない、おい、しっかりしてくれ、困ったことになったなあ。
婆　死にましたよ、あっけないものじゃ。
　（口調も声も元の婆に戻り、面をはずし始める）
警官2　これは弱った。僕はくびになっちまう。だが今のはたしかに正当防衛だった。（呆然としている）
婆　だがまあ、大切な品が戻ったのだから、めでたいことじゃ。はい、このお面はお返ししますよ。でもまあ、こんな古ぼけたお面のどこがいいのかねえ。こんなもののために命をおとす人の気が知れないねえ。ははは、はははは（と静かに笑う）はずされた面のC・U（クローズアップ）――。
　M（ミュージック）（しめくくる）

# 死ぬ

放送データ

制作・北海道放送
演出・森開逞次
放送日・1960（昭和35）年5月7日　13時45分～17時35分内の30分（北海道地域のみ）

## 1

F・I（フェードイン）

主人公夕月平太郎のC・U（クローズアップ）

一点を凝視した無表情な顔。中年で、疲れて、不健康である。

**平太郎の妻**　ほんとに私に行かせるのね。私一人で行って先生に検査の結果をうかがってきていいのね。

（平太郎うなずく）結果をきくのがこわいのね。（平太郎黙っている）じゃ、ともかく行ってきますよ。

（オフより声のみ）

M（ミュージック）　ショッキングに。

平太郎のC・U（クローズアップ）に突然タイトルがスーパーする。

タイトル「死ぬ」ついでスタッフ紹介など。

2

F・O（フェードアウト）

平太郎の内臓のレントゲン写真。

**医師**　（声のみ）医師としての良心にかけてこの際正直に申上げます。奥さん、ご主人のいのちは、あと数ヶ月余すのみであります。精密な検査から導き出された、科学的な結論です。こういうことを申し上げねばならないのは、私としても大変心苦しいのですが。

レントゲン写真がとり去られると、そこに平太郎の妻のB・S（バスト　ショット）がある。

まだ色っぽさの残っている顔。

**妻**　（放心したように）いいえ、先生はとても礼儀正しい方ですわね。主人が亡くなったら、一度ご一緒にお食事でもつきあっていただきますわ。

**医師**　縁起でもない、いくら冗談とはいえ。

**妻**　（医師の方を、即ちカメラの方をむいて）お医者さまのくせに、ずいぶん思いやりのあるかた。

**医師**　私だって人間です。

人体骨骼検型がある。

**妻**　まあ、そう？

**医師**　（立って）一言ご忠告申上げます。病気のことは決してご主人におもらしになってはいけません。たいしたことはないと思わせておあげなさい。

**妻**　あら、うそをつくんですの？

医者、頭骨に寄ってＵＰ

**医師**　それこそ思いやりというものですよ。どんなに人間の出来た方だって、自分の死期をきかされるのはショックですよ。

Ｍ（ミュージック）　コード（和音）

## 3

円型劇場風なステージの上、平太郎が一人、着物を着てきっちり座っている。机と原稿用紙などあっても可。

**平太郎**　（内心の独白）あああ、またおなかがずーんと痛みやがる。これじゃ仕事も出来やしない。俺は、やっぱり死ぬのかなあ。

妻、登場。

**妻**　ただいま。

**平太郎**　（内心の独白）いや馬鹿々々しい、死ぬもんか。

**妻**　あなたは死ぬわ。長くてもあと半年ですって。

（間）

平太郎の顔　Ｃ・Ｕ（クローズアップ）

**平太郎**　うそをつけ。

**妻**　医者は私にうそをつくように云ったわ。でも私、うそはつけないたちなの。あなたもご存知ね。

**平太郎**　俺は死なんよ。

平太郎、ふところからウイスキーの小ビンを出して一杯つぎ、ゆっくりとのみほす。

**妻**　あなただって作家のはしくれでしょう。もっとリアリストにおなりなさいな。

平太郎の子供たち、ジョージとハンナ登場。

ハイティーンである。

互いに一台ずつのポータブルラジオをさげ、一方はロカビリイ、一方はモダンジャズをやっている。

**ジョージ・ハンナ**　ねえパパ、パパ、パパ！　パパってば！

**平太郎**　（力なく）　うるさい！

**ジョージ**　ねえパパ、飛行機買って！

出物があるんですよ。中古のセスナで、たった四百万！

**平太郎**　四百万！

**ジョージ**　パパの一年の収入の半分にもならないよ。

**妻**　ジョージ。お父様はもうすぐ、お亡くなりになるのよ。

**ジョージ**　ごまかすのが下手になったたな。

**妻**　お母さんは、うそはつきません。

**ハンナ**　じゃ、ねだるのも今のうちね。でも私はお小づかいが欲しいんじゃないわ。ね、パパ。私、尼さんになりたい。

**平太郎**　何だって？

ハンナのC・U（クローズアップ）

**ハンナ**　セックスの快楽には、あきあきしたの。セックスが虚無なら人生だって虚無だわ。

私、尼さんになっちゃう！

**平太郎**　よろしい。じゃ尼さんになりなさい。

**ハンナ**　まあ素敵、許してくれるのね。じゃ先ず、修道院をひとつ買って頂戴！

**平太郎**　何？

**ハンナ**　尼さんになるには修道院へ入らなきゃならないでしょう。他人の修道院へ入るなんていやだわ。自分のでなきゃ。

**妻**　ハンナ、お父様は半年たらずのうちにお亡くなりになるのよ。

**ハンナ**　だったらどうなの。

**妻**　せめてもう一寸小さな声で話せないの？

**ジョージ**　だめだ、今日は、虫の居所がわるい、ハンナ行こう！

二人退場。

**平太郎**　随分風変りな子供たちだ。どこで教育を間違えたのかなあ。

E（エフェクト）　電話がなり始める。

平太郎、画面の外から伸縮台にのった電話機をひっぱり出す。

（机のある場合は机上に電話があってもよい）

**平太郎**　もしもし、ああ私です。原稿？

あ、おたくどこ？　週刊、週刊誌？　〆切今日だった？　何だっけ、おたくに書いているのは、ああそうか、八人目の武蔵だったね。今日は駄目だ、え？　駄目と云ったら駄目！　駄目駄目！　しつこいな、今それどころじゃないんだ。私はね、ついさっき、余命はあと半年ないって宣告された男なんだ！

## 4

M・C・O（ミュージックカットアウト）　B・G（バックグラウンド）

下記の如き見出しの新聞が投げ重なる。

剣豪作家のナンバーワン夕月平太郎氏に死の宣告！　年収一千万円のベストセラー作家ペンに殺されるか？

夕月平太郎氏の白鳥の歌……等々のトップ見出しと平太郎の写真のかかげられた新聞、次々に。

## 5

平太郎のC・U（クローズアップ）

記者たちにとりかこまれている。マイクとフラッシュ。記者たちのC・U（クローズアップ）と平太郎のC・U（クローズアップ）交互にカット又はパンでつなぐ。

**平太郎**　あんまりピンときませんねえ、まだ。

（物なれた調子でにこやかに）

**記者1**　先生、お仕事の方は？

**平太郎**　続けますよ、平常通り。

**記者2**　これからの心のより所は。

**平太郎**　別に。平常心を保つだけです。

**記者3**　遺産の処理はどうなさるご予定ですか、失礼ですが。

平太郎　そんなものありはしませんよ君。
女の記者　こういう極限状況におけるですね、先生の女性観をうかがいたいんですが。
平太郎　ますますかわいくて美しくてたまらんですな。いつ見ても。
記者1　アルベール・カミュの死についてどうお考えですか？
平太郎　誰ですか、その人？
記者2　入院のご予定は？
平太郎　入院なんてしませんよ。
記者3　先生の記念碑をつくろうっていう話がもち上っているということですが。
平太郎　光栄ですが、少々おっちょこちょいすぎますな。
女の記者　若い女性の読者に、先生の遺言をひとつ。
平太郎　いいですか、君、僕はまだこの通りぴんぴんしてるんですよ。医者の云ったことだって、絶対的とは限らない。誤診だってありうるんだ。死人扱いするのはやめてくれ。
記者1　生きるために、あくまで斗うとおっしゃるんですね。
記者2　そのエネルギイの秘密は、どんな食物にあるんですか？
記者3　医者を名誉キソンで告訴されますか？
女の記者　あのう、うちの社の原稿、いついただけるでしょう。

6

やはり円型劇場風のステージの上で、ゆりいすに腰かけて、妻がシシュウをしている。

妻のB・S（バストショット）が画面の中でゆれている。

**妻** ……誰でも、一度は死ななきゃならないんだものね。私にはどうすることも出来ないわ。あの人だって悪い人じゃないけれど、誰だって一度はねえ、死ななきゃなんないんだもの、おそかれ早かれ……

F・O（フェードアウト）

F・I（フェードイン）

## 7

中年の人の良さそうな女のC・U（クローズアップ）

**新興宗教の女** 先生ね、先生のような境遇の方にこそ大御神さまのお救いがあるんでございますよ、ご信心なさいませ。お気持がすーっとお楽になりますよ。大御神さまのお名前をおとなえするだけでいいんです。それとも先生、先生は何か他のご信心していらっしゃいますの？

**平太郎** いや別に。ま、若い頃、一寸キリスト教の方に行きましたがね。

**女** おやそれで、今でも教会の方へ？

**平太郎** いや今はもう、教会も遠いし、忙しくて。

**女** そりゃ、よござんしたわ。先生、キリスト教っていうのは、あれはわるいもんですよ。ありゃ、人を強くせんで、弱くしちまうんですよ。右の頬を打たば、左の頬も出せとかね、敵を愛せとかね。ありゃ宗教なんかじゃありませんわ。ありゃね、人の悩みを外へ出さんと、中へ中へとかくしていくんです。キリスト教なんかへ入ったら、誰も皆、二重人格になってしまいますわ。その点、私共の大御神さまはね……

女は尚も喋りつづけているが、その声はF・O（フェードアウト）して、口のみぱくぱくしている。

**平太郎**　（内心の独白）　いやあ。困っちまったなあ、このおばさんも親切でこうして云ってくれるんだろうけど、もし俺が本当に死ぬんだとしたら、小説も途中でおっぽって死ぬ訳にはいかんし、借金も整理せにゃいかんし、忙がしくて到底信心する暇なんかありゃしないなあ。どら、とにかく、少し元気をつけておこうか。

平太郎はふところからやおら注射器をとり出して、何やら自分の腕に注射する。

**女**　先生、そりゃ何です？

**平太郎**　ホルモンですよ。

**女**　困った先生だねえ、そんな高いくすり使ったって、心も体も救われはしませんよ。心が安らかになりゃ、体も自然によくなってくる。

平太郎ふてくされてごろりと寝てしまう。

**女**　わるいことは云いません、大御神さまをご信心なさいませ。今からだってちっともおそくはないんですよ……

F・O（フェードアウト）しても、声だけはまだくどくどと続いて。

**8**

M（ミュージック）　死を思わせる静かな単調な音楽。

次のシーンにつづきB・G（バックグラウンド）

それに例えばオートバイの爆音のような騒音が時々ダブる。

ロカビリイ歌手のC・U（クローズアップ）

烈しいリズムで歌っているが、音は全く違う音楽。カメラパンすると、ハンナとジョージが狂ったように踊っている。

　O・L（オーヴァーラップ）

## 9

不良少年風の美貌の男C・U（クローズアップ）

サングラスをかけて。

※死神のショットにはいっても8のシーンがO・L（オーヴァーラップ）している。

※9のシーンには、画面にマスクなどをかけて、幻想的に扱うこと。

**死神**　俺は死んでる。俺はいつだって死んでるんだ。オートバイにのっちゃってよう。
　時速五十粁でふっとばせって訳さ。

**平太郎**　誰だい、あんたは。押し売りならおことわりだよ。

**死神**　ハハハ、押し売りだよ、いかにも。世界一しつこい押し売りさ。俺は死神なんだ。

　M・C・O（ミュージックカットアウト）

**平太郎**　え?

**死神**　シ、ニ、ガ、ミ!

**平太郎**　何しに来たんだ?

**死神**　あんたをむかえに来たんだよう。

**平太郎**　どこから?

M（ミュージック）　再びS（サウンド）・I（イン）

**死神**　ここからさ。この人生の真只中からさ。俺は死んでる。俺はいつだって死んでるんだな。あらゆるいのちの中で。俺が生きるのはただ一回だけさ、一寸したスリルだよう。

**平太郎**　折角来てもらってわるいけど、僕は死にませんよ。

**死神**　あんたは死ぬよ。

**平太郎**　死にません。

**死神**　死ぬよ。

**平太郎**　死ぬもんか。

**死神**　死にますよ。

**平太郎**　死なない！

**死神**　死ぬのさ、あんたもやっぱり。

**平太郎**　脅迫する気か！

**死神**　夕陽に輝やく海は美しい。夏の微風にそよぐからまつは美しい。踊り狂う若者たちは美しい。街角に捨てられた牛乳ビンも美しい。だけどみんな死ぬよ。もちろん、生きているうちはそんなこと忘れていいんだ。生きているうちは、生きているだけでいいんだ。だけど、もうすぐ死ぬって分ってる時には、少しは死について考えたっていいだろう。

**平太郎**　帰れ、帰ってくれ！

**死神**　またくるよ、近いうちに。

M（ミュージック）・C（カット）・O（アウト）

10

6と同じ妻のB・S（バストショット）

平太郎の声　おい、医者を呼べ！　一人じゃ足りない、十人呼べ！　金にけちけちするな！　それから牧師を呼べ！　ミコも呼べ！　神主もだ！　新興宗教の宣伝係を一人ずつすぐよこしてもらうんだ！　俺は死なんぞ、死んでたまるもんか馬鹿々々しい！

相変らず、ゆりいすを動かしながら、

妻　何でしょうねえ、いい年をして急にあんなにうろたえたりして。こわい夢でも見たのかしら、子供みたいに……

手にしているシシュウのC・U（クローズアップ）

F・O（フェードアウト）

F・I（フェードイン）

11

M（ミュージック）　いささかこっけいに。

初め平太郎一人が座っているが、やがて医者たち、みこ、牧師、神主、等々が入ってきて、てんでに診察したり、注射したり、大ゲサな機械を組立てたり、祈ったり、オハライをしたり、祭壇を造ったりし始める。平太郎はされるがまま、すべてパントマイムで。人数は多ければ多いほどよい。マスとしてとらえると同時に一人一人の仕事をC・U（クローズアップ）する。

てんやわんやのうちに、

F・O（フェードアウト）

F・I（フェードイン）

## 12

赤ん坊を抱いている若い女。椅子にかけている。

カメラにむかって。

**若い女**　あんたの子よ、どうしてくれるの………あんたが死にかけてるってきいてあわてたわ。月々のものだってもらえなくなっちゃうしね。どう、似てるでしょ。かわいいでしょ。私だってかわいいわ。手放したくないわ。あんたみたいな立派な先生をお父さんに生まれた子だものね。きっとえらくなるわ。でもね。私だって働かなきゃ食べていけないしね……

平太郎、椅子にかけている。

**平太郎**　いくらほしいんだ。

**若い女**　計算してきたわ。ボーイフレンドに経済学の学生がいるのよ。物価指数の変動なんかも一応計算に入れて、この子が大学卒業するまでの生活費よ。これなら公平でしょ。（と紙片を渡す）

**平太郎**　高いな。

**若い女**　あら、そんなことないわ。内輪にみつもってあるのよ。

**平太郎**　やけに半端な数字だな。

**若い女**　どんなことが起るか分らないものね、未来には。

平太郎　それにしても、もう一寸まからないかな。第一まだ死ぬときまった訳でもないだんだし。

若い女　そりゃね、誰だって、死ぬときまってやしない。死ぬのは偶然だものね。ただその偶然があんまり誰にでもおこりすぎるもんだから、みんな自分もいつかは死ぬと思いこんで、死ぬのは必然だなんて誤解してるけどね。

平太郎　ま、とにかくもう一寸安くしろよ、な。

（間）

若い女、平太郎をじっとみつめて、ふと目をそらし、

若い女　いいのよ、もういらないわ。

平太郎　え？

若い女　気が変ったの、あんたの顔見てたら。

平太郎　何だい急に。

若い女　この赤ん坊、借りてきたのよ、あんたの子じゃないわ。私の子でもないの。

平太郎　え？　じゃ君……

若い女　うそだったのよ、何もかも。あんたみたいなお人好しでなきゃひっかからなかったでしょうよ。

平太郎　それで、この赤ん坊は？

若い女　アパートの隣りの室の人の子よ。男に逃げられてね。まだ二十一よ、その人。

平太郎　おい。

若い女　え？

部厚い札束。

平太郎　この金もってけよ。
若い女　誰に？
平太郎　この子のおふくろにだよ。
若い女　まあ、あんたって変ってるわね。
平太郎　かわいい赤ん坊じゃないか。
若い女　うん、かわいいでしょ。
平太郎　金くすねるなよ、君には別に送るから。
若い女　あまり沢山じゃなくていいわ。
平太郎　うん、君はやり手だからな、大丈夫やってけるさ。
若い女　あんたのこと、私、わりかし本気で好きだったわ。
平太郎　そうかい。
若い女　じゃ、またね。

　平太郎の、女を見送るC・U（クローズアップ）

平太郎　（内心の独白）医者も牧師もミコも神主も、みんな俺の金目あてで、勝手なおためごかしを云いやがった。それに比べると赤ん坊にはうそがない。赤ん坊の顔を見てると、年よりなんてやっぱり死ぬのがあたりまえみたいな気がするな。

13　WIPE（ワイプ）

ハンナとジョージ。

ハンナ　生命保険が全部で五口あるでしょ。あわせて二千三百万位にはなる筈よ。

ジョージ　家は古いから、せいぜいよく売れて五百万だろうな。

ハンナ　土地が大分あるでしょ。

ジョージ　それがどうもはっきり分らないんだ。いろんな名義をかりてるらしいからな。

ハンナ　死んだらきっと全集だって出るわよ。

ジョージ　でもおやじみたいな大衆作家はすぐ人に忘れられちまうからな。

ハンナ　絵と骨トウ品の蒐集は？

ジョージ　あれはもう一寸おいといて値上りを待ってもいいな。

ハンナ　いずれにしろ、一億は絶対無理ね、五千万だってあやしいもんだわ。

ジョージ　まあいいさ、とにかく、おふくろにはシシュウの道具さえやっときゃいいんだから。

ハンナ　私たちの分前はあくまでフィフティフィフティよ。

ジョージ　君は修道院を建てる。俺はジェット機を買う。ヤッホー、未来のことを考えると生きがいを感じるな。

ハンナ　私って黒が似合うのよ、とっても！

14

平太郎と妻、妻はゆりいすでシシュウ。

平太郎　あんたは、俺が生きてるのと死んじまうのとどっちがいいのかね。

**妻**　どっちがいいって云ったって、その通りになる訳じゃないでしょう？
**平太郎**　はりあいがないね。
**妻**　私は何にでも、逆らうのはいやなんですよ。物事は自然のままが一番いいんですよ。
**平太郎**　俺が死んだら。あんたはどうする？
**妻**　さあ、やっぱりシシュウをしてるでしょうね。
**平太郎**　あんたにゃ喜怒哀楽の感情ってものがないのかね。
**妻**　忘れちまったんですよ、もう。自分が傷つくまいと思ったら、何も感じないでいるのが一番。
**平太郎**　たいしたもんだ。
**妻**　おかげさまで。
**平太郎**　どういう意味なんだ。
**妻**　これでも昔は、あなたを愛したこともございました。いつも裏切られてばかりでしたけど。
**平太郎**　……すまなかったな。
**妻**　いまさら。
**平太郎**　でも俺はいつでも、最後にはあんたの所へ帰った……
**妻**　いいんですよ、もう。
**平太郎**　いや、俺は云っときたいんだ。
**妻**　……（目を伏せている）

ハンナとジョージ登場。

**ハンナ**　パパ。パパが死んだらね、私たち何すると思う？

**ジョージ**　あててごらんなさい?

**平太郎**　さあね、お墓でも建ててくれるのか?

**ハンナ**　お墓?

**ジョージ**　お墓なんているの?　パパ!

**ハンナ**　お金がもったいないわ。

**平太郎**　じゃ一体何をする気なんだ。

**ハンナ**　私は修道院を建てるの。パパのこともお祈りしてあげる!

**ジョージ**　ぼくはジェット機を買うんです。

そいつにのっかってエジプトへ行くんだ!

**平太郎**　エジプトへね、なるほど、ピラミットにぶつからないように気をつけてくれよ。

**ジョージ**　大丈夫だよう、パパ!　まかしとき。

F・O（フェードアウト）

15

F・I（フェードイン）

平太郎の内臓のレントゲン写真、とり去られると医師のにこにこ顔がある。

**医師**　いや奇跡です。全くの奇跡です。こんなに急激に快方にむかわれるとは、やはり何か常人にはない不思議な生命力がおありですなあ。ま、もちろん油断は出来ませんが、この調子ならとにかく薬もきくし、手術も可能です。半年どころじゃない、百才まで生きられる可能性だって出てきました。

**平太郎**　そうですか、そんなもんですか、妙なものですな、命なんて。実は、自分では殆んど諦めていて、やっと覚悟も出来かかっていたんですが、それが今になって——

## 16

Ｅ（エフェクト）　電話のベル

平太郎の妻、ゆりいすとシシュウ。画面の外から電話器をとりあげて。

**妻**　もしもし、あ、あなたですか。え？　まあ、お医者さまが、そりゃよございましたね。え？　うれしいかって？　さあ。はいはい、ウイスキイですか？　残ってますよ。

（電話きる）

しばらく考えているがシシュウを置いて立上る。

## 17

ジョージとハンナ。

**ジョージ**　がっかりだな。

**ハンナ**　私、友だちに恥ずかしいわ。みんな尼さんにしてあげるって約束したのに。

**ジョージ**　ぼくらの希望はいつも成就されない。人生って悲劇的だなあ！

**ハンナ**　しょうがないから、英語の勉強でもしようっと。またそのうちに、いいことがあるわ！

**ジョージ**　ジャズでもきこう。

**ハンナ**　うるさいから、イヤホーンできいて！

イヤホーンを耳へつっこんだジョージ、だんだんとビートにのってうかれ出す。

18

記者たち。

**記者1**　サギだね、こりゃ。

**記者2**　始めっから医者とぐるになって仕組んだんじゃないのか？

**記者3**　売名行為だ。一寸したスキャンダルだぜ。

**女の記者**　たたきましょうよ、徹底的に。トップ記事で。

**記者1**　死んどきゃいいのに。いい潮時だったのにな。

M（ミュージック）　コード（和音）

19

新興宗教の女。

**女**　やっぱり私の云った通りでしょう？　大御神様のおかげですよ。

M（ミュージック）　コード（和音）

20

牧師。黙って、さかしらにほほえんで十字をきる。

M（ミュージック）　コード（和音）

21

赤ん坊を抱いた女。

**若い女**　（赤ん坊に向って）　よかったね。お父ちゃんは死ななかったよ。こうと知ったら、あんたの子じゃないなんてきれいごと云わないで、やっぱり本当のこと云っときゃよかったけど、まあいいわ、お金はいずれにしろもらったんだし、あの人はもう死んだことにして、二人だけでやってこうね。

M（ミュージック）　コード（和音）

22

死神と称した男。読んでいた新聞をおいて、にやりと笑う。その新聞には夕月平太郎氏、奇跡の回復。疑わしい病気説、人気とりのためのでっちあげか？　等々の記事がみえる。

男、ゆっくり立ち上って、フレーム・アウト

M（ミュージック）　サスペンス

F・I（フェード イン）

23

平太郎。パンして死神。

**平太郎**　どなたでしたっけね。どこかでお会いしたような気がするが。

**死神**　初対面だぜ。

平太郎　なんのご用です？
死神　お忙しいこったろうな。相変らず。だが、悪い気持じゃあるまい。
平太郎　何が？
死神　生きてるってことがさ。
平太郎　あんたに関係はないよ。
死神　まあね、だが金ももうかって、新聞やテレビに顔もちょくちょく出るようにもなりゃ、ひょんな所で、ひょんな人間とひっかかりが出来るからね。
平太郎　どういう意味だ。
死神　……
　男は、ポケットから、生卵をとり出しては、それをゆっくり床へおとして割り始める。
平太郎　何をするんだ、汚れるじゃないか。
　つぶれた卵のC・U（クローズアップ）
死神　くしゃっ！　一寸手を放せばくしゃっ！　こんなもんだね、命なんて。誰かの気まぐれで、いつかどこかで突然くしゃっ！　何の理由もなく、何の意味もなく、どんなドラマもなくあっさりとね。
平太郎　あんたは……
死神　別に、誰でもないさ。あんたのことを新聞で読んでね。本当としたら運がよすぎる。俺は他人が幸せになるのがきらいなたちでね。
　ポケットから、出刃ボウ丁をとり出す。
平太郎　どうしょうっていうんだ。警察を呼びますよ。

死神　やめときな。
平太郎　なんてことだ、全く訳が分らない。
死神　訳なんてないさ、個人的なうらみだって別にない。
平太郎　誰に頼まれた？
死神　誰にも。気まぐれさ。そ・れ・だ・け！
　平太郎を無造作に刺す。
平太郎　何を、何を馬鹿なことを。
死神　どうせ一度はこうなる筈だったんだろ。
平太郎　おまえは、思い出したぞ。おまえはあの晩の死神……
死神　死神？　ただのやくざさ。だがあんたにとっちゃ死神に違えねえ。
平太郎　やっぱり俺はこうなったのか、分っていた。何て馬鹿々々しいことなんだ……
　平太郎死ぬ。
死神　誰だっておなじさ。

24

　ハンナC・U（クローズアップ）
　大声で悲鳴をあげる。
ジョージ　パパ！
　ジョージ、呆然としてもっていたラジオをおとす。と、それは大きな音で音楽を鳴らし始める。

25

ラジオのM（ミュージック）　C・I（カット イン）
（ロマン派的な異様に壮大な音楽、例えばワグナー）

平太郎の妻のC・U（クローズアップ）
恐怖と哀しみに目を見開き、悲鳴をあげそうになるが、やがてあきらめの表情に戻る。

26

その手にあるシシュウのC・U（クローズアップ）

27

新興宗教の女C・U（クローズアップ）
無我の境で祈っている。

28

記者たちのいろいろな表情。
ざまをみろというのや、呆然としたのや、無表情なのや、笑っているのや…

牧師、先程と寸分違わぬほほえみで十字をきる。

29 赤ん坊を抱いた女。
赤ん坊を抱きしめてすすり泣く。

30 死神と称した男の手に手錠がかかる。
その顔の一瞬のC・U（クローズアップ）
すぐこづかれて、フレーム・アウト。
カメラパンすると、

31 ロカビリイ歌手のC・U（クローズアップ）
相変らず大声で汗をかいて歌っている。（音楽は別のもの）

32 死亡届のC・U（クローズアップ）
誰かの手が、それに夕月平太郎の名を書きこむ。ペンがひっかかり、インクのしみが出来る。それに
突然、エンドタイトルが、スーパーする。

ラジオのM（ミュージック）　C（クロス）・F（フェード）して
エンディングM（ミュージック）　鋭く終る。

# 電話

放送データ　制作・RKB毎日放送
演出・谷川清明
放送日・1961（昭和36）年2月27日　22時30分〜23時（福岡地域のみ）

人物
女
ドラマー（若い男）
背の低い男
背の高い男

○何も無い抽象的な空間・フェイド・イン

若い女が一人立っている。ハンドバッグを腕に下げ、大事そうに電話器をかかえ、受話器を耳におしつけている。電話のコードは、天に向ってのびている。

**女**　もしもし、もしもし。

熱心に呼びかける。

女　もしもし。

そわそわして待っている。

女　もしもし、ハロウ。

媚びたようなほほえみをうかべて。

女　ハロウ、ハロウ、もしもし……

もしもし！

突然怒ったように、

女　アロウ、プロント、プロント、もしもし。

疲れたように、肩をおろす。

○別な空間・部屋の中

熱狂的なソロをつづけるドラマー。顔はゆがみ、汗は滴る。だが観客に媚びている様子はない。どうやらリハーサルをしているらしい。

○女のいる空間

女　もしもし、え？　つながった？　つながったんですって？

間

あ、そう。（失望して）いいわ呼びつづけるわ。

受話器を耳にあてたまま、ポケットからチュウインガムをとり出して、かみ始める。

○ドラマーのいる空間

相変らずエキサイトしたソロ。

○街頭

二人の男が立っている。一人は背が低く金持ちらしい洗練された服装。一人は背が高く、知的だがどこかいやし気なサラリーマン風、背の高い男は、低い男の耳の上にかがみこんで、何かしきりに耳打ちしているが、その声は街の雑音にまぎれてきこえない。二人のそばを、人々の渦が流れている。この二人の出てくるシーンは、そのドキュメンタルなタッチで、他のシーンと区別される。

○女のいる空間

女　もしもし。

間

ふと気がついてコンパクトを出し、顔をのぞく。電話器をもったまま、口紅やまゆずみやアイシャドウやパフを使って化粧を直し始める。物を決して床におこうとしないので、電話器を腕の間にはさんだりコードを首にまきつけたり、汗をかき、悪戦苦斗する。その間も女は受話器を離さない。

女　もしもし、もしもし、え？　声が聞えた？　あのかたの声が、本当？　一寸待って頂載。

あわてて身じまいを正し、ガムを口から出し、捨場に困って、電話器にはりつける。

女　もしもし、プロント、アロウ、もしもし、ハロウ、ハロウ、プロント、もしもし！　どうしたの？　何も聞こえないわ！　もしもし！　え？　番号が違っていた？　また？　もしもし、交換手さん、あなたわざと私の邪魔してるんじゃないの？　そうよ、変だわ。いつからかけてると思うの？　え？　私がいつからあのかたを呼びつづけてると思うの？　この電話、外線にきりかえて頂戴。自分で呼ぶわ。

怒って受話器を置き、ハンドバッグの中から、対数表のような、数字ばかりの並んでいる帳面をとり出し、数字を声を出して読みながら、ダイアルを廻し始める。

女　三一四一五一五九二六五三五八九七九二七六三四八三〇五二一一八六四七九〇三二六三一……

といつまでも廻している。

○街頭

背の高い男、背の低い男に耳打ちしている。やはり声はきこえない。

○ドラマーのいる空間

ソロは最高潮に達し、やがて終る。すると他のジャズメンは誰もいなくて、ドラマー一人だったことが分る。彼はほっとした表情で、しかもどこかさびしげに、煙草に火をつけ、くつろぐ。

○女のいる空間

女　もしもし、違いますよ、こっちからかけてるんですよ！

一たん受話器をおき、またダイアルを廻し始める。

○ドラマーのいる空間

ドラマーはいなくなって、ドラムセットだけがとり残されている。

○街頭

男は二人ともいなくなっている。パトロールカーが、けたたましいサイレンを響かせて走り過ぎてゆく。それを見送る人々。

○女のいる空間

**女** もしもし、アロウ、アロウ! え? きこえませんよ。何ですか? ハロウ、ハロウ、プロント、何が? え? 誰ですって? とても遠いんです。きこえないんです。もしもし、もしもし……

女は受話器をおき、疲れたようにしゃがみこむ。

**女** あのかたは一体何語を話されるのかしら。あのかたは若いのかしら、それともお年よりなのかしら。あのかた……本当にいらっしゃるのかしら。

その瞬間、女の手にした電話器が鳴り渡る。女はびっくりして、受話器をとる。

**女** (なかばおそれて)もしもし、もしもし私です。どなた、そちらはどなた? もしもし、もしもし……

間

返事はないが、女は受話器を離さない。

**女** もし突然あのかたが、私に向かって話かけられたら、私は何と云い出せばいいのかしら。私はとても自分勝手なやり方で、あのかたを求めているんだから。何かひどくみにくいことを云ってしまいそうだわ。

助けて下さい、私を、助けて下さいって、いきなり云ってしまっていいかしら。あのかたは正直な人間がお好きだときいているから。それとも、あのかたは、私があんまり甘えすぎるとお思いになるかしら。でも、私は悪い女でしたなんて、そんなことは云いたくない、そんなことは絶対いや、自分が悪いと思うのは、私の性に合わないんだ、浅草橋のあの四畳半のアパートでおきた事件だって、あれは私が悪かったんじゃない。あ、もしもし、もしもし……やくざな電話器ね。しょっちゅうぶんぶんとか、がさごそとか、妙な音を出してるくせに、声だけはちっとも聞こえやしない。でもいいわ、どうせ私は私以外の人間なんてこれっぱかしも信用してないもの。

○殺風景な事務所の内部

電話器のひとつのっただけの机、その机をはさんで、街頭にいた背の高い男と背の低い男が椅子にかけ、大口を開けて笑っている。隣室からは甲高いラジオの音、英語である。

○女のいる空間

受話器を耳におしつけた女の顔のアップ。

女　プロント、アロウ、もしもし……

惰性的に。

○薄暗い廊下の隅

小机の上の電話器。ドラマーがダイアルをまわす。話中。ふたたびまわす、まだ話中。

○女のいる空間

受話器を耳にあてた女。イアリングをはずし、ポケットにいれる。じっと遠くをみつめている。

○廊下の隅

ドラマー、ダイアルをまわす。話中。話中の音をききながら、彼はメモ用紙に一人の女の名を書く。つづけていくつも、各国語でいろいろな女の名を書く。やがてあきらめて受話器を置き、メモ用紙を破って、口の中にほうりこむ。それをかみながら立ち去る。

○女のいる空間

女、また数字を見ながらダイアルをまわし終る。

○事務所

電話が鳴る。背の低い男がとる。ラジオの音に消されて、喋る声はきこえない。

○女のいる空間

**女**　もしもし！　ああ！　とうとう！

○事務所

背の低い男、眉をしかめて何か云う。

○女のいる空間

女 （興奮して）あなたのお声をおききしただけで、もうこんなに素直になってしまいますわ。電話なのが残念です。あなたが今私の目の前にいらっしゃるのなら、おみ足に接吻出来ますのに。ああ、どうか何もおっしゃらないで下さい。助けていただきたいんです。

○事務所

背の低い男、いぶかしげに受話器を背の高い男に渡す。背の高い男、ききながらにやにや追従笑いをうかべて、背の低い男を見る。背の低い男、否定するように手をふる。

○女のいる空間

私は罪を犯しました。でも私は悪い女じゃありません。きいて下さい、どうかおきりにならないで、黙ってきいて下さい。私は二千年前に地球で生まれました。名前はイブです。友だちは私を道子と呼びます。太郎は私を花子と呼びます。私の母は私を、いいえ、私には母なんていません。どうでもいいことですわ、名前なんて。とにかく私は女です。女の長所と欠点はみんなもっています。男が好きです。三つの時にマルセーユで男を知りました。相手はヒットラーです。五つの時に上海で子供をおろしました。天使のようにかわいい子供でした。七つの時、ヴェニスの運河で泳いでいたら、私の父だと名乗る男が来て、私をスターリングラードへ連れてゆき、機関銃のそばへ捨てて姿をくらましました。それから私は花売り娘をしながら、日本まで歩いてきました。十一才の時、広島に原爆がおち、私は父と母と十六になる娘を失いました。私は養老院に入って、木の根っこを食べていましたが、口ひげのある男にスカウトされて、シカゴで一年間ストリップをやっていました。

この独白と次の独白のとき、女の顔のアップにダブって、次のようなテロップが次々と、オーヴァラップで出てくる。

○中世風の版画、アダムとイブ。
○中世風の版画、魔女。
○ブロマイド、ロロブリジタの笑顔。
○ブロマイド、山本富士子。
○中世風の版画、好色本のさしえ。
○女の器官のペダンティックな解剖図。
○浮世絵、あぶな絵の女の足。
○ナチの女の軍人の写真。
○ムンクの画いた女。
○ラファエロの画いた聖母。
○ピカソの画いた女の顔。
○無名の老婆の写真。
○広島で被爆した女の写真。
○中世風の版画、妖婆。
○ファッションモデルの写真。

○ストリッパーの踊る写真。
○ブロマイド、バルドー。
○街を歩く妊婦の写真。
○ルノワールの画いた女の乳房。
○泣いている童女の写真。

○事務所
二人の男、顔をくっつけあって受話器の奥の声をきいているが、やがて頭がおかしいのさというような身ぶりで、受話器を置く。

○女のいる空間
女のアップとテロップ。
**女** 私は女です、私は男が好き、子供も好き、毛皮の外とうも好き、やきもちも好き、でもそれは私が悪いんじゃありません。私は私の運命を受け入れます。私はみなしごです、私はひとりぼっちです、私は誰かに抱いてほしいんです。そして誰かを抱きたいんです、私はひとりぼっちです。私を助けて下さい、私は罪を犯しました。

○テロップ
三面記事。「身許不明の女、隣室の赤ん坊を盗む、浅草橋のアパートで」

○女のいる空間

**女**　赤ん坊は死んでしまったんです。きつく抱きすぎて、息がつまって。誰の手にも渡したくなかったんです、誰にも。

間

私はどうすればいいのですか？　もしもしもしもし、きいていらっしゃるんですか、もしもし、もしもし！

電話器をたたくが、電話は切れている。

**女**　もしもし、プロント、アロー……

○事務所

背の低い男、背の高い男に、巨額の札束を渡している。背の高い男はそれを一枚一枚丹念に数えている。

○女のいる空間

女は電話器を抱きしめて、佇立している。その頬に、涙が流れてくる。

○ドラマーのいる空間

ドラムスの前に座り、ドラマーは静かにリリカルなソロを始める。

○女のいる空間

女は涙をぬぐい、顔を直し、やがて電話器を脚の間にはさんで、天にのびているコードをたぐり始める。コードはあとからあとからおりてきて、女のまわりにたまってゆく。

○ドラマーのいる空間
アイデアを反省しながら、ドラマーはソロをやめて考えたり、また、たたいたりしている。

○女のいる空間
なおもコードをたぐっている女。

○ドラマーのいる空間
ソロをつづけるドラマー。

○女のいる空間
コードをたぐる女。

○ドラマーのいる空間
ソロをつづけるドラマー。

○女のいる空間
汗をぬぐいながら休んでいる女。

○ドラマーのいる空間

休んでいるドラマー。

○女のいる空間

またコードをたぐり始める女。

○ドラマーのいる空間

またソロを始めるドラマー。

○事務所

二人の男はいなくなっている。その代りに、机の上には、背の低い男の立派な胸像がのっている。

○女のいる空間

たぐっていたコードがはりつめる。女は天を見上げる。そして、コードをよじのぼろうとしはじめるが、うまくゆかない。

○ドラマーのいる空間

いらいらとドラムスのまわりを歩き廻っているドラマー。

○女のいる空間

コードをよじのぼることをあきらめ、座りこんでしまった女。

○ドラマーのいる空間

上衣をひっかけ、立ち去るドラマー。

○女のいる空間

座ったまま、ひざの上の電話器のダイアルをまわし始める。

女　あのかたが返事をなさらない筈はない。私の話をきいて下さらない筈はない。さっきの電話はきっと間違ったところへかかってしまったんだ。私は呼びつづけるわ、いつまでも、いつまでもいつまでも。お婆さんになってしまおうが、死んでしまおうが、もう一度生き返って男を知らない体になって戻ってこようが、女の求めるのはあのかたなのだもの、いつだってあのかたなのだもの。いつだったか、ジョージに抱かれたとき、たった一度だけだったけど、あのかたがジョージになって、私を抱いて下さったのかと思ったことがあったわ。雪が一杯降っていてとても暑かった。波の音がしていたわ、遠くでなだれの音もしていた。ジョージは密輪をやって、殺されてしまったわ。クレーンに吊りさげられて、波止場のコンクリートの上へおとされたの。二時間半、苦しみながら生きていたわ、二時間半、あれはどこの港だったっけ、ブエノスアイレス?　それともタンジェルだったかしら。

○街

　ドラマーが歩いてくる。

○女のいる空間

　女は相かわらず、ダイアルをまわしながら、しゃべっている。

女　男はみんな、あのかたの分身なのかもしれないわ。でも、男はみんなろくでなしだわ。そしてみんな甘えん坊なのよ。

○街

　歩いてゆくドラマー。急ぎ足になる。

○女のいる空開

女　私は男もかわいいし、自分もかわいいわ。

　女はダイアルをまわし終り、受話器を耳にあてる。

○街

　ますます急ぎ足で歩くドラマー。

○女のいる空間

女　もしもし、アロー、もしもし。

○街

殆ど走っているドラマー。

○女のいる空間

以下の女のセリフは、すべて谺で返ってくる。

女　もしもし、誰？　あなた誰？　こっちからかけたのよ。どこへかけたの？　誰？　あなたこそ誰？　私は私よ、女よ？　まさか、あなたは私にかけたの？　私があなたに？　いえ、私が私にかけたの？　じゃ私は誰に、いえ、あのかたはまさかあなたじゃ、違うわ。私はあのかたじゃない、どうして？　どうして？

この時、ドラマーがとびこんでくる。いきなり女の手の電話器をたたきおとし、頬に三つ四つの平手打をくわせ、女の手をつかんでひきずってゆく。カメラがそれを追ってパンしてゆくと、何も無かった空間に、窓が表われ、絵が表われ、散らかった新聞が表われ、椅子が表われ、寝台が表われ、ついにごたごたと物の一杯つまった女の部屋になる。

○女の部屋

ドラマーは女を寝台に押しつけ接吻する。それが終ると煙草に火をつける。女も煙草に火をつける。

ドラマーはやさしく笑う。

女　あんた、誰？

ドラマー、口がきけないという身ぶりをする。

女　唖なの？

ドラマーうなずく。

女　耳は聞こえるの？

ドラマーうなずく。女は、はっと顔を輝やかせる。

女　私の電話を聞いてくれたの、あんただったのね。

ドラマー首をよこにふる。女、失望して。

女　何故来たの？

ドラマー、つと立ち上って、女に接吻する。その瞬間、電話のベルが鳴り渡る。女はあわてて立ち上り、扉を開けてとび出すが、先程電話のあったところにはもう電話はなくなっている。驚いて見廻すと、一つの扉がある。それを開けて中へ入ると、背の高い男と低い男のいた事務所である。

○事務所

机の上の胸像、そのかたわらで鳴りつづける電話。女、電話器をとりあげる。すると電話器の奥から、二二三の時報の声が単調にひびいてくる。女は呆然としてしばらくそれを聞いているが、やがて受話器をおく。いつのまにか、女の背後に男がいて、やさしく女を抱いて連れ去る。このシーンがフェイドアウトすると共に、プロント、ハロー、など、各国語での、「もしもし」の声がたくさんまじって聞こえてくる。そして次のようなフィルム構成がつづく。
○忙し気な国際電話局の交換手たち。
○公衆電話のボックスの中の女学生たち。
○オフィスで電話をかけている重役。
○電話口でどなっているイタリア女。
○電話口で煙草を吸っているアメリカ男。
○軍用の電話で連絡している兵隊。
○サイドテーブルの電話をとりあげようとする女の腕。
○ダイアルをまわしている、老人の指。
○公衆電話にコインをほうりこむ男。
○プールサイドで電話をうけとるアメリカ女。
○古風な電話器を耳におしつけている、田舎の子供。
○電話口の医者。
○電話口の牧師。

○女の部屋
寝台に横たわって、目を見開いている女。パンして、紙にいろいろな女の名を書き散らしているドラマー。

○電話口1

背の低い男、何か喋っている。

○電話口2

背の高い男、何か喋っている。

○電話口1

背の低い男、少し怒ってくる。

○電話口2

背の高い男、冷笑をうかべる。

○電話口1

背の低い男、ますます怒る。

○電話口2

背の高い男、悠然とかまえる。

二人がひっきりなしに喋っている間、声は全くきこえないが、やがて、二人のカットバックは急になり、ついに二人はダブってしまう。

○女の部屋

黙っている女とドラマー。ドラマーは壁にかかっていたボンゴをとって、静かにソロを始める。

間

女はつと立ち上って、花びんにささったバラの花をとり、ドラマーの髪にさす。そうして、女はドラマーを見ずにほほえむ。

女 （つぶやくように）私は馬鹿なんだ。いつもあっさり男にほれちまう。だけど、男に抱かれてる方が、電話かけてるよかいいわ。私たち、お互いに、話しあわなきゃいけないことなんか、そんなに沢山はないもんねえ。

あのかたを探すのは、また別の時にしよう。

ボンゴの音たかまる。ドラマーの指。女の顔の奇妙なやすらぎ。男の髪の上のバラの花。どこからともなく一匹の仔犬があらわれ、二人に向かって尾を振る。また電話のベルが鳴るが、女はびくっと身を動かしただけ。

フェイドアウト。

# あなたは誰でしょう

放送データ　制作・ＮＨＫ教育テレビ
演出・和田勉　音楽・武満徹
放送日・1961（昭和36）年4月29日　21時〜21時45分「創作劇場」

人物

男（林義雄）（40）　警官（27）　詩人（22）
医者（43）　看護婦（25）　精神科医（35）
女房（33）　経済評論家（44）　青年（17）
アンケート屋（27）　天文学者（70）　歌手（17）　他

## 1　空間

《この空間はガランとしているようで実はくたびれたレインコートを着た、中年の猫背の男を円の中心にして、更にまわりを二つの環がとりまいている。円の中心に主人公となるべきその男、その外側を、これから登場する十人の人間たちの、さまざまな職種を現わす小道具がとりまいている。

そうして更に、この円のいちばん外側に、立木や表札、街角とかコーヒーポット、鍋、釜などなどといったものがぐるりと取りまいて置かれてある。
（以下、物語りの空間と世界は、その都度、スポットによってこれらのものを照らし出し、その前景、後景にはさまれて進行する。
主人公は視覚の中景にいて、そこからはみ出ることがない――）》
M（ミュージック）C（カット）O（アウト）

《1　スタジオ俯瞰》

――男はひとり、いらいらと歩きまわっている。

何かを待っているらしいのだがその待ち方は事務的であり、男の心は、無の方へ放心している様子。

腹でも痛いのか、時々躰をまげて顔をしかめる。

2　警官登場

**警官**　もしもし。
**男**　（気づかない）
**警官**　君、おい君。
**男**　え？　僕ですか。

警官　何してんの、あんた。
男　え？　何してるって？
警官　誰か人でも待ってんのかね。
男　いや、別に。
警官　さっきから同じ所をぶらぶら歩いてるからね。
男　あ、そうですか。
警官　何か、用事でもあるんですか。
男　ええ、まあ。
警官　どんな用事？
男　どうでもいいじゃないか、そんなこと。
警官　しかしね、あんた。
男　ここにいたいから、ここにこうしているだけの話ですよ、あやしい者じゃない。
警官　しかしね、あんた、何故……。
男　何故ここにいるかなんて、誰にも答えられるもんか、ここにいたいから、いや、いたくなくたって、いるより仕方ないんだ、酔ってやしないよ。

警官、男の息をかぐ。

警官　あんた商売は？
男　銀行員ですよ。
警官　名前は？

男　林義雄、正義の義、英雄の雄。
警官　住所は？
男　大阪市東区馬場町。
警官　生年月日。
男　ちょっと、何故そんな質問に答えなきゃならないんです？
警官　職務質問ですよ、ただの。
男　何故職務質問なんかするんです？
警官　あんたが誰かを知るためにさ。

　いつの間にか、二人の傍に詩人が登場している。
　スウェターに、ジーンパンツの妙になれなれしい若い男である。

## 3　詩人登場

　ＳＥ（サウンドエフェクト）　街のノイズ。
《バックライトがあがって、三人の後ろに街角が現出する。
人々が前景と後景を通過する》

詩人　そんなに簡単に分るもんじゃありませんよ。この男が誰かということなんか。
警官　誰です。あんたは？
詩人　僕の場合はその問に答えるのは大変簡単なんだ、一言で足りる。僕は詩人です。

**警官**　何の用があるんかね。
**詩人**　別に、ただちょっとあなたの手助けをしてあげようと思ってね。
**警官**　誰も頼まんよ、そんなこと。
**詩人**　純粋な好意からですよ、僕の手助けは。実はこの男は僕の友人でしてね。
**警官**　え？
**詩人**　林さん、あなたのもってる身分証明のたぐいを、みんな見せておやりなさいよ。

男はポケットのあちこちをさがして、大量のカードや書類を出す。

**男**　え？　あっ、そうですね。えっと、これが定期、それからこれが勤め先の身分証、第二種原動機付自転車の許可証、火災保険証、銀行の通帳、これが実印です。それから月賦の証書、健康保険組合の証書、これが生命保険の証書、受取人は家内で私が死ねば八十五万入ることになっています。これは専門学校の卒業証書、小学校の通信簿もあるんですがあいにく家へおいてきまして……。
**警官**　もう結構です。ま、あんたはあやしい人ではないようだ。気をつけて帰って下さい。どうも失礼しました。

警官去る。

**詩人**　（証書類を見ながら）ははは、面白いな。みんな同じ人間の名前が書いてある。
**男**　何故友人だなんて云ったんです？　おたがい顔も知らないのに。

詩人、男の肩を抱く。

**詩人**　詩人てのは、妙な人間でね。見知らぬ人間程、友だちのような気がするもんですよ。しかし、こっけいだな。こんな紙を一杯見れば、それであなたが誰か、が分ったような気になるやつもいるんだから、こんなもの、みんなすてちまいましょう、ね、いいでしょう？

男　困ります、それは困りますよ。

詩人　何故困るんですか？

SE（サウンドエフェクト）　IN

男　だって、自分の身分がわからなくなる。

詩人　身分？

男　そうですよ、今の警官だってこれのおかげで僕を信用してくれた。

SE（サウンドエフェクト）　OUT

詩人　あなた御自身はどうなんです？　ほんとに信用してるんですか、そういう自分自身を。

男　……。

詩人　あなたは自分が信じられないんだ、そうでしょう？

男　……。

詩人　あなたはこわいんだ、だからこんなに沢山の書類やらカードやらで針ねずみみたいに武装して！

（いきなり吹き出す）

男　（黙って書類をひったくる）

詩人　何故ここに来たんです？

男　誰かに会いたいと思って——

詩人　誰に？

男　誰でもいい、私が誰かを教えてくれる人に。

**詩人**　明日死ぬかも知れないのに?

**男**　え?

**詩人**　明日死ぬかも知れないのに?

間

**男**　――そういえばさっきから、下腹の辺が、いやあな感じでじくじくと痛いんだが。

**医者**　(事務的に)さ、上の方裸になって下さい。

**男**　え?

《バックのスポットが消え》

前を見ると、看護婦を従えた白衣の医者がいる。

## 4　医者登場

SE(サウンドエフェクト)　胃液の分泌、その他抽出化されたさまざまな躰の音。

《隣りのスポットがついて、カメラはマノメーター(血圧)、ネブライザー(吸入器)、エーカーゲー(心電図)などなどの器具を中景になめる。

――これらの転換はいずれも一瞬のうちにそれがなされなければならない》

**医者**　心配しなくてもいいんですよ、すぐすみますから。

男、レインコートをぬぎ上衣をとり、のろのろと裸になる。医者は診察を始める。脈ハク、血圧、熱などを、能率的に記録してゆく。(このシーンの用語は、器具は英語で、人体に関する部分はドイツ語

で統一すること）
医者　（ドイツ語で所見を云う、看護婦はカルテに、それを書きとってゆく）
医者　立って、目をつぶって、片足をあげて下さい。
男　（従う）
医者　はい結構。では、目をつぶって真直に歩いてみて下さい。
男　（従う）
医者　いいですよ、後向きのまま戻ってきて下さい。
男　（妙な方向にそれる）
医者　はい、目を開けて、今度はね百から順々に三をひいていって下さい。
男　え？
医者　百から三をひくと？
男　九十七。
医者　また三をひくと？
男　九十四。
医者　その調子。
男　九十四、九十一、八十七、いや八十八、八十五、八十二、七十九、七十六、七十三、七十、六十七、六十四、六十一、五十九…
医者　はい、御苦労さまでした、頭が突然ぼうっとするようなことはありませんか？
男　別に、眠い時の他は。

医者　両手をそろえて前へ出して。
男　（従う）
医者　酒は？
男　毎晩ビールなら一本、酒でも一本。
医者　煙草は？
男　いこい、日に一箱。
医者　結婚してらっしゃいますね。
男　はあ、月に二三度。
医者　え？
男　いや、必要ないことでした。
医者　手足や肩などが痛みませんか。
男　しょっちゅうです。
医者　じゃ一寸あちらへ、レントゲン見てみましょう。
　男はレントゲンの間にはさまれる。男の骨がうかび出る。
医者　いい骨だ、（また何やらドイツ語で述べる）はい、後をむいて、裏側もしっかりしてる。はい、出て結構です。まあ、精密検査をするまでもないですね、あなたは普通人並みの健康な肉体をしておいでです。
男　でも下腹が、さっきからじくじくと痛むんですが。
医者　回虫でしょうね。
男　回虫？　回虫ならもう何度も出ましたよ、回虫なんて簡単なものじゃない筈だ。

医者　しかし、その他に特に変った症状はないんでしょう？
男　不安感があるんです。いつも時々訳もなく汗をかいたりします。
　医者、事務的に立上る。
医者　そりゃあ、おそらく内科的なものじゃありませんね、精神科の方へ御相談下さい。
男　そうです、きっとそうです。僕は心の中が病気なんです。それを見つけ出してもらわないことには安心が出来ない。
　いつの間にか白衣の精神科医登場している。

## 5　精神科医

SE（サウンドエフェクト）　さまざまな現実の抽出化された騒音。
精神科医　（いきなりロールシャッハテストのカードをつきつけて）何に見えます。
男　え？
精神科医　はい、こちらへきて、ロールシャッハ・テストと云いましてね、一寸した心理試験ですよ。これを見て何に見えるか、連想するものを自由にいってみて下さい。
男　インクのしみです。
精神科医　その他には？
男　ぼく汁のしみ。
精神科医　しみ以外には。

男　とけかかったソフトアイスクリーム。

精神科医　他には？

男　そういえば、何か、熊みたいな動物が二匹ですもうをとってるようにも見えますなあ。

　精神科医は、いろんな記号によって慣れた手付で記録してゆく。

精神科医　成程。

男　いや熊じゃない。魔法使かな。

精神科医　ではこれは？

男　これもインクのしみですな。

精神科医　しみが何かの形に見えるということはありませんか？

男　見えると病気なんですか？

　次のカードを出して。

精神科医　そんなことはありませんよ、むしろ、見えない方がおかしいんです。

男　そりゃ大変だ、ええと、これは、そうだな、内臓だな、人間の内臓、肝臓とか膵臓とか、どこかあの辺の感じ、それでその内臓は、少し病気してるんです。だから黒っぽいんだ。

　次のカード。

精神科医　はいはい、では次。

　SE（サウンドエフェクト）　IN

男　宝石かな、宝石と氷山みたいなもの、とても寒いところ……大きな鳥が二匹で踊っている、ぬかるみの道……魔女が太鼓をたたいている……。

（テロップ）ロールシャハテストのカードが次々と出てくる。

……氷の上に花びらがおちて……ずっと昔の生物の化石……蝶々です。名前は分りません……あっ、少し疲れてきましたよ、もういいじゃありませんか、こんなことして何の役に立つんです？

SE（サウンドエフェクト） OUT
**精神科医** あなたはね、比較的疑い深い性格ですね。いつも何かしら支えとなるものを求めていらっしゃる。そしてそれが発見出来ない時には、自分の殻に閉じこもり、自己の内部の一種の原始的生命力とでもいうべきものの中から、エネルギーを汲み出そうとなさる。だが多くの場合、そのエネルギーは不発に終り、そのためあなたは御自分に不満をお感じになっている。時々自分の置かれているこの現実が、非現実のように思えることがございましょう？ それは、あなたにとって、一種の自己防衛の方法なんでしてね、あなたのおっしゃる不安感、それも、自分の弱さを自分で認めまいとすることから来るのではないでしょうか。まあロールシャッハテストだけで、余り断定的なことを申上げることは出来ませんけれど、特に異常なところは何もございません。私共にとってはよくあるケースでして……。

FO（フェイドアウト）

女房がいる。年のわりに派手づくり。

**女房** あなた。

**男（声）** なんだ、お前も来てたのか。

## 6　女房登場

SE（サウンドエフェクト）としてのピアノ——

《スポットがつき、突然前景にどこか郊外の緑の立木にかこまれた美しい文化住宅の一部分が見える。そのむこうに玄関、そうしてリビングルーム、花模様のテーブルクロスの上には白い紅茶のポットがおかれている。ビニールの小さなカーテンがかかっている。

（以上の前景、中景、後景のすべての形と部分、その一つ一つは、セットの壁にさえぎられることなく、すべて透明にこちらから見すかされていなければならない）》

女房は自分の容姿にいつも気をとられていて、男との会話は、どこか上の空である。

女房　あなた、どうして私に打明けて下さらなかったの？

男　打ち明ける？　何をさ。

女房　あなたの不安を。

男　不安たって、そんなにたいしたものじゃなし。

女房　でもあたしたち、夫婦なのよ。

男　僕には別にわるいところは無さそうだよ、ただ回虫が少しいるだけで。

女房　回虫？　そんな筈ないわよ。

SE（サウンドエフェクト）　IN

生野菜はみんなちゃんと消毒してるもの。

男　漬物は？

女房　漬けるまえに洗ってるわ。
男　だが時々、おまえデパートなんかで買ってくるやつがあるだろう。
女房　ええ。
男　あれがあやしいな。
　　SE（サウンドエフェクト）　OUT
女房　そうねえ、そうかもしれないわ、いや、私にも回虫わいてるかしら。
男　可能性はある。
女房　いやだわ、どうしましょう、回虫ってとっても美容上よくないのよ。
男　回虫の他は一応正常らしいよ、性格的には弱いらしいが、だからまあ、明日死ぬってこともなさそうだなあ。
女房　明日死ぬ？　誰が云ったの、そんなこと。
男　詩人と称する男さ。
女房　あんたが明日死ぬんですって？
男　八十五万の口さ。
女房　いやだわ、縁起でもない。八十五万にかえられないわよ。
男　無理しなくていいよ。
女房　無理って？
男　――おまえ、近頃少し若返ったなあ。
女房　話をそらさないでよ、その男、どうしてそんなこと云ったの？

男　からかったのさ、きっと。
女房　どうして、また。
男　僕が、自分が誰だかよく分らないなんて云い出したからだろ。
女房　自分が誰かですって？　そんなこと分り切ってるじゃないの、あんたは林義雄、私の亭主でしょ？
男　うん、だがそれで全部って訳でもないだろ？
女房　他に何があるのよ。
男　僕には仕事がある、男としての仕事が。
女房　銀行の出納係なんて、男の仕事と云えるの？
男　一生出納係で終る気はないさ、僕にだって未来ってものがある。
　CUTして経済問題評論家、ニュース解説風に黒板を後にして座っている。かれは視聴者に話しかける。

## 7　経済評論家登場

（この場面には、実在の評論家が登場する、彼は一人の林義雄というサラリーマンに典型的に表れている日本経済の現在及び、明るい未来について、グラフその他のデータを駆使して分析する。林義雄の勤務先は、実在の銀行（仮名として）でもよい。そこでの彼のサラリーの変化、将来の昇進の可能性などについて、この評論家は終始楽観的であり、それがかえってわれわれに反語的印象をさえ抱かせる。だが、この場面に必要なアクチュアリティは常に保持すること。評論家の言葉とうらはらな、スラムや炭鉱事故やストの情景が、フラッシュ的に入ってもよい）

《評論家》　第二次世界大戦後、資本主義諸国の経済は、短期的なリセッションこそ経験しましたが極めて順調な経済成長を続けてきています。戦争直後の復興の時期を除いても、一九五〇年代、あるいは今後来るべき六〇年代の経済成長率は、二十世紀前半よりも高く、かつて三〇年代に経験したような深刻な大不況は、再び起りえないでありましょう。このような判断は、今日欧米のほとんどすべての経済学者に共通する見解なのであります。資本主義は変ったのであります。古いそれではない、新しい資本主義が、福祉国家が出現しつつあるのであります。資本主義諸国の経済一般についていわれうることは、当然日本の経済についても当てはまるのであります。いや、戦後日本経済の場合、特別に、際立って高い成長をなしてきたし、それを持続しうるすばらしい潜在的な成長力をも持ち合わしているのであります。昭和二十八、九年を境に、日本経済の基調は質的に変わってきました。二十八年に八千億円だった設備投資が、今では二兆円を超えるにいたり、劃期的な、そしてまだまだ大きい展望をもつ技術進歩、そして、それによって導かれる大きな設備投資の連続が、経済の規模を拡大していく。日本経済は、もはや戦後の復興期を過ぎ、いまや勃興期にあるのであります。合理化、近代化によって大量生産のできる生産能力ができているのだが、これを消化する有効需要の方が不足がちになっている。このため、積極的に公共投資や消費需要などを起していく必要があるのであります。日本は、まだ完全雇用でなく高い技術と能力をもつ大量の労働力がダブついているのだから、経済はまだまだ伸ばす余地があります。足りない資源は輸入すればよいが、経済が成長すればそれだけ輸出競争力もつき、国際収支ジリを気に病むこともない。安定とか、均衡とかいう考えはもはや古い。いまのように物が大量に作れたら、デフレの危険はあっても、インフレの心配はいらないのであります。二重構造とか、格差の問題も合理化や近代化投資で、経済が高成長をとげれば、高い所得を生み出す職場もふえ、農村の次、三男や失業者がこの職場に移動するから、自然に解決する。それにともなって所得水準も上がり、国民所得の倍増もできるわけであります。一人当りの所得が現在一〇万円のものが一〇年後には二〇万円になり、消費水準は倍以上になるわけであります。賃金雇用小委員会の報告によれば、「昭和四五年度の平均賃金は、産業構造の高度化、生産性の上昇、労働需給状態の好転などの条件と、低所得者対策を加味して推定してみると、基準時より一・九四倍三五年度より一・六七倍程度にはなりうると考えられる」とあります。基準時というのは、三一年から三三年の平均でありますが、この計画によると、農家や個人企業を加えた国民所得は、四五年には二・六七倍となりそのうち法人所得はとくに増大して約三倍にふえる。勤労所得も分配率が現在よりは多少増加するから、約三・三倍になる計算であります。ただ、その間に勤労者の数も一・〇七倍近くにふえるので、平均賃金としては基準年次の一・九四倍の増加になるというのが、この計画のあげている数字なのであります。たとえば、ここに平凡な一人の銀行員を例にとって見ましょう。ネ、林さん。勤続七年の、現在二万九千円の月給を貰っているとしますと、七年前、この男が銀行に勤めた時、初任給は一万四千円だった。とするとこの場合すでに七年で月給が倍増している訳であります。だがこれは当り前のことであって、真の倍増ではない。所得倍増という場合、年功的に、自動的に上っていく分は含まれません。物価の値上りももちろんこれを換算しているのであります。二十才で一万円貰っている人が三十才になって二万円貰うようになるのを倍増とはいわない。四万円貰ってこそ倍増なのである。もちろん、この四万円を約束しようというのであります。あなたはいま、ラジオとカメラと電気洗濯機とをもっている。テレビをそのうちに手に入れるでしょう。いやもうもっているかも知れない。持っていますネ。ルーム・クーラーを具えつけ、自動車をもつのもそんなに遠い先のことではない》

十年後そして二十年後の林さんの生活、そして皆様の生活は、一九六一年の今日では、おそらく想像もつかぬ位の快適なものになるだろうと、私は確信をもって申し上げることができるのであります。
○おじぎ。

## 8　女房と男

SE（サウンドエフェクト）としてのラジオ――
CUTして二人――

**女房**　あんまり出世もしなさそうだけど、今のつとめをやめないでいりゃ、苦労することもそんなになさそうね。

**男**　うん、だがねえー。

**女房**　何よ。

**男**　僕は何だかただ波にのってるだけのような気がするなあ。自分では何ひとつしないで、どこか上の方でばりばりもうけてる連中のつくる波にのってるだけのような。

**女房**　それだっていいじゃないの、景気がよけりゃ。

**男**　おあまりもらうのはいやだ。僕はグラフの上の点じゃない人間なんだから。
急に青年がONで話しかける。右翼のようでもあり、左翼のようでもある政治青年。

## 9　青年登場

《スポット消え、スポットつく。
後景に、こわれた廃墟がある。これは実際のコンクリートとか壁を作り、こわしておく》
SE（サウンドエフェクト）　人々の声を──

**青年**　そうですよ、あんただって人間だ、赤い血の流れてる人間だ、だまされちゃいけない。

**女房**　誰？　あんた。

**青年**　あんた方と同じ人間です。幸せを求める人間です。ただ俺は、自分の幸せを得る道は、みんなの幸せをかちとること以外にないと知っている人間です。林さん、だまされちゃいけない、小市民的な幸せのムードにだまされちゃいけない、本当の幸せは、もっときびしい戦いのあとでやっとかちとることの出来るもんなんだ。

**男**　政治の話ですかあなたのしてるのは、それは政治の話ですか？

**青年**　政治をぬきにしてどんな話が出来るっていうんです？

**男**　政治の話はしたくないなあ。

**青年**　何云ってるんです、子供みたいに、まさか選挙権がないなんて云い出すんじゃないだろうな。

**男**　投票はしてますよ。

**青年**　何党へ入れたんです？

**男**　あなたと議論はしたくないんだ。

**青年**　話しあわなくていいっていうんですか。ひとりぼっちでかまわないっていうんですか。ひとりぼっちじゃ、人間誰でもない、ひとりぼっちじゃ無も同然ですよ、俺はあんたに話したいんだ、いろんなことを話したいんだ。今の日本はこれは本当の日本じゃない。あんたはどう思いますか、いや、どうしたいですか、日本の未来を。

**男** 自分の未来さえたしかじゃないのに、日本の未来なんて分りっこないですよ。

**青年** 間違ってる、それは間違ってる。先ず日本の未来のイメージをもつべきです。そうすれば自分の未来だって見えてくる。あんたは先づ何よりも一人の日本人なんですよ、その誇りと、その責任が、俺たちをむすびつけるんだ。

**男** 僕は先ず、単に一個の有機体にすぎませんよ。

**青年** 人間ですよ。あんただって、さっきそう云ったばかりじゃありませんか。

**男** 人間になりたいと思ってるんですよ。

**青年** それがもう人間である証拠だと思うな、林さん、だまされちゃいけない、自分を人間じゃないなんて思うのは、もうわなにかかったも同然ですよ。力をあわせましょう、ひとりでは人間にはなれない。人間てのはひとつの全体なんだから。

## 10 女房と青年と男

《このショットは、さきほどのシーン6の日常の形の中景と廃墟とが、ミックスして出される》

**女房** ちょっと、あんたいくつ？

**青年** 十七です、何故？

女房　恋人あるの？

青年　いや、まだ。

女房　いいわねえ、身軽で、うらやましいわ。

男　その人をからかうのはやめろよ。

女房　あら、からかってなんか？

青年　いいんです、平気ですよからかわれたって、まだ若いんだから。

男　もし、自分が明日死ぬとしたら、あなたはどうします？

青年　別にどうも、し残した仕事は残念だけれど、自分の一生に後悔はしません。たとえ名も無く死んでも、俺が誰だったかということは、歴史が証明してくれます。

間

男　あなたに用は無い、もう行って下さい。

青年　え？

男　用は無いって云ってるんだ。とっとと行ってくれ、あなたの未来の方へ。

青年　何か気にさわりましたか？

男　僕には女房がいる。家庭も地位もある。僕はもう年をとりすぎているんだ。

青年去る。

青年　また来ますよ、今度はもっとゆっくり話しあわせて下さい。

間

女房　ちょっとかわいい子だわ。

男　……。
女房　私ももう行くわ、同窓会があるの、これから。
男　ああ行ってくれ。
女房　大丈夫?
男　何が?
女房　ひとりで。不安なんでしょ。
男　大丈夫にきまってるじゃないか。
女房去る。
女房　じゃ、行ってきます、これからは何でもかくさず私に相談して頂戴。
間

## 11　アンケート屋登場

SE（サウンドエフェクト）　再び街の抽出化されたノイズ――
《街頭の場、スポットがつき、前景と後景に再び人々が行きかう》
アンケート屋　すみません。一寸お訊ねしますが。
男　………。
アンケート屋　大洋ホエールズは好きですか?
男　………。

アンケート屋　いや失礼、実は私、アンケートをとるのが商売でして。こうやってアトランダムにいろんな方からアンケートをとって、宣伝研究の方面のお役に立っております。いえ、一寸お暇をいただくだけでして、それに答え方も、はいといいえのどちらかだけで結構ですから。ではどうぞ、ホエールズはお好きですか?
男　いいえ。
アンケート屋　電気ひげそり機を使ってらっしゃいますか?
男　いいえ。
アンケート屋　奥さんを愛していらっしゃいますか?
男　そんな、君、それはプライヴァシーってものが……。
アンケート屋　はいかいいえだけで結構でございます。
男　……いいえ。
アンケート屋　洋風便器はおきらいですか?
男　え?
アンケート屋　つまり、西洋便所ですな。
男　はい。
アンケート屋　海外旅行に興味をおもちですか?
男　はい、しかし……。
アンケート屋　祭日に日の丸をおあげになりますか。
男　いいえ。

**アンケート屋**　シャーリイマクレーンをお好きですか？
**男**　誰です、それは？
**アンケート屋**　はいかいいえで。
**男**　しかし、君、知らないものを。
**アンケート屋**　では、いいえとしておきましょう、つづいて、新道交法を悪法とお考えですか？
**男**　いいえ。
**アンケート屋**　上役に叱られた時、それをあとまでくよくよ気にしますか？
**男**　いい加減にしたらどうです。馬鹿々々しい。
**アンケート屋**　最後にもうひとつだけ、神を信じますか？
**男**　いいえ、いいえ、いいえ！
**アンケート屋**　御協力ありがとう存じました。

アンケート屋去る。

**男**　神を信ずるかだって？　神って一体何だ、そんなものかまってる暇はないよ。

天文学者（老人）がいる。

## 12　天文学者登場

SE（サウンドエフェクト）　宇宙・星の運行——

《スポットがつき、二人は地球儀と天測器の下にいる》

天文学者　そう、神なんて概念はもう時代おくれだ。見たまえ、われわれの頭上に開いている無限の宇宙を。この宇宙の神秘を解明出来るのは神ではない、科学なのだ。お解りですか。あなたが、今どこにいなさるか。

男　え？　僕ですか、ここにいますよ。

天文学者　ここね、そのここというやつが問題だ、ここはどこか、先ずそれを決めてかからんことには、話が始まらん。

男　ここは、ここですよ、大阪市東区馬場町……。

天文学者　いやいやそれだけでは足りん。

男　じゃどう云えばいいんです？　大阪で悪ければ日本とでも云うんですか。

天文学者　まだまだ。

男　じゃ、アジア。

天文学者　そう、そうして？

男　地球？

天文学者　そう、ここは太陽系第三惑星、地球である、宇宙世紀では、そう答える位常識ですぞ。だが、それだけでも十分とは云えない、ここは同時に銀河系宇宙の一部でもある。ああ、宇宙の広大さに比べると、われわれ人類の歴史の何と小さいことよ。御存知ですか、二十億万年前には、この地球は溶けた物質の赤熱した球にすぎなかったんですよ、そしておそくも百億万年後には地球は母なる太陽の爆発のとばっちりを受けて消滅してしまうんです。過去にあるものは無、そして未来にあるものも無です。

○星雲や島宇宙の写真など。

地球はいわば、宇宙を旅するかりそめの船といったところですな。ひとたび宇宙に眼を転ずれば、人間の存在の意味なんて砂粒の何億分の一よりも小さい。そんなちっぽけなことにくよくよするのは馬鹿だ。この世は別に面白くもなければ、つまらなくもない。この世は全くあたりまえなのである。

老人は情熱的に、人生観を語る。

**男** それが私の哲学です、単純明快な哲学です。

**天文学者** 単純明快すぎて、僕にはついてゆけないな。

**男** あなたは降るような星空の下で、ひとりで何時間もじっとしていた経験がおありかな。

**天文学者** いいえ。

**男** 私は二十一才の時、始めてそういう経験をした、そして悟ったんだ。この世の小ささをね。それ以来、私は実に淡々として生きてきた、今では孫たちもおる。人並の楽しみも悩みもあったが、それに深入りすることはしなかった。おかげでこんなに長命です。

**天文学者** ……。

**男** (時計を見て) や、そろそろ九時三十五分だ、観測が残っているので失礼。

天文学者去る。

## 13 詩人――と男

ＳＥ(サウンドエフェクト) タイプとピアノ――

《スポットがかわると中景に激しくタイプをたたいている女事務員が見える。そのむこう (後景) に、

ピアノが一台あって、鳴っている。》

**詩人**　それで、自分が誰かということが少しは分りましたか？

**男**　いいえ、ちっとも。だが、おかげで、少くとも明日にはまだ死なないということは分りましたよ。

**詩人**　どうかな、それはどうかな、たとえ体は健康だとしても、事故というものもありますからね。ダンプカーがぶつかってくるかもしれないし、誰かに毒を盛られるかも分らない、何しろ物騒な世の中だからな。

**男**　たとえ明日死ぬと決まっていても、自分が誰かということなど、分りっこないってことは分りましたよ。

後景のピアノのところをハイティーンの歌手が「ムスターファン」を歌いながら歩いてゆく。

**詩人**　そこにじっとしているからですよ。ひとが来て、去ってゆくのを見てるだけで、自分で動こうとしないからですよ。

**男**　ひとりぼっちなんです、僕は。

詩人、男の前でさか立ちする。

**詩人**　あたり前でしょう？　そんなこと。

**男**　みんなどっかへ行ってしまった。

詩人、体操をする。

**詩人**　あなたも行くんですよ、どこでもいい、ここではないどこかへ。歩き出すんですよ。じっとしていないで。

**男**　でも、分らないんだ。どこへ行けばいいのか。家へ帰っても銀行へ行っても、パチンコ屋へ入っても、おんなじなんだ。ここにいるのと。

**詩人**　どこに行けと教えることは僕には出来ません。

間

**男**　誰なんです、あなたは誰なんです?

**詩人**　前にも云いましたよ、僕は詩人ですよ。

**男**　詩人て誰なんだ。

詩人、ボクシングなどをする。

**詩人**　僕はあなたの若さです。そしてあらゆる人間の若さです。でももう、僕も行っちまいますよ。

**男**　行かないで下さい。

**詩人**　いや、行っちまわなければならない。あなたも、もう僕を必要とすることはないでしょう。

間

**男**　あとはもう、年とってゆくだけなんですね。自分が誰かも分らずに。

**詩人**　……。

**男**　行く前に、詩をひとつ聞かせて下さい。何か心あたたまるようなやつを。

詩を誦しつつ遠ざかる。

（ピアノの音消える）

この詩はごくＯＮのささやきか、又は朗々たるナニワブシの唱法で——。

**詩人**　くりかえしてこんなにもくりかえしくりかえして、こんなにこんなにくりかえしくりかえしくりかえしてくりかえしくりかえしくりかえしつづけてこんなにもくりかえしてくりかえし、いくたびくりかえせばいいのかくりかえす言葉は死んでくりかえすものだけがくりかえし残るくりかえし、そのくりかえしのくりかえしをくりかえすたび、陽はのぼり陽は沈みそのくりかえしにくりかえす日々、くりかえし米を煮てくりかえしむかえるその朝のくりかえしにいつか夜のくるこのくりかえしよ……。

## 14　男

《男のまわりで、一瞬すべてのライトがつき、また消える。
（その一瞬のあいだに、緑の木、屋根、コップ、小さなビニールのカーテン、街角、傘、書物、窓、花模様……などなどが、われわれの視覚に環となってやきつけられる—）後景のピアノが鳴っている。》

M（ミュージック）　IN（テーマの逆回転で）

**男**　あれは僕がまだ三つか四つの頃のことだった。或る夜ふけ、ふと目を覚ましたんだ。みんなもう寝静まっていた。すると、表の道で、猫が鳴き始めた。さかりのついた二匹の猫が、妙な声で鳴きかわすのだ。高くなり、低くなりして、それはいつまでもいつまでも続いた——そして僕は急に得体のしれない恐怖を感じた。自分は一体誰なんだ。そばに寝ているこの父と母という名の生きものは、一体何者なんだ——子供心に僕はそんなことを考えた。すべてが急に遠くなり、僕は自分という存在が無限に曖昧になってゆくのを感じ、怖しさに身動きも出来ず、泣くことも出来なかった。ずっと忘れていたんだが、今、急にその時のことを、思い出した。結局ここにいなければならないんだ。どこへ行っても、その行きつく先はいつもここなんだ。どこか分らないことという所なんだ。そして、ここにいる自分が誰かということは、自分か誰かということは——

M（ミュージック）　OUT

## 15　空間

やがて男は、再び書類やカードをとり出し、丁寧に揃え始める。

## 16　警官登場

警官　もしもし。
男　（気づかない）
警官　君、おい君。
男　え？　僕ですか。
警官　何してんの、あんた。
男　え？　何してるって？
警官　誰か人でも待ってんのかね。
男　いや、別に。

《17　エンドパターン

| 1= ∞ |
|---|

1イコール無限大

それにダブって、「あなたは誰でしょう」のパターンがうかび出る。》

註《　》にかこまれた部分、及びＳＥ（サウンドエフェクト）指定はすべて演出者による。

# 愛情の問題

放送データ

制作・日本テレビ
演出・せんぼんよしこ
放送日・1961（昭和36）年7月3日　22時30分～23時「愛の劇場」

人物

夫　三十才すぎ
妻　二十代なかば
若い男
若い女
少年のピエロ（キューピット）
剣道選手
バレーの踊り手　男女
ヴィナス（声のみ）

M（ミュージック）　家庭名曲集からぬけ出してきたような音楽

○洋風の居間を表す抽象空間、二脚の椅子、小卓、ソファ、フロアスタンド
夫と妻が座っている。
夫ガウン、妻ネグリジェ
夫は新聞を読み妻は髪をブラシング
余程のことが起こらぬ限り、二人はそれをやめようとしない。

**妻**　今日は私たちの結婚記念日よ
**夫**　忘れてた。例によって
**妻**　楽しいの？　忘れるのが
**夫**　別に。　楽しくもないし、苦しくもない

○妻はいきなりピストルをとり出して夫に向ける

**夫**　はやまるな。話せば分る。
**妻**　話すことがあるの？
**夫**　別にない
**妻**　じゃあ射つわ

夫　生命は貴いものだ。たとえ俺の生命だって。

○妻、ピストルを逆手にもって夫に手渡す

妻　第七回目の結婚記念日おめでとう。あなたの欲しがってたおもちゃのピストルよ

夫　ありがとう。俺の方のプレゼントは例によって、二、三日おくれるよ。まだ買ってないんでね

妻　お礼のキスして

○夫、妻のおでこにキスする

妻　去年は鼻の頭にしてくれたわ。だんだん上の方へいって来年はきっと髪の毛ね。さらい年はもうする所がないわ。

夫　もう一度。あしのうらから始めるさ。

妻　（急に色っぽく）いやな方。

夫　要するにこういうことさ。

妻　どういうこと？

夫　うまくいってる方だろ。俺たち。

妻　私がじっと我慢しているからよ。

夫　それは俺だって同じことさ。

**妻**　図々しい。

**夫**　え？　何故だい。

**妻**　結婚記念日ひとつおぼえていないくせに。

**夫**　そういきりたつなよ。ささいなことで。

**妻**　ささいなことぢゃないわ。とても大切なことよ。私にとっては。あなたはもう私なんか愛していないのよ。

○カメラパンすると一人の中年の男。

彼が喋り始めると「医学博士。性問題研究家。大木健」とテロップがスーパーする。

**大木**　欲する気持と、それを抑える気持、この内心の葛藤が精神に緊張をあたえ、ささいなことでいらいらする。夫に対して理由なき反抗に出る。すべてに疑い深くなる、などの症状が表れて参ります。この奥さんの場合なども、その典型的な一例でございまして、夫婦間の肉体的な不一致が、ままこのような悲劇的な結果を生むことになるのでありましょう。ようするにポイントは、セックスの問題でありまして

○この時、妻が現れ、いきなり大木を平手打する。

**妻**　愛情の問題です。愛情の問題、セックスの問題なんかぢゃありません。私はそんな女ぢゃない。侮辱だわ！

**大木**　し、しかし、こういう暴力こそヒステリイの徴候

**妻**　あんたは、婦人雑誌の付録の中にひっこんでりゃいいのよ。

○パンして夫の顔。平静に。

**夫**　愛情の問題だって？　何が愛情の問題なんだい（くり返し）

○アクションストップ。そこへタイトル、スーパー

○再びアクションスタート

　夫セリフくり返す

**妻**　何もかもよ。世の中のことはすべて愛情の問題よ。愛情がなければすべては暗く灰色だわ。もしそこに愛情があれば。あゝ、愛情さえあれば……何てすばらしいものなんでしょう。愛情って

**夫**　いったいどんなものなんだい。君の考えている愛情って。

M（ミュージック）　ポピュラァなバレエ音楽

○妻のうっとりした顔のupにダブってロマンチックなバレエの愛のデュエット始まる。

　このバレエは、夫婦のいる空間と同じ平面で踊られる。時にはバレリーナの裳裾が夫の顔に触れて、夫

はくしゃみしたりする。
妻は終始夢見るような目差でバレエを見つめる。夫のうんざりした顔。途中からまた新聞に戻る。
やがて我慢できなくなって——

夫　い丶加減にしろよ。女学生ぢゃあるまいし。ほんとにこんなのが愛情だって思いこんでるのか。

踊りはつづく。

妻　現代の人間は夢を失っているんだわ。あなたもよ。（踊りに気をとられ放しで）
夫　何が愛情だ。こんなのはたゞのセンチメンタリズムさ。
妻　じゃあ、あなたの考えてる愛情って、どんなものなの？
夫　愛情ってのは、戦いだよ。どちらか一方が倒れるまでつづく容赦のない戦いだ。

M・C・O（ミュージック カット アウト）
S・E（サウンドエフェクト）　剣道の荒々しい呼吸の音。打ちあう音

○夫の顔にダブって剣道選手二人登場。踊り手たちを追っ払い、打ちあい始める。
選手が妻の椅子にぶつかり、妻は悲鳴をあげる。
夫、冷静に試合を観望。

やがて一人が一本とられる。
二人は丁重に挨拶して去る。
○夫の貌、疲れたように

**夫**　戦いのあとには、また戦いだ。勝ったからって、喜んでばかりはいられない。愛における勝利と敗北の区別は、剣道のかちまけみたいに簡単にはいかない。

**妻**　ずい分怖しいものなのね。あなたの考えてる愛情って。

**夫**　怖しい？　怖しいんじゃない、きびしいのさ。

**妻**　あなたは私の敵、私はあなたの敵っていう訳なのね。

**夫**　そうだ。

**妻**　はじめっからそうだったかしら私たち。

**夫**　忘れたね

**妻**　いいえ、そんなじゃなかったわ、六年前の私たちは。もっとお互いに信じあってたわ、もっとお互いに許しあってたわ。

Ｃｕｔ

○コマおとしフィルム。
二人の新婚旅行風景を、ホームムービイ風に。
砂浜でたわむれる二人。

いつも互いにほゝえみ合い、いたわりあっている。

夫が妻を抱こうとすると、妻がカメラを指さし、数瞬の間、フィルムはカットされる。はなれる二人

夫はカメラにウインクする。

Ｃｕｔして、歩いてくる妻、カメラに手をふる。

Ｃｕｔして歩いてくる夫。

カメラを指さし、何か云っている。

Ｍ（ミュージック）　すりきれたレコード　Ｆ・Ｉ（フェード イン）　Ｂ・Ｇ（バック グラウンド）

おなじ箇所をくり返す

**妻**　思い出すわ、波打際を手をつないでどこまでもどこまでも歩いていった。〔海の向こうの遠い街へいつかふたりでいこうって話しあったわね。あの日太陽はまるで私たちを祝福するかのように輝いていた。波は私たちの未来の子供のための子守唄をうたってくれていた。そして〕あなたはまるで仔犬みたいに無邪気でやさしかった。おみやげにさざえを買って、当分さざえばかり食べたわ。

**夫**　さざえじゃない、生うにだよ。

**妻**　さざえよ、ちゃんとおぼえてます。

Ｍ・Ｃ・Ｏ（ミュージック カット アウト）

**夫**　生うにだよ。高かったから忘れっこない。

**妻**　さざえです。

**夫**　生うにだよ。

妻　ささえ。
夫　生うに！

間

フィルム終る
Ｃｕｔして夫と妻。

妻　こんなじゃなかったわ、あの頃は。
夫　互いに互いが珍しかっただけのことさ。
妻　いいえ、あれこそほんとの愛情ってものよ。心と体の中から自然にあふれ出るものだったんだわ。
夫　愛情は自然にあふれてくるものじゃないよ。一日一日のつみ重ねの中で、つくったりこわしたりする、とても人工的なものだと思うね。
妻　議論ばかりしたって、はじまらないどうせあなたはもう私を愛してはいないんだから。
夫　そんなことはない。愛しているよ、今でも
妻　じゃあもう少しやさしくしてくれたって、
夫　俺は俺のやり方で愛すのさ。
妻　そんなに思いやりのないものかしら、愛情って。
あなた！　ここへ出ていらして頂戴！（ＯＦＦにかけて）

○妻の呼かけに答えて一人の若い男登場。美貌、夫と全く同じ服装をしている。いきなり夫の新聞をとりあげ、夫を押しのけて、椅子に座りこむ。
この男は、動作や目差にどこか非現実的な感じがある。

夫　君は、君は一体なんだ？
男　（にっこり笑って答えない）
夫　どこの誰だ、黙ってあがりこんだりして。
妻　どこの誰でもないわ。私の理想の男性よ。
夫　何だって？　で、名前は？
妻　あなたと同じよ、御心配なく。あなたが新聞に読みふけっている間、私は私なりに楽しませていただくわ。私の夢の中のあなたとね。
夫　夫の目の前で浮気をする気か。
妻　浮気とはいえないんじゃないかな。
男　のどがかわいた。お茶をいれようか。
妻　ええ、いれましょう。
男　いや、立たなくていい、君は昼間の洗濯や掃除で疲れているから、ぼくがいれるよ。
妻　まあ、やさしいのね。
男　君がいつまでも美しいから、自然にぼくもやさしくなってしまうのさ。

○夫、お手あげ仕方なくソファに座って、又新聞を読み始めるが、時々気にして二人をのぞく

妻　あんまりあなたがやさしいから、私、時々つらくなってしまうのよ。

男　君は何て感受性が鋭いんだ。

○男、茶を入れる身ぶり

妻　あなたと一緒になってからよ、私に人生というものが分り始めたのは。

男　君への愛に目ざめてからだよ。ぼくがほんとうの生きがいというものを知ったのは。

妻　私たち二人は結ばるべくして結ばれたのね。何て不思議なんでしょう。運命って。ねえ、おぼえている？　二人が初めて出会った日のこと。

男　いや、忘れてしまった。

妻　まあ、何故？

夫　俺はおぼえてるぜ、あれはたしか映画館のトイレの前の、

妻　しっ！　あなたは黙ってて。ねえ、どうして忘れてしまったの？

男　今があんまり幸福だからさ。昔の思い出なんか必要ないんだぼくらには。今のこの一瞬一瞬を充実してすごすことの出来るぼくらには。

妻　そうね、ほうとにそうだわ。

男　忘れる必要もなければ、思い出す必要もないんだ。ぼくらの過去はひとつ、ぼくらの未来もひとつ、そしてそれらはぼくらのこの現在の中でひとつなんだ。そしてほら、丁度このダイアモンドのように輝いているんだ。

○男、ダイアの指環をとり出して、妻の指にはめる。

妻　まあ、なんて美しいの！本物のダイアモンド？
男　もちろんさ、二人の愛のようにまじり気なしさ。
妻　（彫られた文字を読む）変わらぬ二人の愛の記念に。嬉しいわ、何てよく気がつくかた、あなたって。
夫　お話中大変失礼ですが。
妻　え？
夫　そんな崇高な愛でもやっぱり物質的な裏づけが必要なのかい？
妻　あなたには分らないのよ。
夫　俺は愛というものを、もっと精神的な作業と考えるね。

○いつの間にか、一人の若い女登場。夫によりそっている。
妻と同じ服装、だが、妻より若く美貌、グラマア。少々幻想的なメイクアップ。この女も男と同様、非現実的。

妻　え？あら、誰、このかた？
夫　どこの誰でもない、俺の理想の女性さ。
妻　まあ　あきれた！私とは似ても似つかないわ。

○女はソファに座り、二組の奇妙なカップルが同座することになる。

夫　お互いさまだ。さあ、ここへ座れよ
女　あんたは男の中の男、だけど、いつか私を裏切るわ。
夫　あたり前だ。男が一人の女を一生愛し続けてゆけるとでも思うのか。
女　分ってるわ。いいのよ、それで。私はうそがきらい。
夫　君の肉体だけが、俺にとってはただひとつの真実だ。
女　（低く笑って）つまらないセリフね。私のこの美しい肉体もいつかは灰になるわ。
夫　不思議な女だな、君は。まるでスフィンクスのように神秘的だ。
女　男は銀の針、そして女は唖の小鳥、やがては男に滅ぼされるんだわ。
夫　俺たちは何故、結婚なんかしたんだろう。
女　互いに傷つけあうためによ。
夫　そうだ、きっとそうなんだ。傷の痛みこそ、俺たちの生きていることの証しなんだ。
女　やめて！
夫　え？

女　言葉はすべて空しい。

夫　だが空しいという言葉だって空しいんだ。

女　あゝ、やめて！　私にはあなたが愛せない。

夫　俺も君を愛することが出来ない。

女　でも　それが愛なのね。

夫　そうだ、愛することが出来ないという愛なのだ。

妻　馬鹿々々しい！　みみずのたわごとだわ、まるで。

女　この小市民的な夜のひととき、せめて踊りましょう、あなたと二人きりで。

夫　束の間の休戦だね。傷つけあう二人の。

○女と夫は踊り始める。

M（ミュージック）　ドラマチックなタンゴ　IN　B（バック）・G（グラウンド）

妻　折角音楽が鳴ってるんだから　もったいないわ　私たちも踊りましょうよ。

○妻と男も踊り始める。

（踊りながら）

○夫と妻は互いに相手を気にする。

**夫** おい、あんまりくっついて踊るなよ。

**妻** あら、やいてるの？

**夫** まさか。

（すれちがいながら）

**妻** チークダンスなんて悪趣味よ。

**夫** おや、やきもちかい？

**妻** 今さら。

（ターンして）

**夫** おい、君はほんとに　そんなにやけた男がいいのか？

**妻** あなたはほんとにそんないやみな文学少女がいいの？

（またすれちがって）

**夫** 愛情は自然にあふれてくるものだなんて君は云ったけど､今の君はずい分きどって無理してるじゃないか。

（すれちがって）

**妻** 愛情は戦いだって理論を実行にうつすのはいいけど、胃潰瘍にならないでね。

（並行して踊りながら）

**夫** 理想ってのは、意外に肩に重そうだな。

（皮肉に）

**妻**　ほんと、意外に気疲れするものね。お互いに。

（また、離れて）

**夫**　どうだい　ロマンチックな気分になれたかい？

**妻**　あなたの方こそ、どうなのよ。

（すれちがって）

**夫**　新婚旅行の時買ったのは、君の云う通り、さざえだったと思うよ。

**妻**　あら、生うにだったわよ。今やっとはっきり思い出したわ。

（立ちどまって）

**夫**　や、さざえだったよ、たしかに。

**妻**　ちがうわ、生うにだったわ、私が間違ってたのよ

**夫**　まあ、どっちでもいいさ

**妻**　両方ともあなたの好物だし、

**夫**　精力がつくんだ。

**妻**　この辺で、パートナーをかえましょうか。

**夫**　賛成だね。

○踊りながら二組をいれかわる

（踊りながら）

夫　久しぶりだな、君と踊るのは。

妻　ええ。

　　間

夫　わるくないな、たまには、

妻　ええ。

夫　おや、あの連中はどうしたのかな。

○ふとみると、男が女に平手打ちをくわされたところ

妻　知らないわ、ほっときなさいよ。

夫　ダイヤの指環はどこへやった？

妻　返したわ、だって　毎月の保険料が大変なんですもの。

夫　ピストルのおかえしには何がほしい？

妻　何もいらないわ、その代わり、どこかへ旅行につれてって、

○カメラパンすると、

　そこに、ピエロメイクアップした半裸のハイティーン。

　手にピストル型の玩具と、先にゴムのついた矢をもっている。

**少年**　なあんてね。一寸うまくいきすぎたようだな。え？ぼく？　ぼくはこんな恰好してるけど、実はキューピットです。ほら、例の愛の神様ですよ。近頃は翼ももげちまって、ごらんの通りの古靴で、地上をどたどたと歩きまわっていますがね、このガンのききめは、まだまだどうして捨てたもんじゃありませんよ。実はいま一発づつ、あの夫婦の胸にぶちこんでやったんですよ。七年目の浮気ならぬ、七年目の愛情リヴァイヴァルだ。

○パンして夫と妻はじめの時と同じ位置

**妻**　結局愛情って、こういう何でもない空気みたいなものなのね。
**夫**　贅沢を云えばきりがないさ。凡人は凡人の愛情で我まんするんだな。
**妻**　でもそれじゃあんまりさびしいような気もするわ
**夫**　とにかくお互いに、まだやきもち位はやけるんだから、捨てたもんじゃないさ。
**妻**　あら、私、やきもちなんかやいたかしら。
**夫**　おいおい、しらばっくれるなよ。
**少年**　あれ、また雲行があやしくなってきたぞ、弓矢を補給しなきゃ。

○パンして少年、夫婦の方へ向けて矢を放つ、はなはだひょろひょろ矢である。

少年　弱ったなあ、ききめがなくなってきた。
夫　あたり前じゃないか、結婚してもう七年だぜ。
妻　じゃあ私には、新鮮なところはひとつもないって云うのね。
夫　馬鹿々々しい。君の心も体も俺はもう知りつくしてるんだ。やきもちなんておかしくて。
妻　やきもちやいたのは、あなたの方よ

○どんどん矢を射る。

妻　やっぱりあなたにはもう愛情なんて残ってないんだわ。
夫　その愛情とかなんとかいう大げさな言葉をもち出すのは、もうよそうや。そんなこと云い出すから話がこんぐらかってくるんだ。愛情にも何にも関係のない、ありきたりの口げんかにすぎないんだぜ、これは。
妻　いいえ、違います。根本はやっぱり愛情の問題です。

○少年、弓矢を射つくす。

少年　ぼくもその意見に賛成です。だが肝心のその愛情のストックがもうなくなっちまった！
夫　今夜は疲れてるんだ。議論はまたいつかのことにしよう。
妻　いいわよ。あなたがその気なら。

○二人は黙りこみ、夫は新聞、妻はブラシングにもどる。
パンすると、床にキューピットが座りこみ、その頬に涙が一筋おちてくる。

M（ミュージック）　家庭名曲集からぬけ出してきたような音楽。

**少年**　お母さん、ヴィーナスのお母さん、ぼくはどうしたらいいの？
**ヴィナスの声**　（空中より）子供はもうベッドに行く時間ですよ。

（○夫妻の傍に、ヴィーナスの首が、部屋のアクセサリとしてあってもよい）

**少年**　でも　お母さん
**ヴィナス**　大丈夫、あの二人はあれで結構うまくいってるのよ。
**少年**　でも、愛情の問題は……
**ヴィナス**　愛情の問題なんて、こんな明るいところでは論じられません。

○夫は妻から贈られたピストルを妻にむける。
妻は夫を横眼で見ながら、スタンドのスイッチをひねる。
○闇。
その上にエンドマーク。

# 終電まで──或るラヴシーン──

放送データ

制作・東京放送（ＴＢＳ）
演出・岩崎守尚
放送日・1961（昭和36）年8月26日　22時15分〜22時45分「恋愛専科」

時　今

所　或る若い男の貧しいアパートの六畳

登場人物

男　二十五、六　／　女　二十三、四
（以下ハ声ノミ）
ラジオのアナウンサア／詩を読む男　ｍ（男の声と同じ）／詩を読む女　ｆ（女の声と同じ）
視聴者の一人／その息子／ほんものの社会科学者／ほんものの小学生／ほんものの新進作家／声

○タイトル
　いきなり熱っぽい男と女のＵＰ。

ソフトフォーカスの甘美なムードで、しかもひどくなまなましいラブシーンが、O・L（オーヴァーラップ）を重ねて、えんえんとつづく。但し、それらは満たされた欲望のあとのやさしさにあふれていて、それが二人をどこかものうげに見せている。男は上半身裸、女も可能な限り、裸に近いこと、けれど、清潔感だけは常に保持すること。接吻は唇の接吻よりも、耳のうしろ、まぶた、唇のわきへの接吻が好もしく、カメラはそれらをUPし、フルショットにはならない。

熱っぽい沈黙。

やがて……。

**声**　（咳ばらいして）え——これはコマーシャルではありません。ドラマは、実はもう始まっているのです。しかし、ドラマと一口にいっても、これにはいろいろなドラマがあるので、「恋愛専科」というようなタイトルをもつからには、波らん万丈のメロドラマ、或いは気のきいたフランス——小話ムードのラヴロマンス——といったようなものを、あるいはみなさん期待なさっておられるかもしれない。けれどそういうドラマだけがドラマとは限らない。筋立ての起承転結よろしく、役者さん方も汗をたらしての熱演というドラマ、それはいわばテレビのブラウン管の中でのドラマです。だが、ブラウン管の中だけでなく、そのそとにも、即ち、今、そうやってテレビを見ていらっしゃるあなたにも、ドラマはある筈です。いわば常にもう始まってしまっている終りのないドラマ、そのドラマにはとりたてて筋もなく、クライマックスもなく、劇的な破局もないかもしれない。けれどその代り、そこには、ブラウン管の中で作られるドラマにはない真実の重味と、まどろっこしさと、不安とがあります。つくられた恋愛ではなく、ほんとうの、現実の恋愛も、そうした終りのないドラマの中にあるものではないでしょうか。

女は男から身をほどき、起き直って、髪を直しはじめる。

カメラひくとそこは貧しい男の部屋、小さな流し、机、積まれた本など、禁欲的な室内をカメラはたしかめるようにみつめる。

裸電球、洗面器、干してある靴下。捨ててある週刊誌。上半身裸の男。女のくびに下がっている細い金のくさり、清潔なブラジァ。食べ残しののっている机。

女が髪をいじっている間、男はねころんでそういう女を、見るともなしに見ている。

女　何時？
男　十時××分。（とその時の時刻を答える）
女　終電に、もう××分しかないわ。（これはドラマの持続時間と一致する）
男　泊まっていけよ、今夜こそ。
女　え？
男　大丈夫だろ、もう大人なんだから。
女　……大丈夫って、何が？
男　何がってさ、うちの方。
女　うるさいのよ。うちの父さん。
男　駄目だよ。いつまでも。
女　え？
男　こわがっちゃさ。もう他人て訳でもないんだから。
女　そんなことじゃないわよ、そんな意味じゃないのよ。
男　じゃ何でさ。

女は手際よく髪を手入し、またゆい上げてゆく。
口にくわえたヘアピン。
小さな手鏡の中の女の顔の部分。

**女**　親一人、子一人でしょう？
**男**　え？
**女**　お母さんは死んじゃったし。
**男**　うん。
**女**　そいでさ、父さん、やきもちやくのよ、あんたに。
**男**　知ってんのかい、おれのこと。
**女**　そりゃ、気がつくわよ。

男は立ち上り、片隅の流しで、顔を洗う。もどってきて、新聞をひろげる。
（男と女は話しつづけているが、その声はきこえなくなり――）

**声**　そうです、どこにでも生きていそうな平凡な一人の女と一人の男です。彼等の恋愛がほんとうの恋愛なのかどうか、そんなことは分りません。けれど、彼等が、今夜はもう××分しか二人の時間をもっていないこと、そしてその××分の間に、彼等がそこらのラヴロマンスばりに、時間も空間も超越して、めでたしめでたしのハッピーエンディングにおちつくなんていう器用な芸当はできそうにないということ、それだけはたしかです。彼等の××分と、あなたの××分、それは同じ××分なのです。そして、恋の時間も、他のいろいろな時間と同じく、速すぎもせず、おそすぎもせずに流れてゆくものなのです。
　これ以後、男と女の喋っている言葉は或る時はリップシンクし、或る時はしない。音声と画面とは、

平行せず、自由にねじれあう。（実際には音声と画面とには別々の二組の俳優を使い、音声はプレスコした）
　むしろ楽し気に明るく、女は喋る。

女　いつになったら結婚できるのかな、私たち。
男　……。
女　政治がわるいよね、政治が。
男　そういってりゃ、それでいいってもんでもないだろ。
女　どうにかなんないの。
男　どうにかしたくたって、どうしていいか分りゃしないんだ。
女　庶務の三木さんね。
男　え？
女　三木さんよ、あごのとがった人、庶務の。
男　あっ、あれか。
女　やっぱり別れるらしいわ。
男　うん。
女　やってけやしないわよ。始めから分ってたのに。
男　籍入れてたの？
女　でしょう。
男　結婚なんかしなくたって、おれたちみたいにつきあってりゃよかったのに。

間。

女　いやよ、こんなの、本当は。

間。

女　こんなものだったのね、恋愛って。

男　夢に見てたのと大分違うかい。

女　(ふと笑う)。

男　どうなんだい。

女　夢に見てたよりずっといいこともあったわ。でも、ずっとわるいこともあったわよ。

(男と女の会話、また聞えなくなり、恋愛についてのインタヴューが始まる。いわゆる零号的恋愛について、社会科学者の分析、それは紋切型の報道番組のコメントのようにきこえ、おかげで画面の恋人たちも、まるでそのように見えてしまう。次には、恋愛とはどんなものと思うかについての、おませな小学生たちの答、そしてつづいて、恋愛はかくあるべきだとする、或る新進作家の熱弁など、これらの言葉と画面との奇妙な衝突と一致と……)

男のひろげている新聞、群衆の写真。ハンドバッグの中を整理している女、定期券、ベストセラー、口紅、鍵……やがて女は帰り支度のめどをつけ、流しにいって、やかんに水をいれ、ガスにかける。二人は机をはさんで坐り、茶をすすり話し合う。カメラはそういう二人と、その周囲の物とを、執拗に凝視しつづける。それはたとえ、煙草の吸いがらでもよい、殆んど無意味な(しかし、長すぎぬ)凝視から、見る者は、この二人の生活に否応なしに参加させられる。

女、ラジオのスイッチをいれ、局を二三捜す。

**ラジオのアナウンサア**　……では、夜の詩集、今夜はフランシス・ジャムの詩をおおくりいたしましょう。フランシス・ジャムは、一八六八年フランスのトゥルネーに生まれ一九三八年アスパーレンで死にました。その生涯に、パリを数回しか訪れず、もっぱらピレネーの山々にかこまれて詩作にふけったといわれます。

男は、女に接吻しようとするが、女は喜びながらも、それをたくみに避ける。

**ラジオのアナウンサア**　青年時代、マモールと彼が呼んだユダヤ系の少女と熱烈な恋愛をしましたが、これは熱心なカトリック教徒であるジャムの母親の反対で、実をむすびませんでした。しかし、この恋の思い出は、彼の詩の中で、はげしい肉感性、あるいは、神への祈りとなって燃えあがり、彼の詩をますます光彩あるものとしています。

男は立てひざをし、女は横たわって、ラジオにききいる。

m　愛しています……フランシス・ジャム、手塚伸一訳。

（素朴な音楽と共に朗読が始まる）

f　愛しています。でも、なにをあなたにしてもらいたいか、わたしにはわからない。きのう、駈けてきて、胸が、あなたにふれたとき、わたしのきよらかな足はあまさにふるえました。

m　ぼくの血は、車輪よりもはげしく、のどまでのぼった、お前のふくよかなあまい腕がその着物の袖から、ひいらぎの葉のように、かがやいたからだ。

f　愛しています。でも、なにをしてもらいたいか、わたしにはわからない。わたしは横になりたい。そしてねむりたい。森に行けば、空色のリンドウが、すずしげに咲いているでしょう。

女はちらと男の方を見あげるが、男はうつむいたまま。そういう男を、女はしばらくみつめている。

女は指で男の脚にさわるが、男は気づかないふりをしている。

m　ぼくもお前が好きだ。腕に、じっとお前を抱きしめたい、天気雨が、森の上で陽にあたってひかっている、お前をねせてあげよう、お前もぼくをねむらせてくれるだろう。

f　わたしはこわい、でも愛している、だから頭がくるくる廻る、あの古い台の上の、巣箱にむらがる、ブドウ棚から蜜をとって帰ってきた蜜蜂のように。

　タタミにおちている週刊誌のひろげられたグラビヤ、外国の風景。

m　暑い麦、畑には赤い花がいっぱい咲いている、あのなかでおやすみ、そしてくちびるをぼくにおくれ、牧場の下の方にたくさんの金バエが――聞こえる？

　窓ガラスをはうハエ。

f　土まであついわ、むこうのベンガルのばらが咲いている、古い塀のそばに、ほら、蝉が白いざらざらした、プラタナスの枝に……。

　男の首筋。

m　真実なものは、はだかだ、だから、おまえもはだかにおなり、麦の穂は、わきでる情熱で白くしまったお前のからだの下で、はじけ散るだろう。

　女の裸の脚。

f　とてもできない、だけど、夕方になれば、はだかになれるかもしれない、でもあなたがわたしにさわる、すると、あなたがこわくなる、黒い夕闇のなかで、わたしは真白でしょう。

　動いている目覚時計。

m　森でカケスがないた、恋をしているからだ、黒びかりのカミキリ虫が、カシの木をのぼってゆく、蜜蜂がうす茶色にかたまって巣別れをしている。

男にふれることをあきらめ、胸の上に組んでしまった女の両手。

f　抱いて、あなたの腕に、いまはもう愛しあうだけ！　だから、わたしの肌は空気のよう、焔のよう、光のよう、あなたにしっかりより添いたい、木と、きずたのように。

男と女の間の距離、すりきれたタタミ

m　秋の羊の群は、黄色い木の葉に似合う、金魚は水に、美しいものは女に、そしてからだは、からだに似合う、心は、心に似合う。

（音楽が少しつづいて完奏すると、いきなりうるさいＣＭが始まる。どぎつい音楽とセリフ）

沈黙。そしてすぐ近くの操車場からの汽笛、貨車の音、連結機のつながる音。

このＳＥ（サウンドエフェクト）は、前からきこえていたのだが、この沈黙のなかで、急に際だってひびく。

ふと見ると、大きく見開いた女の眼から涙が一筋つたわってくる。やがて男はそれに気づき、ラジオをけす。

男　どうしたんだい。

女　……。

男　なにか悲しいことがあるの……。

女　（黙って首を横にふる）。

男　じゃ、何故?

女　……。

男　いやなのかい?

女　馬鹿ね、なんでもないのよ、ただ涙が少し出たってだけ。

男　悲しくもないのに？
女　悲しいから涙が出る――そんなに簡単なもんじゃないわ。涙が出るから、自分のこころが分らなくなってきてしまうんだわ。悲しいんだか、うれしいんだか、幸せなのか、不幸なのか、分らなくなってしまうのよ。
　男はタバコに火をつける。
男　……。
女　ねえ。
男　え？
女　永遠てこと、考えたことある？
男　永遠？
女　うん。
　灰皿をさがして男は立ち、空カンを拾ってくる。
男　ないね。
女　私は、あるわ。
男　どういうときに、考えるんだい。
女　たとえば、さっき。
男　さっき？
女　ついさっき、詩をききながら考えたわ。永遠ってどんなものだろうって、そしたら、そう考えているその瞬間が、永遠ていうものだって気がしたわ。

男　さっき、君はおれにさわったね。
女　（かまわず）私たちは貧しいわ、その貧しさと闘うすべも分らないくらい貧しいわ。私はあなたが好きだし、あなたも私が好きだろうと思う。だけど私たちは結婚出来ない。私たちは悲しいわ。こんな社会に怒りを感ずるわ。どうにかしなくちゃと思うわ。だから仲間とも話しあうし、デモにだって行くわ、それはみんな大きな問題だわ、とても大きな問題よ。でも……。
男　でも？
女　それとは別に、永遠ていうものがあるのよ——それはいつもはかくれていて、時々ふっと顔を出すの。そして私を一瞬の間にどこか遠い所へ連れていってしまうの。

あおむいたまま、憑かれたように喋る女の顔、汗。

女　私のそばにあなたがいる。あなたのそばに私がいる。これでおしまいなのよ、これで完全なのよ、こんなに貧しくとも。何故なら、今は、この一瞬はもう決して返っては来ないのだから、私たちは、遠い未来に、この今の、この瞬間を償うことなんかとうていできない——遠い遠い所から私はひとめでそういうことを見抜いてしまう。だから、涙が出てくるのよ。
男　時々分んなくなることがあるよ、君のこと。

女はつと立ち上り、片隅のバケツから切花をとりあげ、それを流しで適当に折って、コップにさす。

女　あら、お花を忘れてたわ。かわいそうに。

窓の外を、ラーメンの屋台が、ごとごとと通りすぎる。

何やら通行人の話し声。

声　もうさっきから××分すぎました。終電まであと××分、この番組の終るまでの時間も同じです。わずか××分じゃあ、もう何がおこるにしろしれてますね。どうです？　退屈ですか？　しかし、他人の生活をのぞき見するっていうのも、わるいもんじゃないでしょう？　え？　のぞき見とは悪趣味なことばだ？　しかし、のぞき見でしょう、これは。もともとテレビってのはのぞき見の機械みたいなものじゃありませんか。のぞき見を恥じることはないと思うな。それにどうせ、この二人は、見られているってことを、全く知らないんです。何しろ、この二人とわれわれの間には、無限の距離がありますからね、恋をしている人間と、恋をしていない人間との間には。二人は二人だけの世界に夢中です。ほら、いいですか？

　身じろぎもしない二人。

　花をみつめて。

**声**　ねえ、君たち、君たちは本当に愛しあっているのかい？　え？　ねえ、君たちそうやっていて、本当に幸せなのかい？　——どうです。ひとのいうことなんか耳にも入らないんだ。

**男**　からだはからだに似合う、こころはこころに似合う——本当にそうかな。

**女**　どうして？

**男**　おれたち、ふだんはあんまりお互いに話しあわないな。

**女**　ええ。

**男**　話しあってみたら、おれたちお互いに、ずいぶん違う人間なんじゃないかな。

**女**　あたりまえよ。男と女だもん。

**男**　いやさ、そういう意味じゃなくさ。

**女**　どういう意味で？

**男**　なんか、ものの感じ方とか、人間としての生き方とか。

女　違ってたら、どうなの？

男　別にどうって訳じゃないけど。

女　じゃ、黙っていましょうよ、やっぱり。話しあうのは、男と男同志、女と女同志だけで沢山だわ。男と女には黙っている方が似合うのよ。

男　そうかもしれない。でも、それでいいのかな。

女　それでいいのよ、黙っていても、ことばはあるわ、私とあなたの間なら。

（男女の会話はきこえなくなり、いきなり、電話の呼出音がきこえてくる）

声　あ、もしもし、こちら東京テレビでございますが、失礼ですが、只今お宅では東京テレビを視聴なさってるでしょうか？

ふたたび、どちらからともなく二人はよりそい、まるで、歌のルフランのように、恋の仕草をくり返す。

相手　ええ、見てますよ。

声　あ、それはどうもありがとうございます。ところでですねえ、今やっております番組の中の、この恋人たちの生き方なんですがねえ、ごらんになっていて、どういう風にお感じになりますか。

相手　はあはあ、なるほど。この若い人の生き方ねえ、そうですねえ、私はまあ、今年五十を一寸出たところで、大分世代的にも違うと思うんですがね。

声　はあはあ、そこの所でひとつ。

相手　まア何ですねえ。

（以下アドリブで、例えば結婚前に終電まで男のアパートにいる女の気がしれない、もっと慎重にやってもらいたい、しかし二人とも、まじめらしいから、その点好感はもてるが、女は少々文学少女

的で、考えが宙に浮いている、内職でもなんでもして、早く世帯をもった方がいい、などという意味のことを喋る）

声　どうもありがとうございました。それで、今、お宅ではごらんになってらっしゃるのはおひとりですか？

相手　いや、息子も一緒に見ています。

声　それでは、おそれいりますが息子さんにも一寸御意見をうかがいたいんですが。

息子　もしもし。

声　もしもし。どうも、失礼ですがおいくつで……。

息子　十九才です。

声　そうですか、もうガールフレンドはおありですか。

息子　えへへ。

声　どうですか、テレビごらんになってこの恋人たちのことどうお思いになりますか。

息子　なんつうのかなあ。見ててまどろっこしいね。

（以下アドリブで、例えば何をくよくよしてるのか分らない。結婚できなくたって、こうやって二人で楽しめる部屋もある位だからそれでいいじゃないか。云々）

ＳＥ（サウンドエフェクト）　突然目覚時計がけたたましく鳴り出す。

二人はびくっとして離れる。女はあわてて身じまいをととのえる。カメラは疲れてはいるがまだ若く明るい二人の男女をｕｐでとらえる。誰が何といおうと彼等の愛には、彼等なりのリアリティが感じられるのだ。

女　ああびっくりした。
男　いそげよ、あと二分だ。
女　大丈夫、駅はすぐだもん。
男　じゃ、明日。
女　うん、昼休みにね。
男　ころぶなよ。
女　平気。――ねえ、好き?
男　うん。

女はちょっとした媚態を残して、部屋を駈け去る。

女の足音は遠ざかり、操車場の音がきこえる。

男はとり残されて、しばらくぼんやり立っているが、やがて窓をあけて駅の方を見る。

しばらくそうしているが、やがて、流しで水を一杯のみ、ズボンのポケットから、定期入をとり出し、その中から彼女の写真を出す。一寸の間それをみつめ、それから、花をいけたコップにそれをたてかける。

男の横顔。

笛が鳴り、終電車の出てゆく音がかすかにきこえる。

男は窓際に立ち、外を見る。

電車が高架を走ってゆき、家々の灯が見える。

やがて男は、ごろりと横になる。

声　×時××分です。終電車ももう出ていってしまいました。この番組もそろそろおしまいです。もっとも
このあと、まだコマーシャルが残っていますが。それはまあどうでもいいみなさんは、まだつづけてこの
チャンネルをごらんになりますか？　それとも、もう寝床にお入りになりますか？　え？　余計なお世話
だ？　はは、たしかにそうですね。お気にさわったら、消しちまって下さい。テレビのスイッチをひねれ
ばいいだけの話です。簡単ですよ、だがスイッチをひねったってきえないものはありますね。そう、私の
声はきえても、私はきえない、あなたの腹立ちはきえても、あなたの生活はきえない。この男のイメージ
はきえても、この男の恋は、まだきえやしないんです。

エンドタイトルは無しでまるで突然のように、コマーシャルが始まる。

# ムックリを吹く女

放送データ

制作・北海道放送
演出・森開逞次　　音楽・武満徹
放送日・1961（昭和36）年11月12日　21時30分～22時30分

## 1　レラの父の家の一室

壁といわず、棚といわず、アイヌの民芸品のコレクションが飾ってある。外は豪雨。北国らしいせまい窓のガラスを、雨滴がつたわっている。

レラ　どうしてかくしていたの、今まで

――間――

父　おまえは私の娘だよ、今までどおり

レラ　いいえ、ちがうわ、もうちがってしまったわ、何もかも

父　私を信じないのか？

レラ　どうやって信じろというの。この長いいつわりの生活のあとで

父　おまえが、まだほんのよちよち歩きの頃、理由の分らない高い熱で医者にもさじを投げられたことが

あった。私は一週間というもの一睡もせずにおまえのそばにつきっきりで

レラ　それを恩に着ろというの？　この年まで育ててくれた償いをしろというの？　それなら今の私のこの恥と怒りと驚きで十分な筈

父　恥だと？　何を恥と言うのだ

レラ　二十一年前、あなたが赤坊の私をひきとった時の光景が、私にはまざまざと目に浮かぶ、和人の男に逃げられ私生児をかかえて、泣くことしかしらない愚かなアイヌ女、それが私の母親なのよ、その母親から、あなたは私をひきとった、物珍しさとあわれみとから、まるで一寸珍しいアッシでもあつめるような気持で

父　おまえは天使だった

レラ　血がつながっていないばかりか、私とは血も皮膚も髪も眼もちがう人に育てられ、父親がアイヌ研究家のせいか、娘の顔までアイヌに似てきたなどといわれ、何も知らぬ私は自分の顔の彫りの深さが得意だった、何という浅はかさ、自分ながら恥ずかしい

父　恥じたのは私の方だった。いたいけなお前を捨てて、行方をくらました和人の男のあやまちを私は償いたかったのだ。学者としての私の良心が、おまえを見殺しにすることを許さなかったのだ

レラ　その良心とやらのおかげで、私はここまで育ったのね。私がアイヌであることを今までかくしていたのも、その良心のせいなの？

父　アイヌであることをかくしたかったのではない。自分の子でないことをかくしたかっただけだ

レラ　そのふたつのことは、私の中では同じひとつのことだわ

父　アイヌであろうがあるまいが、おまえは私の娘だ

――間――

レラ　自分をアイマイなままにしておくのが、私はいやなの。私の血の中にはアイヌの血がまざっているわ。不幸な母親の血が。だからもう私はこのままでは幸せになれない

父　私は一生をアイヌ研究に捧げてきた人間だ。おまえを理解する自信はある

レラ　理解――そんなものは、何の役にもたちはしないわ。一人娘として愛されてさえ不足だといっているこの我がままな私に

――間――

父　どうしようというのだ

レラ　ここにはいられないわ、私の同族の、あわれなぬけがらで一杯のこの家には。私は家を出ます

父　行くあてがあるか？

レラ　あのひとのところへ

父　いけない！

レラ　何故？　あのひとなら、きっと私の気持を解ってくれるわ。あのひとは、あなたのお弟子だけれど、あなたのようにはアイヌを見ていない

父　行かないでくれ、お父さんを許してくれ

――間――

レラ　許せないのよ。お父さんを、私は世界でいちばん好きだったから

父　レラ！

（レラ行こうとするが父の叫ぶ声にふりむいて、静かにいう）

レラ　レラ――アイヌ語で風という意味だって教えてくれたわね。今こそこの名前が本当に私のものになるのよ

2　オープニングM（ミュージック）おこり、タイトル

（そのバックにレラの顔、鏡に向って、マユズミでいきなり唇にいれずみを画く。そのアップは、次のシーンのレラのアップにO・L（オーヴァーラップ）して）

3　沼田の部屋

コンクリートブロックのむき出しの殺風景な内部。

（カバンひとつもち、レインコートから滴をたらして、うつむいているレラ）

沼田　どうしたんです？　こんな雨の中を

レラ　私を見て（顔をあげる）

沼田　――仮装舞踏会でもあるんですか？

レラ　目をそむけないで

沼田　そむけてなんかいないよ

――間――

レラ　私が好き？
沼田　きまってるじゃないか
レラ　好きだといって
沼田　好きだ
　　　――間――
レラ　沼田さん、私、アイヌなのよ
沼田　へえ（驚かない）
レラ　私のお父さん、本当のお父さんじゃなかったの、私は名前も分らない和人の男と、貧しいアイヌの女との間に生まれた私生児なのよ
沼田　どうして分ったんです？
レラ　私が問いつめたの
沼田　どうして？
レラ　知りたかったの
沼田　何故？（たたみかけて）
レラ　分らないわ、私を生んだ時に亡くなったときかされていた母の古い写真を眺めているうち、ふっと疑問がわいたの、それがいつの間にか、自分でもどうしようもない位大きくなって――
沼田　成程ね
レラ　驚かないのね、あなたは
沼田　驚く必要があるんですか？

レラ　あなたには分ってもらえると思っていたわ、私、家を出てきてしまったの

――短い間――

沼田　馬鹿なことしたものだな、どうせ同じことなのに

レラ　何が？

沼田　あなたにアイヌの血が流れていようがいまいが

レラ　あなたは知っていたのね

沼田　とんでもない。だが、今だって知りたいという興味も別にない。そのお芝居じみたいれずみを早くおふきなさい。まさかほんとうにいれずみした訳じゃないんでしょう？

レラ　でも

（沼田はいきなりレラを抱きよせ、接吻し、ハンケチで唇をぬぐってやる）

沼田　ほら、これでもとどおりだ。今時、アイヌの女で唇にいれずみをしているのなんて、八十以上の婆さんだけですよ。アイヌとか、和人とかいう区別がもう何の意味ももっていないことくらい、あなただってよく知っている筈だ、ぼくらは日本人ですよ、いやそれよりも前にぼくらは人間ですよ。それだけの話だ

レラ　あなたにはアイヌの血が流れていないから、そういうことがいえるのよ

沼田　血は流れていなくとも、アイヌのことなら、あなたの、百倍も千倍もよく知っている

――間――

レラ　では、どうしろというの、私に

沼田　家へお戻りなさい

レラ　いやよ

沼田　先生をひとりぼっちにしておいていいんですか？
レラ　私の方が、もっとひとりぼっちだわ
沼田　あなたに来られちゃ、僕が迷惑なんだ
レラ　え？
沼田　ぼくは助教授になりたいんだ。あなたと結婚するために、そのためには先生を怒らせたくない
レラ　上手な理屈ね、でも今の私は、そんな理屈ではどうにもならないの。沼田さん、私を連れてって
沼田　どこへ？
レラ　私の生まれたところへ
沼田　そこへ行ってどうするんです？
レラ　分らないわ、ただ行ってみたいだけ、行ってみれば、何をしたいのか、何をすればいいのか、分るような気がするわ

——短い間——

沼田　目を見れば分るよ、あなたが今は誰のいうこともきかないだろうということが、あなたの目は、自分で自分を追いつめたがっている人間の目だ
レラ　追いつめたいんじゃない。自分で自分を探したいのよ。見失いかけている自分を、みじめでもいい。不幸でもいい。私は本当の私になりたいのよ

（二人はじっとみつめあい沼田の眼はもえるが、やがて彼は床に毛布をひろげひとり横になる）
（F・O（フォーカス アウト））

## 4　貧しいコタンの小屋

（一人のアイヌの老人が煙管を吸いながら、喋っている）

**アイヌの老人**　ああ、そんな女がいたよ、よくおぼえてる。きれいな女だった。だから男がほっておかない。三人も男かえたかな、ああみんな和人だ。本土から出かせぎにきた男たちだ。いつの間にかみんないなくなった。名前なんて分るもんか、女の方もわるいんだよ、男がいなきゃ一晩だって我慢できねえような女でよ、それも男は和人しか相手にしねえで。胸わるくして死んだよ。もう十五年にもなるかな。（咳こむ）

## 5　レラのアップからカメラひくと荒れはてたアイヌ墓地

**レラ**　いいのよ、どれが私の本当の母親の墓か分らなくても、私にはどのお墓もみんな血がつながっているような気がするの。この下に眠っている人たちの、苦しみも、哀しみも、怒りも、私は何ひとつ知ることもなくすごしてきた。私は私の民族のことばを喋ることさえ満足にできない。アイヌ語の代りに英語を習い、アツシを着る代りに、ナイロンのネグリジェを着ていたんだわ

**沼田**　アツシなんてもう誰も着てやしないよ。観光アイヌの他には

**レラ**　私は着るわ、いいえ、体にではなく、私の魂に、アツシのあのざらざらした感触、自然のきびしさをじかに私に強いてくるあの痛み、そしてどこまでもつづいてゆき、しかも私をやさしくその線の中につつんでくれるあの不思議な文様——私はアイヌになるわ。私はアイヌになりたいのよ

**沼田**　アイヌになって、どうするんです？

レラ　分らない。アイヌになるのがあたりまえだから、そうするのよ
沼田　あなたは半分しかアイヌじゃないんですよ
レラ　私の中のアイヌの血は、私の中の和人の血を恥じているわ
沼田　アイヌのために何かをしたいのなら、アイヌになるなんて無駄なことだ
レラ　どうして？
沼田　アイヌをアイヌに戻してしまってはいけない。アイヌを日本人にしなければ、歴史はそう動いている
レラ　歴史ですって？　その大げさなことばが、何度私たちをだましたことか。歴史だの、文明だの、進歩だのそういう、眼でしかあなたがたは人間を見ないのね。生きるものの幸せは、そんなところにはありはしないわ。私の生まれたあの貧しい、汚いコタンの家々を見た？　あの人たちにお金を与えればそれですむと思う？　テレビや電気洗濯機が買えるようになれば、それで幸せになれると思う？　いいえ、あの人たちの求めているのは魂の自由よ、昔のように、気ままに自然の中で歌い踊り、笑いあう自由よ
沼田　昔のアイヌは、もう死んでいる。この古いお墓標のように、朽ちてしまったのだ。ごらん、あれが今のアイヌなんだ

（一人の小さな男の子がじっとこちらをうかがっている）

レラ　坊や、ひとりで何してるの、いらっしゃい、一緒に遊ぼう
沼田　よく見てごらん、あの子は黒人との混血児なんだ
レラ　え

――間――

（男の子、逃げ去る）

レラ　あの子のお父さんは？

沼田　さあね、きっとあの子の母親と同じように貧しい、棉つみか何かだったんでしょう。レラ、あなたはここでは何も出来やしないよ

レラ　そんなことはないわ

沼田　さあ行こう

レラ　どこへ？

沼田　ぼくについてくるんだ。あなたに今のアイヌを見せてあげよう

## 6　観光コタンの一隅の小屋の中

細い声でユーカラを誦しつづけるアイヌ老婆。その前に、酒びんとテープレコーダーがある。宝物や記念写真や土産物などが、小屋の内部に積んである。

（Ｓ・Ｅ）（サウンドエフェクト）

スピーカーから流れてくる

「ピリカピリカ」などの流行歌。

沼田　（低い声で）ごらん、レラ、これがあなたの憧れてやまないアイヌの姿なんだ。アイヌがアイヌらしく生きようとすると、こうなってしまうんだ

（まわっているテープレコーダー）

レラ　どうしてこんなことをしなくちゃならないの

沼田　先生の、あなたのお父さんのおいいつけさ、アイヌ文化を守るためにね

レラ　ちがうわ、こんなのは本当の文化じゃない。本当の生活でさえない。にせの生活だわ、アイヌがアイヌであることを売りものにして生きているなんて

（高くなり低くなりしてつづくユーカラ。老婆のばさばさの髪と、唇の、そして手のいれずみ）

（S・E）

流行歌にまじって、イオマンテの呼びこみの口上。

（老婆の唇）

（きいているレラの顔はだんだん苦しげになってくる）

（レラ、遂に耐えきれなくなって起ち、外へ出る）

（S・E）スピーカーから流れる、イオマンテの説明。

## 7　外の広場で行われているのは観光客相手のイオマンテ

（疲れたように、踊るアイヌの女たち）

（花矢を射る長老）

（仕留矢の真似ごとをする長老）

（終ろうとするイオマンテ。その時、レラが中央に走り出る）

レラ　どうして殺さないの？　どうして本当に熊を殺さないの？

（踊りをやめ、レラをみつめるアイヌの顔顔）

レラ　神さまなんでしょう、この熊は、神さまを神さまの国に送り帰さないでいいの？　神さまをだまして、いいの？　神さまをだしにして、お金もうけなんかしていいの？

（沈黙しているアイヌの無表情な顔）

レラ　何故こんな、にせものの生活をしなけりゃならないの？　あなたは恥かしくない？

（無心な仔熊）

（阿呆面の観光客たち）

（小屋の内部ではレラの声をきき、とび出そうとする沼田を、老婆がとめる）

（S・E（サウンドエフェクト））レコードだらしなくとまる。

（風に吹かれる古いイナウ。頭骨）

レラ　私たちの神々はどこへ行ってしまったの？　私たちのチュッスカムイはどこへ行ってしまったの？　私たちのアベカムイはキムンカムイは、レプンカムイは、コタンコルカムイはいったいどこへ行ってしまったの？

（小屋内部の老婆、沼田の腕をつかんで放さない）

アイヌの老婆　ああいうことをいう者が、一人や二人いてもいい、女にあんなこといわれて、ほら、男たちのびっくりした顔をごらんよ、むじなが鉄砲くらったような顔してよ、へ、へ、へ

（驚いたように老婆を見る沼田）

レラ　この仔熊の耳と耳の間に、神さまはいるの？　それともいないの？　どっちなの？

（無心な仔熊）

レラ　いると信じるなら、本当のやじりの仕留矢を射るのよ！　いないと思うのなら、こんなことはやめて！

（沈黙しているアイヌたち）

（小屋の内部）

**アイヌの老婆**　やじりのある矢など、とうの昔に折れてくさってしまったよ、今じゃ満足に鉄砲打てるやつだっていやしない、年よりたちはみんな腰ぬけばかりだ。頭のきれる若いもんはみんなコタンを出てゆくさ、もう帰ってこなくてもいいんだ

**レラ**　（矢を拾いあげて）やじりもついていない矢、木綿に文様を染めぬいたアッシ、安っぽい木彫りの熊、絵ハガキとポスターの世界――私たちの本当の生活を、どこへやってしまったの、みんな

（観光コタンの腕章つけた男とめに入る）

**レラ**　（呟くように）誰のせいなの、いったい誰のせいなの

――間――

（S・E（サウンドエフェクト））レラのことばをあざけるかのように、まただらしなくレコードが始まる、アナウンスがソーラン節の開始を告げる。

（レラを無視して、ソーラン節を踊り始めるアイヌの女たち、佇立するレラ）

**父**　レラ

**レラ**　（背後から呼ばれてふりかえると父親が立っている）どうして分ったのここが

**父**　沼田君が、知らせてくれた

**レラ**　沼田さんが？

**父**　（うなづく）私がおどしたのだ

**レラ**　おどした？

父　おまえに何かおこったら、研究室を追い出すといってね
レラ　何かって、何？
父　うちへ帰ってくれ、レラ
レラ　何かって何のこと？　私に何がおこるっていうの？
父　おまえはまだ子供なのだ
レラ　そうかもしれない、でも、自分にいつわりを許す位なら、大人になんかなりたくない
父　お前が考えているほど単純なものじゃない、世の中というものは
レラ　そういってだましてきたのね。私たちアイヌを
父　何をいう！
レラ　あのアイヌたちを見て、あのひとたちのために、あなたは、何もしないでいいの？
父　私は学者だ、学者には学者の務めがある
レラ　学者である限り、あなたは私というたった一人のアイヌ娘すら救うことはできないのよ、それでいいの？
父　私はおまえの父親だ、おまえは私がこの手で拾いあげ、この手で育てあげた私の娘だ。私が再婚しなかったのもおまえのためを思えばこそだ。おまえを愛する資格のあるものは、私一人だけなのだ。思い出してくれ、レラ、私たち二人きりでどんなに幸せだったことか、私はおまえにすべてを与えた。人形も洋服も本も小づかいもお前は望みさえすればよかったんだ
レラ　ではもう一度だけ私に与えてちょうだい、あなたからの自由を
父　何が不足なんだ、レラ、いったい何が
レラ　分らないわ、自分でも分らないのよ、でも、その分らない自分が、私を責めたてるの、これではいけ

ない。これではまちがっているって

父　だからといって、何ができる、世間知らずのおまえに。いくらひとりで力んだところで、アイヌは滅びるんだ。もうどうにもなりはしないんだ、忘れなさい。アイヌのことなんか！

レラ　お父さん！

（丁度近づいてきた沼田とアイヌの老婆立ちすくむ）

——間——

父　やあ、沼田君、しばらくだったな、お婆さん、元気かね（ぎこちなく）

——間——

（沼田も老婆も答えない）

レラ　お父さん、もう帰って

父　一緒に来てくれるかい？

レラ　（頭をふる）

（父、ぎこちなく去ろうとする）

レラ　お父さん

父　え？

レラ　私のお母さんは、私の本当のお母さんは、どんな人だったの？

父　ぼろを着て、汚い小屋に住んでいたが、きれいな眼をした人だった

レラ　三人も男をかえたって、ほんとう？

父　そんなことはない、アイヌの習慣として女は最後まで一人の男に操を立てるものだ

レラ　私と別れるとき、泣いた？

父　私の前では泣かなかった。だが、離れてから、泣き声がきこえたよ。とてもひどい泣き声が
　父、去る。

（父を見ずにどこか遠い所を見ているレラ）

（F・O）（フォーカス アウト）

（F・I）（フォーカス イン）

## 8　海辺

夕暮。残照が浜にひきあげられた舟のへさきに座って、ムックリを吹くレラを照らしている。
（S・E）（サウンドエフェクト）
波音、そしてムックリ。
（と、どこからか、少年の声がひびいてくる）
少年　仔鹿の背中に
　太陽が光の粉をまぶしてゆく
　いいにおいのする羊歯の葉が
今日の俺の寝床だ
出ておいでセキレイ　俺の妹
おもえのよく動く尾羽で

俺の顔をあおいでくれ
（レラ、ムックリを吹きやめて）
**レラ**　誰、そこにいるのは
**少年**　動いてゆくあらゆるものに魂があるのだ
**レラ**　私をひとりにしておいて
**少年**　ひとりでは何もできはしない
俺たちはひとりでは生きてゆけない
（舟のへさきの下に寝ころんでいる少年目をつむっている）
軽い脚の黒い毛の狐は
俺に喜んで暖い毛皮をくれる
白樺の林を流れる小さな川は
歌いながら俺の渇きをいやしてくれる
またたく内に青空に湧き
たちまち消えてゆく白い雲は
俺にあこがれという名の苦しみをあたえてくれる
そして俺のまぶたの上を吹く
このかわいらしい風は
俺に生きることの快よさを教える
魂のあるあらゆるものは

俺の神
(だんだんひきこまれてゆくレラ)
その中にはわるい神もあり
もちろんよい神もいる
よい神に俺は守られ
わるい神に俺はやきもちをやかれて
俺の運命はあっちへいったり
こっちへいったり
それでも俺は生きることの楽しみを忘れたことがない
柳の枝がそよかぜにゆれると
俺の背骨もゆれる
俺の背骨がゆれると
俺の未来の息子の背骨もゆれる
俺が歌うと
森の中の神々がいっせいにふりむく
そして声をあわせて笑うのだ
俺の声がまだ女を知らぬ声の男だといって
俺の歌がまだ女を知らぬ男の歌だといって
笑われても俺はかまわない

俺の愛する女はただひとりしか
いないのだから
髪の長い　眉の濃い少女が
いつか俺のうしろに立っているのだろう
(いつのまにか、レラが少年のかたわらに立っている)
瞳の深い、乳の暖い少女が
いつか俺の歌をきくだろう

——間——

レラ　あなたは誰?
少年　俺はあんたのことばを聞いた
若いアイヌのことばを
俺はあんたの髪のにおいをかいだ
若いアイヌの髪のにおいを
俺はあんたの心を知った
若いアイヌの心を
レラ　夕闇の中にいると、私の心はどんな遠いところにでも、やすやすと飛んでゆけそうな気がする。昼間、光の中で見たあの貧しい現実がまるでうそのよう
少年　心の中にあるものだけがほんとうだ
俺たちはそうして生きてきた

　　心の中のものを守りつづけて

レラ　あなたは誰なの？

少年　目をつむるのだ、そして自分の心の中をのぞくのだ、いつわりとかざりの奥の、裸の心をのぞくのだ

（少年と並んで、目をつむるレラ）

（ＳＥ（サウンドエフェクト）～ＳＩ（サウンドイン））

波音の中からアイヌの歌声。

（いつか浜辺にアイヌたちの踊りの輪ができている。さだからぬ光の中で、踊りつづけるアイヌたち
の幸せそうな顔。
それは昼間のアイヌたちなのだが、まるで別人のようである）

少年　昔も今も海は同じ歌を歌っているのに
人間の耳だけが変ってゆく
だが俺はちがう
かって俺たちの祖先のきいた
数々の囁きや叫びを俺はきくことができる
昔も今も風は同じ歌を歌っているのに
人間の歌だけが変わってゆく
だが俺は違う
かって俺たちの祖先の歌った
数々の心の動きを

今も俺はそのままに歌う

**レラ** あの踊りの輪の中に、私は私の心をあずけるわ。私が少しでも、アイヌの心に近づくことができるように

**少年** あんたの心はそのままで、アイヌの心だ。あんたの吹くムックリの音をきいて俺にはそれが分った

**レラ** 私は誰にもムックリを教わらなかったわ、それなのに、幼い頃からムックリを吹いている時だけ、私は本当の心を取り戻すことができた。ムックリを吹いている時だけ、自分の歌を歌っていると感じていた

**少年** アイヌの心は、自然と同じだけのひろがりをもっている。ひとつの心を喜びと呼び、哀しみと呼んでしまうことの、何という貧しさ。喜びの中に哀しみがあり、怒りの中におそれがある。ひとつの心の中にもうひとつの心が、いや数限りない心があるのだ。夜の森のように、心は無数のけもののにおいに満ち、また無数の鳥の羽ばたきに満ちている

**レラ** アイヌの神々は死んではいないわ。私は神々のささやきをこの耳にきく、神々の指をこの頬に感じる。――神々はアイヌの戻ってくるのを待っている。本当のアイヌのもどってくるのを待っている

**少年** 俺たちの炉の火をかき立てるのだ。俺たちの祭壇に新しいイナウを捧げるのだ。俺たちの弓矢に毒を塗り直すのだ。俺たちの肌にはいれずみを俺たちの眼には輝きをとり戻すのだ。幸せとは何かを、俺たちほど深く知っている者はいない。俺たちの心の豊かさは、いつも世界の豊かさと等しかったはずだ

（少年のことばとはうらはらに、いつか踊りの輪は消え、夕闇が濃くあたりを包んでいる）

**レラ** どうして黙ってしまったの、急に

**少年** 潮風が冷たくなってきた。俺についておいで（さっさと先に立って歩き出す）

## 9　少年の家

古来からのアイヌの様式に忠実に建てられている。

レラ　波の音がきこえるのね
少年　おれの子守唄だ
レラ　ひとりで住んでいる？
少年　いつの間にかそうなった
（少年のつけたあかりが少年の顔を照らし出し、レラは初めて気づく）
レラ　―あなたは―
少年　めくらだ
レラ　でも――
少年　九つの時、熊にやられた、だが、目を閉じていても、心は開いている
（少年夥しくつまれた盆の山の傍に座り彫り始める）
レラ　これを、みんなあなたが？
少年　目がみえないものを、手が見ることができる。目が感じないものを心がじかに感じることができる
レラ　（盆を手にとって）美しいわ
少年　俺はただ先祖たちの心を素直についでいるだけなのだ
レラ　この家も？
少年　人に見せるために建てたのではない。貧しいから住んでいるのではない、昔からのアイヌの家に生き

ることが俺にとっては一番自然な生活の仕方なのだ

レラ　初めてだわ、あなたのような人

少年　俺の父は、俺が五才の時に死んだ。父はコシャマインの子孫だったといわれていた

レラ　コシャマイン――学校では叛逆者と教えられたわ

少年　英雄だ、血を流すことを好まぬアイヌだが、コシャマインの和人との戦いぶりを誇りに思わぬ者はいなかった

レラ　戦っているのね、あなたも

――間――

少年　俺は盆を彫る、彫りつづける

レラ　盆を彫って、そしてどうするの？

少年　それだけだ

レラ　それだけ？

少年　観光コタンの連中の売っているものは、にせものばかりだ。俺はほんものしかつくらない。本当のものの価値の分る人間が一人もいなくなってしまったあとも、俺はほんものをつくりつづける

――間――

レラ　さっきあなたはいったわ、ひとりでは何もできない、ひとりでは生きてゆけないって、あなたを、ひとりにしてはおかないわ

（少年、彫る手を休め、レラの方を向く、そのとき突然沼田がとびこんでくる）

沼田　何しているんだ、こんな所で

レラ　──
沼田　岬の方まで探しに行ったのだ、あんまり心配させないでほしいな
レラ　私たち、海辺にいたのよ、ずっと
沼田　こいつのことは知っている
少年　俺もあんたを憶えているよ、放送局の奴等と一緒に、録音機をもって来た人だろ
沼田　とうとう一言も喋らなかったなあの時は
少年　俺は俺の好きなように生きてるんだ、ほっといてくれ
沼田　レラ、いったい何を企んでいるんです？
レラ　企んでいる？
沼田　たいした演説でしたよ、だが、コタンの人たちは、怒っている
レラ　え？
沼田　あたりまえでしょう。あなたは商売の邪魔をしたのだ
レラ　でも──
沼田　あんなことをいいさえすればコタンのあの現実を解決できるとでも思ってるのか
レラ　私はいわずにはいられなかったことをいっただけよ
沼田　そしてあなたはあなたの愛する同族を傷つけることができた、おかげでぼくの信用は台なしだ
レラ　あなたの信用ですって？
沼田　現在のコタンの人たちの心に、ぼくは近づきたいのだ。過去のアイヌのことを学ぶのも、その手段にすぎない。テープレコーダーにユーカラを録音するだけでぼくが満足していると思うかい？　あなただっ

て知っている筈だ。ぼくはあなたのお父さんとはちがうということを

レラ　――

沼田　あなたは自分をアイヌだアイヌだといいながら、ちっともアイヌの心を理解していない。考えてみれば、無理のない話だがね。あなたは功成り名遂げた大アイヌ学者の一人娘にすぎないんだから

レラ　ちがうわ

沼田　レラ！　きみはアイヌなんかじゃないんだ、アイヌになることだってできやしないんだ。うぬぼれちゃいけない。きみには今のアイヌの気持はなにひとつ分っちゃいない。根強い劣等感とあきらめと、せつな主義と、みにくいなわばり根性で一杯のアイヌの気持なんか、これっぱかしも分っちゃいないんだ。まやかしのイオマンテをののしることは誰にだってできる。しかしののしるだけじゃ何も始まりはしないんだ。レラ、あなたはあそこにいたアイヌの一人々々にちゃんとした職業を与えてやれますか？　そのための具体的な行動の方針がありますか？　そこまで責任をとることができるとでもいうんですか？

レラ　――

沼田　あなたは考えることしかできないんだ。どうどうめぐりのセンチメンタリズムの中で、過去を夢見てるだけなんだ、現実のアイヌは美しいものでも気高いものでもない。ただのなまけ者であり、酒のみであり、お人好しにすぎないんだ

少年　俺の家にいて、俺の同族の悪口をいうのは許せない

沼田　悪口なんかいっていない、事実をいってるだけさ、きみらは敗北者なんだ、きみらは根性がないんだ。だからみすみす和人にだまされ、征服されてしまったのだ。この家を見ろよ何百年という間、こんな家に住んで満足していたんだ。この宝物を見ろよ、自分では刀一つ作ることもできず、和人の作ったこんなが

らくたを有難がってたんだ。きみらのご自慢のユーカラの中に、和人に対する抵抗の物語がいったいいくつある？　きみらの歌や踊りが、冬の自然のきびしさに負けて、いじいじとちぢかんでいるのと同じように、きみらのユーカラも人間のきびしさに負けている。戦いを好まない。罪を犯さないんだって？　それなら今さら愚痴はやめてもらおう。戦うことをしらぬ人間は所詮滅びるしかないんだ

少年　あんたが大切だと思っているものと、俺たちが大切だと思っているものは違うんだ

沼田　きみは何を大切にしてるんだ。一寸器用なら、中学生だって彫れるようなその盆を、後生大事にかかえこんでいるのか

レラ　沼田さん、この人は目が見えないのよ

沼田　分ってる、もしこの男が、健康な体だったら、とっくになぐってるところだ

レラ　あなた、やきもちをやいてるのね

沼田　馬鹿な、さあ、行こう

（少年、のみを沼田に擬す）

少年　その女に近よるな

沼田　何だって？

少年　その女に近よるなといったんだ

沼田　レラは、ぼくの恋人なんだぜ

少年　俺の同族の女だ

沼田　どうしようというんだ

少年　戦え

沼田　目の見えない人間を相手にしろというのか
少年　アイヌは敗北者だと言ったな、そのことばをとりけさせてやろう
沼田　無茶はよせ！
（少年、いきなり手にしたのみを投げる。それはあやまたずに沼田の手すれすれにつっ立つ）
少年　今度は心臓を狙うぞ、さあ、外へ出てくれ、家の神を怒らせたくない
沼田　そんなにレラが欲しいのか（静かに）
少年　――
沼田　アイヌが理由で戦うのはおことわりだ。だが、レラを守るためなら容赦はしない
（二人起つ。レラの大きく見開かれた眼　O・L（オーヴァーラップ）して）

## 10　海辺

二人は身がまえる。そして戦いはじめる無言の、しかし、烈しい戦い、暗さを利用して少年は盲目とは思えぬすばやさで沼田を悩ます。だが遂に、沼田は、のみを少年の手からうばい、少年を組み敷く。敗けた少年の、しかし不思議に静かな顔。レラは少年に走りより、とりすがる。
そのレラを乱暴にひきたてる沼田。
レラ　放して、放して！
沼田　まだ分らないのか、滅んでゆくものは滅ぶにまかせるのだ、弱い者を愛してしまったら、自分まで弱いものになってしまうんだ。レラ、ぼくはあなたを愛している

（力で、レラを愛そうとする沼田）

レラ　あなたは敵よ。私たちの敵よ、愛してなんかほしくない

沼田　だが愛してしまうんだ、あなたの父親があなたの母親をそうしたようにおれの無数の祖先がしたように、この毛深い体を愛してしまうんだ

レラ　（無言で抗う）

沼田　これがおれの償いなんだ。おれたちの和人が、かってアイヌにした。数々の悪事の、これが償いなんだ。愛してくれ、レラおれを愛してくれ

レラ　（もう抗えない）

（物かげから二人をうかがう老婆、やがて少年に近より、おちていたのみを拾い、少年に手渡す、だが少年は動かない、老婆、少年に手をかして立たせる）

（F・O（フェード アウト））

（S・E（サウンドエフェクト）　波音、高まる）

（F・I（フェード イン））

11　同じ場所

夜明け。

砂の上に横たわっている二人。

沼田　もうすぐ陽がのぼる

レラ　――
沼田　レラ、君は美しい
レラ　――
沼田　愛している、きみのすべてを
レラ　どうしてこんなことをしたの？

――間――

沼田　あの少年の彫った盆を、ぼくは本当はとても美しいと思ったのだ
レラ　――（起き直る）
沼田　だからこそ、きみを失いたくなかった、あの盆は美しい、けれど、その美しさは、思い出のもつ美しさだ。もう誰にもむすびつきようのない、ひとりぼっちの美しさだ。滅んでゆくもののもつ美しさだ。

――短い間――

だからもう忘れてしまわなければいけないんだ
レラ　何を？
沼田　アイヌということばを
レラ　忘れることのできない人間もいるわ
沼田　だがきみは忘れることができる。いや、ぼくが忘れさせてみせる
レラ　何故無理に忘れなければいけないの？
沼田　きみを幸せにしたいからだ
レラ　――

沼田　ぼくを愛してくれるかい？　レラ
レラ　分らないわ
沼田　ぼくは研究室をやめたよ
レラ　え？
沼田　死んでゆく人間のためにではなくこれから生きてゆかねばならぬ人間のためにしなければならないことが沢山あるのだ、先生には申訳ないことをした
レラ　どうするの、これから
沼田　分らない、だが、きみを愛したおかげで決心がついたのだ。ぼくらに今必要なのは、過去ではなく、未来なのだから
レラ　あなたは、やはりアイヌを軽べつしているのね
沼田　軽べつしてしまえたら、どんなに楽だろう。知ってるかい？　アイヌということばのもとの意味を。それは人間という意味なんだ

——短い間——

レラ　お父さんは、それを知っていたかしら
沼田　もちろん知っていたさ、そうでなければきみをあんなに愛せる筈がない
レラ　——

——間——

沼田　ぼくと結婚してくれ
レラ　——責任をとるつもりなの

沼田　レラ、きみはもう名もないアイヌの娘ではなく、有名なアイヌ研究家の娘でもない。きみはきみなのだ。一人の女なのだ。ぼくにとってはただ一人のかけがえのないレラだ

――間――

レラ　沼田さん、私をもう一度あの少年に会わせて

――間――

沼田　約束してくれるね、そのあとで返事することを
レラ　ええ（立ち上り去る）

## 12　少年の家

レラ　私よ
少年　分ってる
レラ　怪我は？
少年　しない（ふてぶてしく笑う）
レラ　会いたかったの、もう一度
少年　強い男だった、あの男にならば負けたって恥ではない

――短い間――

レラ（はっと気づく）あなたは――あなたは、わざと負けたのね
（たしかな少年の、のみの使いぶり）

少年　──
レラ　何故？
少年　あんたはあの男を愛している
レラ　──
少年　あの男を愛さなければいけないよ。レラ
レラ　はじめて私の名を呼んだのね
少年　──
レラ　もう一度呼んで
少年　（ふと、手を休めて、そのことばを惜しむかのように）レラ──
レラ　このひびきも、いつかは風の音にまぎれて、消えて行くのね
少年　だが、俺には、この生きかたしかないのだ。この戦いかたしかないのだ何と言われようと
　（おびただしい盆の山）
レラ　ええ
少年　（彫る手を休めず、何かに憑かれたように）この文様を解きほぐすことのできる人間はいない。この文様はひとつの民族の心の迷路なんだ。それは生命そのもののもつ謎にみちている。その謎に答を見つけたと信ずる時、人間は生命そのものを見失ってしまうのだ
レラ　私は忘れることができないわ、あなたを
少年　俺は、ひとりがいい
レラ　何故？

少年　ひとりでいれば、おれは人間から自由でいられるからだ。ひとりでいれば、俺は時間からも空間からも自由でいられるからだ、おれは幻の仲間と一緒に、原始林をさまよい、今の人間が決して知ることのできない自然の心をこの心に感じていることができるからだ。ひとりでいれば、俺はあのアイヌの神々の一人になることができるからだ、行けよレラ、あの男のところへ

レラ　あなたの孤独が、私にはうらやましいわ

少年　ひとりで生きていても、俺はちっとも孤独ではない、俺を孤独だという人たちこそ、本当は孤独なんだ、哀れなひとりぼっちなんだ

（レラ、何かをふりきるように去る。少年手を休め、その足音にききいる）

## 13　昨日、少年の坐っていたのと同じ場所でムックリを吹いているレラ

レラ　（心の中の独白）お母さん、木で作られたあなたのお墓はもう朽ちてしまった。あなたの心は、あなたの顔かたちといっしょに、私にとっていつまでも謎のまま残るでしょう。私はあなたを知りたかったんです。お母さん、私はあなたと同じアイヌになりたかった、けれどそう願うのは、もう無理な願いだということが分ったの。

（波打際を遠くから沼田が来る）

海にも、山にも、森にも、けものにも神々のいた時代——アイヌはきっと若者のように無邪気な民族だったのね、でも、私の若さの中にも、もうアイヌの若さは残されていない。それを成長と呼んでいいのかどうか。アイヌの血も、和人の血も、黒人の血も人間の血はみんな赤い。それはまじりあうのが自然な

のかもしれない。大昔から人間はそれをくり返してきた。けれど、まじりあうためには、何と沢山の血が流されねばならなかったことか、何と沢山の人間が孤独に耐えねばならなかったことか

――短い間――

（ムックリを吹きやめて）

何という謙虚な、そして何というさびしい楽器――

ひとりで吹き、ひとりで聞く楽器。

でも、この貧しい音の中にも、人間にとって大切なものはかくされているのだわ。

私たちには沢山の楽器があり、沢山の音楽があり、沢山の歌がある。

けれど、これを捨ててしまうことは私にはできない

（沼田、近づく、間をおいて立ちどまる）

**沼田**　（不安をおさえて明るく）見つかったかい？　本当の自分が

――間――

**レラ**　まだよ、でも見つけるわ、いつかは

（立ちつくす二人の間を、馬の群がゆるやかに走ってゆく）

波音の中からエンディングのM（ミュージック）起こる。

# りんご

放送データ　制作・NETテレビ（現・テレビ朝日）
演出・古谷寿里雄　音楽・一柳慧
放送日・1962（昭和37）年2月9日　21時〜21時15分「短い短い物語」

人物
女（30代なかば）
男（20代前半）
女中（中年）

茶室風にしつらえられた座敷、床には古画（人物像　例えば、鎌倉時代の「白雲恵暁像」（京都　栗棘庵蔵））の掛物、花入には梅、その他、茶道具もすべて簡素な、よい趣味で統一されている。炉の前に端座して薄茶を立てている女主人の着物も同様に神経がゆきとどいているが、その洗練のされかたには、どこか鼻持ちならぬ傲慢さとデカダンスが感じられる。女主人は三十すぎ、美しく贅沢で倦怠している。カメラは、先ず女主人の点前をＵＰでとらえ、徐々にＤＢ（ドリーバック）して、女主人の姿をみつめる。

SE（サウンドエフェクト） 茶道具のふれあう音、湯のたぎる音、女の衣ずれなどがはっきり際立って、終始きこえていること。スタジオノイズは、可能な限り低くおさえること。

M（ミュージック） どこか遠い森の中で、木を伐っているような音が、この部屋の中の静寂をいっそう深めるために、時折きこえてきてもよい。

作法通り立て終って茶わんを客の方へ差し出すのを、カメラフォロウすると、そこには、およそこの場の雰囲気に似つかわしくない一人の若い男があぐらをかいている。トックリセェターにジーンパンツ、美貌。若々しく真面目である。

男は、前におかれた茶わんを押しもどす。

男　いらないよ、俺は。

女　相変らず子供ね。熱さましのおくすり以外に、苦いものは飲んだこともないんでしょう。

女は菓子を懐紙にのせて食べ、茶を飲む。

熱っぽい眼で男は女をみつめるが、女はいささかもそれに反応しない。

女　もったいないこと、こんなおいしいものの味が分らないなんて。

女は、作法通りに、道具を片づけ始める。
男、そんな女に少々いらいらしている。

男　何の用なんです？　急に呼びつけたりして。

〈短い間〉

女、淡々と、

女　主人は旅行に出てるわ。
男　でも、ここであなたに会うのは、いやだな。
女　こわいの？
男　違うよ。

女、無頓着に、

女　じゃ何故？
男　俺の知ってるあなたが、どこかへ行ってしまうんだ、ここでは。

女、軽くからかうように、

女　あなたの知っている私？　そんなものあったかしら。
男　あったさ、いつだって。

男が生真面目にそう云うと、女は面白そうに笑う。
そして、いきなり茶道具をどけ、男のかたわらににじりよる。しかし、端座は崩さない。
女、男の手を荒々しくつかむ。

女　私、あなたが好きよ。
男　俺もだ。

女、すっと男から身をひく。

女　そんな風には、云ってほしくないわ。
男　え？
女　前にも云ったでしょう？　私があなたを好きなことと、あなたが私を好きなこととは、全然べつべつな、ふたつのことだって。
男　そんなことを云うために、呼んだのかい？

〈短い間〉

**女** 私、自殺することにきめたの。

男、はっと顔をあげて、女を見る。女も男をじっと見返す。

**女** 何故自殺するのか、その理由をききたいんでしょう。

男、黙っている。
女、素気なく、

**女** 理由なんかある筈ないじゃないの。

**男** からかってるんだろ、冗談なんだろ。

女は帯の間から、極めて小さいが、精巧な拳銃を、まるで、財布でも出すように自然にとり出す。

**女** この前、ヨーロッパへ行った時マドリッドで買ってきたのよ。

　女は、ふくさをとりあげ、それで拳銃を巻き、炉の灰の中に銃口をうめて、安全装置をはずし、遊底をひいて一発射つ。にぶい音がして、灰が立つ。

　女、驚いたように銃口に鼻を近づけ、火薬の匂いをかぐ。

**女**　ちゃんと射てるわ、初めて射ったんだけれど。

　男、立ちかけて、女の手から拳銃をとろうとする。

**男**　よせよ、そんなものを玩具にするの。

　女、つと拳銃を男に向ける。

　男、はっとして動けない。

**男**　何するんだ。

　女、もう笑わない。その口調は乾いていて、いかなる自己れんびんもない。

**女**　あなたを殺すこともできるわ、自分を殺すかわりに。同じようなことなのよ、私にとっては。

女の冷たさに、男は怖れを感じる。

**女**　こわい？

男、黙っている。

**女**　こわいのね、あなたは。うらやましいわ。こわいって感じを、私はもう思い出すことができないの。昔はずいぶんいろいろなものをこわがったものだけど。男の人もこわかったし、貧乏もこわかった。死ぬことはもっとこわかった。でも今は、こわいものが何もないの。こわいことのない自分をこわがることさえ、私にはできないのよ。

**男**　それを、こっちに下さい。

女、むしろ熱心に無邪気に、

**女**　ねえ、教えて、口の中が乾いてくるんでしょう？　そして冷汗が背中や腋の下に、露のようにたまってくるんですって？　そして心臓も、だんだん早くなってくる、勇ましい音楽みたいに、ね、そうでしょう？

**男**　それを、こっちへよこせったら。

女は喋りながら銃口を徐々に男から自分の胸に向ける。

**女**　大丈夫、あなたを射ちはしないわ。あなたを射つには、理由がいるわ。あなたがなっとくするだけの理由が。でも自分を射つには理由はいらない。

**男**　そんなことはない。

女、ひとりごとのように、

**女**　自分に自分を説明することなんて、とうていできないわ。まして人に説明するなんて。

男は、女に近づこうとする。

**女**　近よらないで！　近よったら引金をひくわ。

男、動けない。

**男**　悪趣味な冗談だな、あなたらしくもない。

女静かに、

女　冗談じゃないことくらい、あなたにだって分ってるでしょう？　私みたいに生きるのを楽しむことの上手だった女は、そうざらにはいない筈よ。冗談なんてみみっちいものは、私には要らないのよ。

〈短い間〉

男　だが、何故俺の目の前で自殺しなきゃいけないんです？
女　あなたが好きだからよ。あなたを裏切りたくないからよ。
男　そんな自分勝手な理くつで俺がなっとくするとでも思ってるんですか。
女　あなたは何もなっとくすることないわ、まだ若いんだから。

男、類型的な自分のことばにも気づかず無邪気に、

男　俺はあなたを愛してるんだ、俺にはあなたが必要なんだ。
女　今度はあなたが自分勝手な理くつをこねる番なの？

〈間〉

男、出鼻をくじかれる。

男　何か理由があるにきまっている。どうしてかくすんです？
女　かくしてなんかいないわ。私は女には珍らしく正直なのよ。
男　ばれたんですか？　二人のことが。
女　私は正直なんだと云ったでしょ。
男　じゃあ正直になってくれ、俺に対しても。

〈短い間〉

女、真面目に悲しげに、

女　これ以上正直にはなれないわ。私には生きる力がなくなった。ただそれだけのことよ。でもそれは理由ではなく結果だわ。
男　もう愛してはいないんだね、俺のこと。

女、やさしく、呆れて、

女　あなたって時々、まるで教科書にのってるようなことばを使うのね。

男、衝動的に動こうとする。

女、銃口をいっそうきつく自分の心臓のあたりにおしつける。

**女** 動かないで。まだもう少しこうやってあなたといたいから。

〈短い間〉

**男** 結婚しよう。

女、黙って首を横にふる。

**男** じゃあ、別れた方がいいの？

女、黙って首をふる。

**男** 何でもするよ、俺。

女、黙っている。

男、おさえて、

男　あなたは美しいし、金持だし、頭もいい。あなたは俺たちとは全然ちがった生活をしている。だから、あなたには俺に理解できないところが沢山ある。だけど、いくら俺とあなたがちがった世界に住んでるからといっても、俺とあなたが、一人の男と一人の女だということにかわりはないんだ。

女、拳銃を自分の胸におしつけたまま じっと男に目を注いでいる。
男はとつとつと喋っているが、だんだんに自分のことばに酔ってくる。

男　あなたの頭や心の中に、どんなものがつまってるのか、俺には分らない。だが、あなたも俺と同じひとつのいのちだってことは俺にも分る。あなたのそのやわらかな肌や、いいにおいの髪の毛にさわれば、俺はあなたが生きているってことを感じる。そして生きているあなたの体温のあたたかさを、すばらしいと思うんだ。生きているあなたの体は、あなたの使うどんな美しいことばよりも、どんな利口なことばよりすばらしい。そんな簡単なことが、どうして分らないの？

女、黙っている。
男、ゆっくりと、

男　ここへ来る途中で、俺は果物屋の前を通ったんだ。そしたらどこか遠くから着いたばかりのりんごの箱を、店員が開けていた。そのりんごがあんまりきれいだったから、あんたにあげようと思って、ひとつ買ってきたんだ。

男、ズボンのポケットからりんごをとり出す。
それを両手でもつ。

**男**　りんごはこんなに美しい。

〈短い間〉

**男**　だがあなたは、このりんごの何倍も美しいんだ。

〈間〉

**男**　お願いだ、生きていてくれ。

〈間〉

女ささやくように、やさしく云う。

女　泣いているのね。——男のくせに。

〈長い間〉

女は徐々に銃口をさげ、遂にそれを畳の上に置いてしまう。

女　りんごを頂戴。

男、女をみつめ、それからおっかなびっくり、りんごを女に手渡す。
女はそれを両手で愛撫し、突然それをかじり始める。

女　おいしい、おいしいわ。

男はまだ緊張している。

女　どうしたの？　あなたも食べない？

女はりんごを男に渡す。
男、それを受けとったまま、ものが云えない。

その時、突然はじかれたように女が笑い出す。

**女**　うそよ、何もかもうそだったのよ、はじめから。

〈緊張した間〉

男、はっと顔をあげる。

女、男の反応を試すようにしばらく笑いやめるが、また、笑い出しながら、爆発するように早口で喋りはじめる。

男は殆んど口をはさむ暇もない。

**女**　私が自殺するような女に見える？

**男**　まさか。

**女**　まんまとひっかかったわね。

**男**　そんな、まさか。

**女**　まさか何？　まさか私があなたに、こんなひどいことをする筈がない？

**男**　だってあなたは本気で。

**女**　そうよ、本気よ。でも本気は本気でも、遊びの本気よ。その押入れの中を見てごらんなさい。テープレコーダーが仕かけてあるわ。あとでゆっくり聞かせてあげる。

笑いつづけながら、女ははっきりと押入れを指さす。

**男** どうして、そんなことを。
**女** 理由なんてないわ。いつだって、何だって、理由なんかありはしない。
**男** 畜生。
**女** こういうのが私たちの遊び方なの。

男は拳銃を畳の上から拾いあげる。

**男** 俺は、俺はもしあなたが死んだら、すぐにあとを追うつもりだった、この同じピストルで。
**女** 信じるわ、あなたのそのことばも、あなたの愛も。

男、自分で何をしているのかも分らずに拳銃の引金をひく。

SE（サウンドエフェクト） 銃声とそのあとの沈黙

女は射たれた姿勢のまま、その顔から笑いが、仮面をはぐように消えてゆく。
女、ささやくように云う。

女　信じるわ、りんごの美しさも。

男は凍りついたように動けない。女は体をひきずって男に近づき、その手から拳銃をもぎとり、しっかりと自分の手ににぎって、それを胸におしあてる。
そして、さとすように、平静に、真面目に男に云う。

女　私は自殺したのよ、分ったわね。

女は拳銃をかかえこむようにして、端座したまま死ぬ。
男、はっと我にかえって、押入の戸を荒々しくひきあける。と、そこにはテープレコーダーなどありはしない。

女中の声　（OFF～ON）奥さま、奥さま、（部屋の障子の外まで来て、おそるおそる）奥さま、奥さま、大丈夫でございますか、何か大きな音がしましたけれど。

女中、障子を開き、口をぽかんとあけて立ちすくむ。
男、急におそろしい位卑屈な調子で、女中に向って、

男　とめようと思ったんだが、とめる暇もなかったんだ、とめようと思ったんだが、ほんとにあっという間のことだったんだ。

蓋をとった釜が湯気をあげ、かじりかけのりんごがころがっている。
パンアップすると掛物の中の人物が、じっと空間をにらんでいる。

M（ミュージック）　木を伐るような音、鼓の最後の一打ちのように。

# 祭

放送データ

制作・北海道放送
演出・森開逞次　　音楽・武満徹
放送日・1962（昭和37）年10月26日　20時30分〜20時56分

時　現代——村祭の前日の夜あけからその翌々日の夜あけまで
所　渡島半島日本海沿岸をモデルとする、一漁村

人物
一郎（23）／ジープで来た娘（23）／矢島（40代）
矢島の妻（30代）／老人（80代）／その他

**1　明朝活字体による単純なタイトル**
短いオープニングの音楽——完奏

## 2　空と海（夜あけ）

水平線に、やや雲が多いが、陽をかくしてしまう程ではない。のぼってくる朝陽が雲の間から、一日のはじまりの光を海へと送る。

海は凪いでいるが、たえず波音がきこえている。

## 3　防波堤の突端

老人のC U（クローズアップ）

非常に年老いているが、まだ昔日のたくましさを残している老人。

その顔は、もはやうつろで筋肉はたるんでしまっているが、どこかに人を感動させる一種の威厳がある。

殆んど白くなっている無精ひげ。

老人は海をみつめているのだが、その眼の焦点は海にあっていず、過去の思い出にあわされている。

（だらしなくはだけられた単衣の着物・ゴムゾウリ）

若者（一郎）のC U（クローズアップ）

若々しい顔、その眼は暗い。

生活のきびしさと同時に、若さのもつあの底知れぬ非人間性を、暗示するような眼――

だが彼には同時に大変楽天的なバイタリティのようなものがあり、要するに深刻ではない。派手なリボンで飾られたストローハットをかぶっていて、それが彼を少々こっけいに見せている。

彼もまた老人と同じく、海をみつめながら海を見ていない。

長い沈黙を破って、老人の声がきこえる。


**老人**　（低い、しわがれた声で）来る、きっと来る。

一郎、老人の方をふりむく。

老人、それが癖になっているような口調で、海をみつめたまま。

**老人**　来る、いつかはきっと来る。
一郎、老人から顔をそむけて、独言のように、

**一郎**　鰊が最後に来たのは、もう十五年も昔のことだ。この頃じゃ、イカだって満足にとれやしねえ。

老人、一郎のことばは耳に入らない。

かたくなに海を見ている。

一郎、立ち上る。一郎の眼で、老人を上から見おろして、

**老人**　（呟いている）海の色が、すっかり変っちまうんだ。海の色が、鰊が来るとな。
老人の、丸められた背と、白髪頭。

4　**小さな船入澗**（大ロング）
その防波堤の突端に老人がしゃがんでいる。

一郎は老人を離れ陸へと歩き始める。

それをトラックしながら、カメラは、二、三隻のイカ釣り船のいる、さびれた船入澗と、置き放しに

された網漁具などをとらえる。

## 5　砂浜

浜にひきあげられた漁船の間を、一郎は歩いてゆく。歩きながら、船に手をふれると、くさっている木材がぽろりと落ちてくる。

一郎、思わず衝動的ないら立ちに駆られて船を蹴とばす。もろくも穴があく船材。

錆びたスクリュー。

はげたペンキ。

## 6　イカ乾し場

イカが乾してある。だが、そのイカも数が多いとはいえない。

一郎、歩いてゆく。

## 7　村の中央を通る道

貧しげな家々が軒を並べている。

一郎、歩いてくる。

小さな雑貨屋のきたないショウウインドウに、上半身だけのマネキンが置いてある。
陽にさらされ、はげかかったマネキンの笑顔。

## 8 同右

一軒の家の戸口に、大きなお腹をかかえた女が立っている。
女は一郎をじっとみつめるが、一郎はふりむかず、歩きつづける。
女は一郎の数歩後から、一郎に随って歩き始める。
一郎は不意に、小さな路地に曲る。

## 9 海の見える路地

女と一郎が向かいあっている。

**一郎** 行くぞ、今夜。

**女** 今日帰ってくるってさ、うちのひと。

**一郎** じゃ、浜へ来い。

女、笑い出す。

一郎、女の腕をつかむ。

**一郎** 来いよ。

女、笑っている。

一郎、女の腕を強く離す。

**女**　すぐ元どおりになるよ、どうせまた出かせぎに出ていっちまうんだから。

一郎、女のことばに、かっと腹を立てて、

**一郎**　元どおりになんかしたくねえよ、俺は。

**女**　どうして？　あんたも出かせぎにゆく気になったのかい？

一郎、答えず女を見て、

**一郎**　赤ン坊なんかつくってどこが面白いんだ。

女、一郎にあてつけて、腹をなでながら、

**女**　かわいいよ、かわいいもんだよ、子供ってのは。

一郎、上目づかいで女を見、黙って歩み去る。

女、また笑っている。

**10**　**同右　村の共同井戸附近**

貼札（幼い字で）

| みんなのみずです<br>きれいにつかいましょう |
|---|

歩いてくる一郎。

つるべを荒々しくひっぱる。バケツがひどい音を立てる。

二人の中年の修道僧が、拾い集めたコンブをさげて歩いてゆく。

## 11　鰊御殿の前

一郎歩いてくる。

その後から、砂埃をあげて、一台のぼろぼろなジープが来る。一郎を追い越して、止まる。大きなサングラスと派手なネッカチーフ。ジープから下りてきたのは、一人の都会風な娘。

一郎、立ち止って娘をみつめる。反感を感じるが、それほど強くはない。娘は一郎には特に注意を払わず、鰊御殿に興味をひかれている。

娘　何？　これ。
一郎　……。
娘　何なの、これ、倉庫？
一郎　鰊御殿だ。
娘　御殿？
一郎　……。
娘　入ってみていいかしら。
一郎　入んな。

12　鰊御殿の内部

がらんとして、荒れ果てている、大きな座敷の片隅のいろりの周辺に、一郎の生活している痕跡。即ち二、三の鍋、食器類、雑誌、丸めたせんべいぶとん等がある。戸がみんな釘づけされているので、光はその隙間からもれてくるだけである。

娘はサングラスを鼻の上にずりさげたので急に子供っぽく見えてくる。

娘　だれが住んでるの?

一郎　おれだ。

娘　ひとりで?

一郎　うん。

娘、珍しげに歩きまわる。

一郎　どこから来たんだ。

娘　(あいまいな身ぶりで)あっちから。

一郎　ひとりでか?

娘　うん。

——短い間——

同じ年令の者同士が感じるあのことばにならぬ共感がふと二人の間に流れる。二人のはいているブルージーンは、双生児のようによく似て、すりきれている。

娘　その帽子、いかすわね。

一郎、怒ったような顔で、帽子をとり、それを見つめやおら照れてにやりと笑う。

13　村の中央を通る道

一台のトラックがやってくる。三、四人の子供たちが、それを追って走ってくる。トラックが止まると、荷台に乗っていた七、八人の男達が下りてくる。出かせぎから戻ってきた、村の男たちである。みんな新調の背広やジャンパーを着こみ、手に小さなボストンや、風呂敷包を下げている。自分の子供を見つけ、笑い乍ら近づく父親もいるが、子供はてれて、逃げてしまう。

男の一人（矢島）

**矢島**（大声で）鹿踊りやる連中は、昼っからけいこするからな。お宮さんところへ集ってくれ。

数人の男たちが、返事をする。

我家へと散ってゆく男たち。

トラックにはまだ十数人の男が残っている。更に先の村へ帰る男たちである。トラック動き出す。

男たち、手をふる。

矢島、手をふり返して、歩き出す。

14　一軒の家の戸口

先刻一郎と会っていた女（矢島の妻）戸口に立っている。

矢島が来る。

**矢島**　どうだ、この背広、いい生地だろ。上等だ、さわってみな。

**矢島の妻**　ふとったね、あんた。

出かせぎ帰りの青年が三人、彼等のかたわらを通る。

**青年1**　矢島さん、今夜は忙しいなあ。

**青年2**　なんしろ、お祭りだもんなあ、今夜は。

**矢島**　馬鹿、祭りはあしたからだ！

青年たち、笑いながら去る。

## 15　鰊御殿の前

ジープがとまっている。

防波堤にいた老人が、ゆっくり歩いてくる。

一郎が鰊御殿の中から出てくる。

**一郎**　じいさん。——じいさん！

老人、やっと一郎に気づき、立ち止まる。

**一郎**　昔話ききたいっていう人が来てんだ。鰊来てた頃の話、きかしてやってくれよ。

老人、無表情にうなづき、御殿の中に入ってゆく。

一郎、ジープのそばに立ち止まり、中をのぞきこむ。

毛布とちょっとした手廻り品と、助手席に置いてあるトランジスタ・ラジオ。

一郎、とりあげてスイッチを入れてみる。同調がずれていて、ノイズがうるさくきこえるだけ。

今度は運転台に乗って、ハンドルを握ってみる。

走っている気持。

一郎の顔に微笑がうかぶ。ダッシュのスイッチのひとつを押してみる。

セルモーターが廻り、ジープがぐんと前に出る。

あわてる一郎。

あきらめて運転台を下り、今度はジープの下をのぞきこんだり、ゆすぶってスプリングを試したりする。

やがて、一郎は立って、鰊御殿をしばらく考えこむようにしてみつめ、それから中へ戻ってゆく。

カメラ、そのまましばらく、鰊御殿全景をとらえている。

　ＦＯ（フェードアウト）

## 16　小高い所にある村の神社

そのロング。のぼりがひるがえっている。
その境内。
大きな木箱のＣＵ（クローズアップ）
手がのびてそれを開くと、異様なものが現われる。鹿踊りの面である。
手が、それの形を整え、角の両わきにさす。

男鹿の面。

矢島、その面を、一郎に渡す。

一郎、その面を、老人に渡す。老人は熟練した手つきで面を調べ、かぶる。

矢島、次の面、赤鹿の面を、一郎に渡す。

一郎、それをかぶる。

矢島、もう一人の中年の男に、女鹿の面を渡す。中年の男、それをかぶる。

三人は黙ったまま社に向って並び、柏手を打ち、境内のやや広い場所に出てくる。

——間——

風が樹々を渡ってゆく。

遠く波音。

突然のように、唄が始まる。唄うのは矢島だ。そしてハヤシが続く。

鹿たち、踊り始める。

鹿たち、だんだん烈しく踊る。

唄っている矢島。

懸命に演奏しているハヤシ方。

踊っている鹿たち。

やがてカメラは、踊りを離れてゆっくりパンしはじめ、神社の下の貧しい村、船入澗、そのむこうの明るい海をうつす。

唄はますます高潮している。

その時、神社へ上る石段を、一人の少年が駈け上ってくる。
やがて彼は境内に来て、
少年（あえぎながら）一郎さん。一郎さん、来てるか。
矢島（唄い乍ら）あとにしろ！
少年　駄目だよ、大変なんだ！
踊りは、徐々にやみ、一郎、黙って鹿の面をぬぐ。
少年　一郎さん、一郎さんの牛、崖から落ちたぞ。
一郎、はっと驚く。
鹿の面を置いて、走り出す。

17　神社の石段

駈けおりる一郎。

18　村の中の道

駈ける一郎。

19　浜

駈ける一郎。

20　山へ上る小道

疲れてあえぎつつ歩く一郎。

21　風になびく笹の中

また走り始める一郎。

22　強風で樹々の育たない裸山の崖下

走ってきて、立ちすくむ一郎。
一等の短角牛が、草の中に倒れている。
脚を折ったらしく動けない。
一郎、痛ましげに顔をしかめ、何も云えない。
牛の優しくうるんだ眼。

数人の子供と一人の背の高い男が一郎を追って、そこへ来る。

一郎、牛のかたわらにひざをついて調べる。

やがて一郎、立ち上りしばらく牛を見ているが、男から山刀を借りる。

**一郎**（なかば男に、なかば独言）殺すべ。

無表情に、じっと牛を見ている子供たち。

カメラゆっくりパンして、急な斜面につくられた、僅かな放牧場を見せる。

強い風になびく草。

**23 同右**（大ロング）

一台のリヤカーと先の男と数人の女たちが来ている。

男が、皮をはいだ牛肉の塊を、リヤカーにひきずりあげる。

笑いあう女たち。だが、声はきこえない。

一郎はもういない。

女たちはやがて、リヤカーをひっぱって、村へと下りてゆく。空はそろそろたそがれてきている。

F O（フェードアウト）

## 24　夜、鰊御殿の内部

一郎入ってきてランプをつける。
天井の裸電球の横にそれを吊り下げる。
一郎、何か細長いものを鞭のようにふりながら、二、三歩、歩き、暗がりに座っている娘に気づく。

**ジープの娘**　何？　それ。

娘、古い週刊誌をひざの上においている。

**一郎**　牛の尻尾だ。

**娘**　どうするの？

**一郎**　食うんだよ。

一郎、ごろんとあおむけにひっくり返る。

——間——

**一郎**　俺のおやじは昔、鰊の網元だったんだけど、鰊とれなくなってから、俺とおふくろを置いて、どこかへ逃げ出しちまいやがった。

娘、鋭く一郎を一瞥する。

**一郎**　おふくろも、よその男とくっついて、村を出てった。

**娘**　（静かに）身上話なんて、くだらないよ。

一郎、むっくり起き上って、娘をみつめるが、やがて続ける。

**一郎**　沿岸じゃ魚はとれねえ。遠くへ出たくたって、でかい船は買えねえ。港もねえ。みんな村にいたんじゃ食えなくなって、出かせぎにゆくんだ。

一郎、立っていって片隅のバケツの水を湯呑ですくいごくごくと呑む。

一郎　だが俺は村を出たくなかった。

娘　（突然ふりむいて）何故？

一郎、ぼんやり考える。

――間――

一郎　ここで駄目なら、どこへ行ったって駄目なような気がしてな。

――間――

娘のひざの上の週刊誌。コメディアンの笑顔。娘、そこから顔をあげて一郎をみつめる。

一郎　魚だけに頼ってちゃ、もう駄目だっていうんで、肉牛入れたんだが、なにしろ、土地がせまくってな。

（と自然にもれる溜息のように云う）

――間――

娘、週刊誌をおいて、

娘　悪いけど、今夜ここへ泊めて、毛布もってるから。

一郎　俺はかまわねえよ、あんたさえ平気なら。

娘　私は、四畳半のアパートに住んでるの。そこに比べれば、ここはまるでお城みたいに大きいわ。

一郎　でかいだけだ。なんにもねえよ、ここには、もう。

――間――

娘　（静かに）ここにないものなら、どこに行ったって、ありはしないわ。

　ランプの光が、またたいて、すっと消える。画面は闇となる。

一郎　油がきれたんだ、すぐつける。

娘　いいわよ、しばらくこのまま真暗にしておきましょう。その代り、いたずらしっこなしよ。

一郎　（小さく笑って）女にゃ困っちゃいねえよ。

　　——短い間——

娘　波の音がきこえるわ。

一郎　俺にはきこえねえ。耳が慣れちまってるんだ。

娘　ねえ——海のとしは、一体いくつなのかしら。

　一郎、娘のロマンチシズムにいら立って、

一郎　判んねえよ、そんなこと。

娘　一億才、それとも、二億才？

一郎　……。

娘　私二十三よ。あなたは？

一郎　俺も二十三だ。

　　——短い間——

娘　私、早く年をとってしまいたい。あなたは？

一郎　そんなこと、考える暇はねえよ。

　暗闇の中に、かすかに、娘の白い横顔がうかんでいる。

　Ｆ　Ｏ（フェードアウト）

25　暁の浜（ロング）

遠くから異様な叫びがきこえる。

「群来だぞう。鰊が来たぞう――」

老人がよたよたと、村の方へ走ってくる。声だけがひどくたくましく大きい。

26　浜

老人、あえぎ叫びながら走ってゆく。

CU（クローズアップ）

27　村の中の道（ロング）

老人、走ってゆく。

28　村の中央にある半鐘（ロング）

老人、あぶなかしく登り、半鐘をつき始める。

29　鰊御殿内部

大きな部屋の隅と隅に離れて寝ている、一郎と、娘。
半鐘がきこえてくる。
娘、はっと目をさます。
半鐘の合間に、老人の叫び。
娘、毛布をはねのけ、一郎をゆりおこす。
一郎、目をさます。

娘　鰊が来たって云ってるらしいわ。
一郎ごく僅かの間耳をすますが、すぐ緊張を解いて起き直り、頭をかく。

一郎　じいさんだ、また。
くるりとむこうをむいて、またふとんをかぶる。
娘、半鐘の音のする方をふりかえる。

30　半鐘（ロング）

半鐘をついている老人を、男がひきずりおろしている。

31　半鐘の下

男（矢島）が、老人に二、三発平手打をくれる。
老人、つきものがおちたように、おとなしくなる。
矢島、自分の家の方へ戻ってゆく。
しどけない寝巻姿の妻が、途中まで出てきていて、老人の方をじろりと見る。
老人、呆然と立っている。その後姿ごしにおだやかな海が見える。
飛んでいる水鳥。その鳴声。

32　矢島の家の前

緊張した一郎のＣＵ（クローズアップ）
煙草をふかしている矢島。
**矢島**　いくら俺が組合長だからといって、俺の一存で金は出せねえ。だいいち、組合に金のないのは、あんたも知ってるだろ。
**一郎**　――。
**矢島**　牛が死んだのは気の毒だが、あの牛だってまだ、全部あんたのものになっていた訳じゃねえ。
一郎、黙っている。
**矢島**　村、出ればいいんだ。

一郎、黙って矢島を見る。

**矢島**　あんたはひとりもんだ。何もこの村にいる義理はない。どこかよそで、一旗あげてみたらどうだ。え？

**一郎**　――。

一郎、矢島をほとんどにらむようにみつめる。

**矢島**　あの鰊御殿だって、もうあんたのものじゃなくなってんだろ。

矢島、低く笑い、自嘲するように、

**矢島**　あんたらのおやじさんやら、じいさんやらは網元だった。鰊でもうけていい目も見たろうが、俺たちんところは、流れのやん衆あがりだ。何となくこの村に居ついちまっただけでよ。俺があんたなら、とっくにどっかへ行ってるよ。

**一郎**　――。

**矢島**　だが俺には、あんたとちがって女房もいる。腹の中の赤ん坊もいる。出かせぎに出るのがせいぜいだ。

一郎、言葉を返せない。矢島、指を火傷しそうになるまで煙草を吸いつくし、その吸がらを地面にすてて、足で何度もこすって消す。

**矢島**　あんたに牛は買ってやりたいよ。だが、ないもんはないんだ。

家の中から、矢島の妻が、そっと顔を出し、一郎をみつめる。

一郎、でくの棒みたいに、突っ立っている。

**矢島**　今日は祭だ。思いっきり鹿踊り踊って、牛のことは忘れろ。

一郎、他に何をしていいか分らぬかのように突っ立っている。

矢島、家の中に入ってしまう。

矢島の妻、同情したような、優しい表情で、まだ一郎をみつめている。

奥から、矢島がひき返してきて、表の戸を閉める。たてつけが悪い。

——間——

一郎、口の中にたまった唾を、ゆっくり地面に吐き出す。

それから、やっと歩き出そうとする。

## 33　鰊御殿の前

老人が、土の上にうずくまって放心したように海を見ている。

ジープはいなくなっている。

一郎、来る。ジープのいないのに気づいて、
**一郎**　（老人にむかって）あの女、出ていったのか？

老人、ぼんやりしている。

**一郎**　行っちまったのか？　あの女。

老人、応えない。一郎、あきらめる。

この時、一台の自動車が来て、止まる。

一郎は娘のジープかと思い、近づくが、車から下りるのは、二人の見知らぬ男たち。都会的な服装をしているが、どこか品がなく、むしろこっけいである。

男Aと男Bは、一郎と老人には注意を払わず、鰊御殿を眺め、それから無言で品さだめするように、いろいろな角度から見てまわる。内部に入っては、また出てきて、材木をさわったり、たたいたりしている。

一郎　何の用だい?

男A、男B、ちらっと一郎をふりむくが、相変らず黙って、鰊御殿の品定めをしている。

一郎　ここは、俺の家だ。何をしようっていうんだ。

男A、一寸驚いた様子で、横柄に、

男A　もう人は住んでいないっていてきいてきたんだけどね。

一郎　何だい?　あんたたちは。

男A　建築事務所の者ですよ。

一郎、解せない。

男B　これをね、移築するんだよ。もっていって、建てかえるんだよ。

一郎　建てかえる?

男B　海水浴場のそばにね。レストハウスにするんだ。

男A　おそろしく無神経な建築だな。頑丈なだけだ。こんなもの、レストハウスにして客が来るかね。

一郎、次第に事情がのみこめてくる。

男ABに近よって、

一郎　レストハウスになんかさせてたまるもんかい。

男A、初めて一郎をじろじろ見る。

一郎　そんなもんにするくらいなら、俺が自分でぶっこわして、薪にすらあ。

男B　あんたにそんな権利があるんですか？

　一郎、答えず、鰊御殿に近づき、窓の桟などに手をかけ、こわそうとするが、なかなかこわれない。

男A　おい、君、やめたまえ。

男B　何するんだ、いったい！

　男A、男B、とめようとするが、一郎、ふり払う。

　男A、男B、呆れて見ている。

　一郎、懸命に奮闘するが、ちっともこわれない。

一郎　畜生！

　勢い余って尻餅をつく。

男A・男B　（笑い出す）

男A　ほんとにこりゃ、頑丈なもんだねえ。

　一郎、がむしゃらに棒でたたいたり、こじたりしている。

男B　よせよせ、無駄骨だ。

男A　大切に扱ってくれよ、貴重な文化財だ。

　男A、男B、こわれないと知って安心し、ヒステリックに笑いつづける。

　（ロングで）

　奮闘する一郎。

　笑いつづける男たち。

無表情に海を見ている老人。

## 34 船入澗

ぼんやりと座っている一郎。
二、三隻のイカ釣り船が、つながれている。
村の方から、何かをかかえた中年すぎの漁師がやってくる。

漁師、ともづなをひっぱって、船をひきよせ、乗りうつる。かかえたものをひろげ、船に飾り始める。

大漁旗である。

彼はたどたどしく黙ってその作業をつづける。

一郎、ごろりとひっくり返り、帽子を顔の上にのせる。

風がないので、だらりと垂れている大漁旗。

村の方から、ジープで来た娘が歩いてくる。黙って一郎のかたわらに腰をおろす。

気配で、起き直る一郎。

**一郎** 行っちまったのかと思った。
**娘** 何故?
**一郎** ジープがなかったから。
**娘** 鹿踊りを見るって約束したじゃない。
一郎、何となく嬉しいが、黙っている。

一郎　どこへ行ってたんだい？
娘　修道院よ。
一郎　修道院？　あの、山の上のか？
娘　ええ。中へは入れてもらえなかったわ。私、女だからね。
一郎　誰か、知ってる人でもいるのかい？

——短い間——

娘　私の恋人だった人。

——間——

一郎　（あたりまえな調子で）——それで、この村へ来たのか。
娘　でも別に会わなくてもいいのよ。会いに来たわけじゃないのよ。（早口で、殆んど恥じるように）

一郎、娘を見るが、説明を拒否している娘の横顔。

——短い間——

娘　食べない？　（と、もってきた新聞包から、りんごをふたつとり出す）

並んでりんごをかじり始める二人。

一郎、見るともなしに、りんごを包んであった古新聞を見ているが、ふとその中の記事に注意がゆく。

一郎　（読む）募集、男子従業員、初任給食事付手取一万円以上住込、学歴中卒以上、年令十八から二十八才迄、交通費着次第支給、健保退職金有、東京都葛飾区亀有、日経工業株式……

一郎、じっと考えているが、だんだんにその顔に決意らしきものがうかんでくる。話しかけようとして、娘の方をふり向く。と娘の頬に流れている涙を見て、とまどう。

一郎　どうしたんだ。
娘　――さびしいわ。さびしすぎるわ。あんなところで、一生を終えるなんて。私には、あの人の気持が分らない。

一郎、娘に見せようとしてさし出した新聞のやり場に困る。

娘　あの人はね、住居確定の誓願という誓いを立てたのよ。死ぬまであの修道院を離れないことを、神さまと約束したのよ。死ぬまで――あの山の中の小さな石の家で、黙りこくってお祈りをして暮らすのよ。
一郎　……。
娘　（殆んど怒っている）どんな荒野の中にでも、神さまがいるって、あの人は、信じているのよ。あの人は、固い木の椅子に腰かけて、しみだらけの木のテーブルの上の、くろいパンを食べ、水だけを飲んでいるの。あの人はもう決して私を抱いてくれない。もう決して私を好きだって云ってくれない。もう決して私を愛さない。あの人は、神さまを愛するだけ。目にも見えない、耳にもきこえない、手でもさわれない神さまを愛するだけ。その神様のために、あの人は永遠にあそこにいるのよ。永遠に！

一郎、だんだんにその意味を理解し始める。

娘　私には、そんなに愛せるものは何もない。そんなに信じられるものは何もないわ。

――間――

一郎　……だけどよ……

娘、一郎の答えにふっと吾に返り、一郎をみつめる。

一郎　だけどよ……（と云うが、あとがつづかない）
その、「だけどよ……」ということばを受けるように、静かな音楽がおこる。

——長い間——

一郎、海をみつめている。

娘も目を海の方へ移す。

カメラ、この村の置かれている入江を、ゆっくりパンしてゆく。

一郎 （ゆっくりした口調で）俺たちがみんなこの村から逃げ出しても、修道院の連中はここに残ってるんだろうなあ。

娘 ——

一郎 あいつらは神さま相手だ。かなわねえよ。だけど——

——短い間——

一郎 負けるもんか。ここは俺の生れた土地だ。

——間——

娘、子供のように涙を手でこすりとる。

娘 きれいな海——修道院からもよく見えるわ。（もう泣いていない）

一郎 魚がとれなくたって、きれいだよ、な。

娘 ——ええ。

——間——

一郎 さあ行こう。

娘 どこへ？

一郎 祭だ。

と、云ったまま、またしばらく座っているが、やがて一郎、手にもった新聞紙をまるめて、海へ投げる。

二人、立ち上る。

一郎　踊るんだ。うんと踊ってやるんだ。ぶっ倒れるまで踊るんだ。踊るより他にすることがねえんだからな。

水がしみて、やがて沈んでゆく新聞紙。

娘のまわりを、鹿踊りの動きで踊りながら行く一郎。

娘の顔に、ふと浮かぶほほえみ。

## 35　夜、神社境内

唄う矢島のＣＵ（クローズアップ）

憤りをぶつけるような、動物的な声。

灯明のあげられている貧しい神殿。

唄う矢島。

ハヤシ方、太鼓、ササラ、笛など、リズミカルに動く手。

鹿踊りから少し離れたところで、出かせぎから戻った青年たちが、車座になって、酒を呑んでいる。

青年４　この村でとれるもんも、何もないくせに、祭りもねえもんだ。

青年１　鹿踊りなんて、あんなものやって何になる。

青年２　ツイストやった方がいい、ツイスト。

青年３　バッカヤロ、踊れねえくせに。

青年2　踊れるぞ。踊れるぞ。いいか、見てろ。

　青年2、立ち上って妙な腰付でツイストを踊り始める。

青年1　誰に習ったんだ？　え？　〈シーサイド〉のヨーちゃんにか？　〈等々、青年たちの無秩序な会話、録音構成のような感じで、きこえている〉

鹿が踊り始めている。その顔は、闇とかがり火の光の中で、得体のしれぬ影をつくって動く。紙でつくられた、たてがみがちぎれて飛ぶ。

大漁万作、五穀成就などの稚拙な字の書かれた、ひたいの印。

丸くなって、地面に座り、鹿踊りを見ている村人たち。それぞれに粗末ではあるが、食物と酒とをもちよって楽しんでいる。上気している村の娘たち。

鹿踊りの烈しさがおそろしく、母親にかじりつく幼児。

泣いている赤ん坊。

ますますエキサイトする踊り手たち。

ひときわ声をはりあげる矢島。

村人たちの群にまじって、矢島の妻が、熱っぽい目付で、踊りをみつめている。

青年たちのグループでは、あたりかまわず、
青年1　赤鹿踊っているのは、一郎か？

青年4　そうだ。

青年1　ものずきだな、一郎も。あいつだけでねえか、若い者で鹿踊り習ったりしてるの。気がしれねえな。

青年5　大漁万作、五穀成就か。一郎のやつは、鹿踊り踊れば、また鰊でもくると思ってるんでねえのか。

あのじいさんと一緒でよう。

**青年3**　（何やらおかずをつまみ上げて）これ、一郎の牛の肉だぞ。悪口云っちゃ、申し訳ねえ。

青年たち笑いあう。

鹿たちの争い。

リズミカルに動くササラ。

笛吹きの、一生懸命な顔。

ジープで来た娘が、村人たちの後に立って、じっと踊りをみつめている。

矢島の妻が、そういう娘を、ふり向いて、うかがうように見る。

唄っている矢島。

汗まみれの顔が、かがり火に光っている。

青年1、おつまみのするめの脚を、一本一本ちぎっては捨てている。

鹿踊りの興奮とうらはらな沈黙。

**青年2**　おい、歌、うたうか。

**青年3**　おう、うたおう。

青年3、いきなり、手をたたいて〈山男の歌〉を歌い始める。

すぐにそれにあわせる一同。

鹿踊りの唄とハヤシにまじって、青年たちの合唱がきこえてくる。

村の娘たちは、青年たちの方をふり返って、おかしそうに笑う。

「やめなさいよ、バチがあたるよ」

などと叫ぶ娘もいる。
青年たちの合唱、だんだん勢いを得てくる。
やがて、青年たちは、立ち上り、歌いながら鹿踊りにいやがらせを始める。たてがみをひっぱったり、鼻をつまんだり、その時、男鹿が何かにつまずいたかのように倒れる。
はじめ人々は気づかないが、一郎はいちはやく気づいて、

**一郎**　じいさん、どうした。じいさん！

男鹿、力なく頭をふる。
矢島も唄いやめて近づく。

**矢島**　どうした。

男鹿、動かない。矢島、ハヤシ方の一人の手をかりて、すぐに面をはずしてやる。
老人の蒼白な顔があらわれる。
一郎、すぐに自分の面をはずし、老人の頭を支える。

**矢島**　(青年たちに) 歌、やめろ！

沈黙。村人たちもおずおずと近づいてくる。

**一郎**　じいさん、しっかりしろ。

老人、かすかに目を開く。とぎれとぎれに、しかし、しっかりした声で、

**老人**　鰊は、鰊はもう、来ねえぞ。

一郎、意外な言葉に、はっとする。

**矢島**　おい、酒をくれ。

と、手近の酒で、老人の唇をしめしてやる。

**老人**　（ゆっくりと）鰊はもう来ねえ。いくら待ったって来ねえものは来ねえ。もう、来ねえ。もう決して、来ねえ。

**一郎**　何云ってるんだ。じいさん、元気出せよ。

**老人**　（静かに、鍛え上げた声で、むしろ楽しげに沖揚げ音頭を歌いはじめる）

一郎の耐えている顔。矢島のにらむような顔。

青年たちのびっくりしたような顔。

するめを噛んでる男もいる。

（老人の唄声、とぎれつつ、つづく）

夜風にゆらめくかがり火。

うす暗い神殿。

ジープの娘、ふと背を向けて、老人をかこむ村人たちの輪から離れる。

凪にそよぐ夜の樹。

**老人**　鰊が――食いてえ――腹いっぱい、鰊が――食いてえ。

老人、死ぬ。

**一郎**　じいさん、じいさん！

――長い間――

矢島、乱暴に酒をラッパ飲みしかける。

**青年2**　縁起がわるいぞ、早くじいさん片づけれや。

矢島、キッと青年2の方をにらむ。

静かに酒を置き、老人の死体をみつめて、

**矢島** 誰だ、誰が男鹿踊るんだ！

——沈黙——

目をつむり、叫ぶように唄い出す矢島。

**36 夜あけ防波堤の突端**（3と同じ場所）

一郎のCU（クローズアップ）
ひとりで海を見ている。
波音。
陽がのぼりかけている。
一郎、やがて立ち上る。

**37 船入澗**（ロング）

一郎、村の方へ歩いてくる。

船入澗で、一人の男が磯舟につけた船外機を始動しようとしているが、なかなか始動しない。

やっとエンジンがかかって、舟は出てゆく。

エンジンの音が反響する。

## 38　浜

歩いてゆく一郎。

## 39　村の共同井戸

歩いてくる一郎。
井戸から水をのみ顔を洗う。
その時バケツを下げた矢島の妻がやってくる。無言で、バケツの水をくむ。
一郎、立ち去ろうとする。

**矢島の妻**　まだ出てかないんだよ、うちのひと。
**一郎**　――。
**矢島の妻**　怒ってんのかい？
**一郎**　もう会うのは、やめだ。
**矢島の妻**　え？
**一郎**　もうやめたよ、あんたとは。
――短い間――

**矢島の妻**　なんなの？　あのジープの娘。
　一郎、ゆっくりふりむいて、
**一郎**　何でもねえよ。
**矢島の妻**　ほんとかい？
**一郎**　関係ねえだろ。
**矢島の妻**　うわさになってるよ。
**一郎**　気になるのかよ？
**矢島の妻**　さあね。
　一郎、行こうとする。
**矢島の妻**　あんた、村を出るのかい？
**一郎**　いや、出ない。
**矢島の妻**　大丈夫かい？　ひとりぼっちで。
　一郎、矢島の妻の前に立ち、にやりと笑って、
**一郎**　大丈夫だよ。
　そのまま立ち去ろうとする一郎に、
**矢島の妻**　ねえ、あんた。
　一郎、ふりむく。
　矢島の妻、その一郎に、バケツの水を見事に頭からあびせかける。
　あっけにとられた一郎。矢島の妻の笑い声。

## 40　鰊御殿の前

シャツの袖をしぼりながら、一郎がやってくる。と、娘がジープに毛布を運びこんでいるのに出会う。

一郎　もう行くのか。

娘　うん。あら、どうしたの？　ずぶぬれじゃない。

一郎　（あわてて）何でもねえ、時々こうやって洗濯するんだ。

娘　（別に驚かず）へえ、一寸変ってるわね。

娘、運転台に乗りこむ。

一郎　どっちの方へ行くんだ、これから。

娘　さあ、分んないわ。

――短い間――

娘　いっしょに行かない？

――短い間――

一郎　やめとこう、忙しいんだ。

娘スターターを押す。エンジンかからない。

娘　いつでもこうよ。もっともただで貸してもらったんだから、文句は云えないけど。

一郎　よってくのかい？　修道院？

――短い間――

娘、サングラスをかける。サングラスでかくされて、盲目のようにみえる娘の表情。

娘　（きっぱりと）いいえ。

　　——間——

　スターターを押す。まだかからない。

一郎　帰ったら、何すんだ？

娘　さあ……多分おんなじよ、前と。混んだ電車に乗って、おつとめに行って、時々男の子とデートして、だけど……

一郎　だけど……

　一郎、促すように娘をみつめる。

　娘、一郎を見ずに、

娘　……だけどっていうことばを云いたいのよ。だけどっていうことばなら、云えるのよ。それなのにいつもそのあとがつづけられないの。

　　——間——

　その時、一台のトラックが、砂塵をあげてやってきて、数人の人夫がとび降り、鰊御殿解体の準備を始める。

娘　何、あれ。どうしたの？

一郎　もう俺の家じゃないんだ。借金が返せなくてな。

　娘、鰊御殿から一郎へと目を移して、

娘　あなたはどうするの？

一郎　じいさんが住んでた小屋に移るよ。

——間——

一郎　古いもんは、そっくり滅びてっちまう。だけど、新しいもんは、ちっとも、生れてこねえんだ。

娘　（一郎を見てゆっくり一語一語たしかめるように）いいえ、そんなことないわ。新しいものはもう生れてる。それは、あなたよ。そして私よ。——亡くなったあのおじいさんの年まで、まだ六十年あるわ。その間に私たちは……

一郎、あきらめでも、なげやりでもなく、平静に、

一郎　何が出来る？　え？　何が出来るっていうんだ。

娘は答えず、二人はみつめあう。

——間——

娘　さあ、もう行かなくちゃ。

娘、エンジンをかけると、一発でかかる。

娘　あら、奇跡ね。

じっと一郎を見て何かつながりを残して置きたい気持に駆られ、

娘　あなた、ラジオを持ってなかったわね。

一郎　うん、どうして？

娘　これ、あげるわ。少し、ニュースでも聞いて勉強しなさい。

と、トランジスターラジオを手渡す。

一郎　こわれてるんじゃねえのか。

娘　きこえるわよ、新品同様よ。

娘、ギヤを入れる。

**娘** じゃ、バイバイ。

**一郎** また来いよ。

**娘** うん、また来る。

ジープは乱暴にスタートし、ターンして去る。砂埃。

一郎、しばらく立ちつくしているが、やがて一寸鰊御殿の方をふりむく。

人夫が足場を組み始めている。

一郎、トランジスターラジオのスイッチを入れる。

にぎやかな曲。

（たとえば「かわいいベイビー」）がはじまる。

一郎の顔にゆっくりとほほえみが浮ぶ彼は歩き出す。だんだんに音楽のリズムに体がのって、おかしな恰好で踊るようにして歩いてゆく。

その動きはどこか鹿踊りの動きに似ている。

浜づたいに遠ざかる一郎。

やがて彼は見えなくなり、音楽もきこえなくなる。

波音と共に、エンディングの音楽が静かに入る。

41　**神社境内**

消えたかがり火。
鹿踊りの、紙のたてがみが散乱し、風に吹かれてゆく。

42　**放牧場へ行く道**

風が笹をなびかせている。

43　**浜**

乾されたいかが風にゆれている。

44　**船入澗**

子供たちが、二、三人、走ってゆく。

45　**鰊御殿**（ロング）

人夫たちが働いている。

46 朝の海

凪いでいる。
水鳥が飛んでゆく。

47 エンディング

水鳥にズームアップして、その動きを追ってパンしている画面に——
エンドマーク

# パーティ

放送データ　制作・ＮＨＫ教育テレビ
演出・関川良夫　音楽・武満徹
放送日・1962（昭和37）年12月22日　21時〜21時46分「創作劇場」

時は現代であり、時刻はおそらくは夜だろう、パーティが始まるのだから。
所は、先生と呼ばれている或る金持の私邸の、大きな客間、全く何の統一もない雑多な趣味で飾られている。屋外に向いた窓はひとつもなく、また壁に掛かった時計、机上の置時計などは、みなそれぞれに異った時を刻んでいるので、人は自分の腕時計を信じて、時刻を知るより他ないのである。客間の中央には、この邸の、他の部分に通ずる唯一の扉があり、人々はみなそこから出入する。客間の一隅には、ホームバーがしつらえてあり、今日はパーティのために、特に新しい酒類と、一人のバーテンとが準備されている。客間の他の一隅には小さなスピネットピアノがある。その他、この客間に置いてあるものを、アトランダムに列記してみると、サイドテーブルとその上の電話、デスクとその上のインターフォン及びステーショナリイ、本で一杯の巨大な書棚、天井から吊されたモービル、熱帯魚の水槽、熱帯樹の鉢植、フロアスタンド、大から小に至る数々の優勝盃、具象から抽象に至る数々の絵と彫刻、短波ラジオ付ハイファイ装置一式、テレビジョン、それに比較的数の少ない椅子類、小机類などである。これらのものの様式は雑多であるが、金がかかっており、その金のかかり方にも、俄成金のそれではない時の重味が感じられる。

人物としては、先ず余りしつけのよくない若いバーテンダーがいる。このパーティのために一夜、臨時にやとわれたのである。次に忠実で小心で、感情を顔に出さないことを習慣としている秘書がいる。そして甘やかされた気違い息子、ウェスタン・スタイルの青年。

その他の人物は、すべてパーティの客の男女である。男客はAからIまで、女客はAからJまでの名をもっているが、実際には人数はもっと多い。彼等はみな、教養もあり、もの静かでやさしく、滅多に笑わず、誠実味がある人々ばかりで、あたかもただ一人の人物、即ち、〈現代人〉の分身ででもあるかのように、互いによく似ているのだ。けれどまあ、マーチニや、ジントニックがまわり始めると、彼等だって、少々変ってくるかもしれない。男客たちは揃ってダークスーツにダークタイ、髪形まで似てるが、かといって制服的な印象を与えていない。女客たちは反対に、和装洋装いろとりどりの衣裳で妍を競う。

だが、彼等の年齢やら、容貌やらはたいして問題ではない。もちろん女客は、すべて非常な美人であるにこしたことはないが。

一匹の由緒正しい血統の猫が、彼等の間にまぎれこんでいるのも一興かもしれない。

登場人物の最後には、このドラマのヒーローたる、先生がひかえている。彼がどんな男かということは、観客の批評に任せよう。

*

象徴的な風

何処に吹いているというのではない。しかし何時でも吹いている風——

スポットが入ると、室内の中央の椅子が、暗やみの中に浮んで来る。

それにテロップをのせる。

テロップが静かに消えるとカメラ、ゆっくりと室内を移動してヨロイでとまる。

風の中、
何処か遠くで得体の知れぬ叫び、長くコダマする。と同時に——

部屋全体が明るくなる。


客間全体のフル・ショット。バーテンダーを除いては誰もいない。いかにもバーテンらしい恰好の若いバーテンは、バーにもたれて週刊誌をめくっている。

パーティの用意はもう万端整っているのである。ウエストミンスターチャイムのついた置時計が荘重に五時を報ずる。バーテン目を上げて時計を見る。

針は五時を指している。と同時に壁際の大きな振子のある箱時計が鳴り始める。

その針は十一時を指している。

バーテン、自分の腕時計をのぞき、呆れたように部屋の二つの時計を見くらべる。

短い間。

扉が開き、秘書（と覚しき男）が男客を案内してくる。

**秘書**　先生と奥様は只今お召しかえ中です。間もなく下りてみえると思います。どうかおくつろぎ下さい。

**男客Ａ**　まだ、どなたも？

**秘書**　はあ、まだ。

**男客Ａ**　少し早すぎたかな。

言い終ると、静かに視線を秘書へ。

秘書と視線が合う……。

**秘書**　いえ、そんなことはございません。ではごゆっくり。（去る）

男客Ａ、客間の内部をつつましく見て回る。

室内の調度類……。

少々手もちぶさたの態。やがて飾りつけられたテーブルに、視線が吸い寄せられる……。

フト、とりつくろう。

客の入ってくるのを見て週刊誌を読むのをやめたバーテンが突然声をかける。

**バーテン**　何かおつくりしましょうか?

男客A、びくっとしてふり向く。

だが、すぐにほほえんで、

**男客A**　じゃ、水わりでももらおうか。

男客Aピアノに気づき、その前に座ってふたを開け、キイにさわってみる。

バーテン、水わりをもってきて、ピアノの上に置く。男客A、それを一口飲み、やおらピアノを弾き始める。

クレメンチの作品三六の二のソナチネ。バーテン、無関心にそれを見ている。男客A、だんだんピアノに熱中する。

扉が開き、地味な和服姿の女客Aが、秘書に案内されて入ってくる。

男客Aはそれに気づかない。

女客A通り一遍に部屋を見まわし、しばらくどうしようかと佇んでいるが、やがてバーに近づく。

**女客A**　おひや一杯頂戴。

バーテン無表情にグラスを差し出す。
女客A、それをもってピアノに近づき、よりかかる。
男客A、やっと気づいて弾きやめる。

男客A　どうも、失礼。
女客A　ソナチネね、なつかしいわ。
男客A　まだ忘れていません。小学校二年の頃に弾いたっきりなのに。
女客A　あなたも、今日のお客?
男客A　ええ。
女客A　何のパーティなんですの?　今日は。
男客A　ご存知ないんですか。
女客A　(うなずく)
男客A　銀婚式ですよ、ここの先生の。
女客A　あら、もう?
男客A　別に証拠は見てませんがね。
女客A　早いものね、時のたつのは。
男客A　——
女客A　そうお思いになりませんの?
男客A　(ソナチネのメロディを、ぽつんぽつんと弾きながら)時は拡散し、稀薄になってゆくだけですよ、ぼくにとっては。

**女客A**　あら、どうして？

**男客A**　中学三年の時、われわれの住んでいるこの宇宙ってのは、ものすごい速度で散らばってゆきつつあるんだと教えられました。何か、遠い昔に大爆発をおこしたんだそうですね。それをきいた時、ぼくはさびしかったなあ。ほんとにさびしかった。

**女客A**　（いつかかたわらの小椅子に座り、ハンドバッグから毛糸の玉をとり出し、編物を始める）

**男客A**　ぼくはどんどん遠ざかっているんだ。ソナチネからも、愛からも、ぼく自身からも。それ、何ですか？

**女客A**　赤ン坊のスェーターですの。

**男客A**　あなたの？

**女客A**　（男客Aを見て）――ええ。

扉が開き、男客Bと女客B（おそらくは夫婦だろう）が、連れだって入ってくる。見知った顔が見当たらないので、やや当惑気であったが、やおら極端なお愛想笑いを作ってピアノに近づく。

**男客B**　（男客Aに）どうも、どうも、そのせつはどうも。

**女客B**　（女客Aに）しばらく、お肥りになったようね、あなた。

男A、女Aの当惑した表情。

男客B、バーに気づき、男客Aに、

**男客B** どう？ おかわり？ ぼくストレート。

男客A、立ってバーに近づき、男客Bとあまり気のすすまぬ様子で、並ぶ。男客A、コップを上にかざして同じものを……というシグサ。

バーテン心得て用意にとりかかる。

**男客B** 今、そこで交通事故の現場にぶつかってね。子供がひかれたんだ。むしろがかぶせてあったから、おそらく即死だろう。むしろの間から小さな脚が二本見えてるんだ。それが、何ていうか、ねじれてしまっていてね。おそらく折れてるんだろう。つま先が内側向いてるんだ（酒を一息に呑む）。それを、野次馬たちがみんな黙って見てるんだ。黙っていつまでも見ていて、なかなか立ち去ろうとしないんだ。みんな何かこう、こわばったような顔付でね。じっと見てるんだ。

男客Aのこわばった顔。

男たちから少し離れたところでは、

女客Ｂ　どなた？　あの男の方。

女客Ａ　私も知らないの。

女客Ｂ　あら、でもお話してらしたじゃないの。自己紹介しなかったの？

女客Ａ　ええ

女客Ａ、編針を動かしている。
女客Ｂ、小机の上のカナッペをひとつまみ。

女客Ｂ　困ってしまうわ、うちの子、この頃いたずらで。

女客Ａ　どなたか分からない方とお話しするのって面白いわね。

女客Ｂ　地面をひっかくのよ、つめで。四畳半位もある大きなお砂場をつくってやったんだけど、そこではちっとも遊ばないの。

女客Ａ　むこうもこっちを知らない人間だと思うと、気を許すのかしら、急にほンとのことを云い出したりしかねないわ。

女客Ｂ　三万円もかかったお砂場に見むきもしないのよ、わざわざ固い地面の所へ行って、その地面を小さなつめでひっかくの。こないだなんか指が血だらけ。

女客Ａ　でも自分にとって、ほんとに大切なことなんて、そうやすやすと口には出せないわね。

女客Ｂ　分からないわ、全然分からない、自分の子供なのに。

バーのところでは、男客Aがブロマイドをポケットから出している。

**男客A**　そうかね、君はマリリン・モンローがきらいかね。

男客Bブロマイドを手にしながら――

**男客B**　ぼくは、ミシェル・モルガンだな。

**男客A**　モンローが死んだ時、ぼくは恥ずかしい話だが、本当に涙が出た。おふくろの死んだ時には、泣こうと思っても泣けなかったけど。本当にきれいな女だったな。モンローってのは。それだけだよ、それだけでいいんだ。

モンローを何かのシンボルだなんて考えるのは、ぼくはきらいだ。モンローはシンボルじゃないよ。なまみの、生きた女だったんだよ。

ぼくは気持がいら立ってくると、よくモンローのブロマイドをながめたもんだ。モンローのあのやさしい顔をみつめていると、心がだんだんとおだやかになってくるんだ。そうして何かとても静かに、しかしとても豊かに、生きてゆこうという気になるんだ。

**バーテン**　不妊症だったんでしょう？　モンローって。

男客A、一寸の間凍りついたようにバーテンを凝視する。

バーテン、ギョッとなる。

男客A、水割を静かに飲み、コップをおく。バーテン、無意識にライターをつける。
いきなり男客A、バーテンの胸倉をつかむ。男客B、驚いてとめる。

**男客B** おい、何をするんだ、やめたまえ。

男客A、すぐに正気に戻って、手を離す。

**男客A** (苦笑いして)ささいなことでいらいらするんだ、このごろ。たとえば机に脚が四本あるのが気にくわなくなったり、窓に窓ガラスの入ってるのに腹が立ったりするんだ。

バーテン、荒い息をつきながら、それでも僅かな微笑を浮かべている。その時、男客Cが入ってきて、
男客A、Bの肩をたたく。

**男客C** お元気、お二人とも?

男客A、B、C、一瞬和やかになると、夫々の酒が注文される。
男客C、ピタッと能面のような顔で酒を飲んでいる。

女客Aはひとりで編物を続けている。——その頭上で。

編物止む。

女客のグループ、いつの間にか男D、女C、が増えている。

三人座る。

**女客C**　主人役のおふたりがどっちも顔を見せていないなんて、つまらない話ね。

**男客D**　いつもの先生に似合わないな。よく気がつくし、礼儀正しい人なのに。

**女客B**　夫婦げんかでもしてるんじゃないの？　案外。

**女客C**　あのひとたちはけんかしないわ。ふたりとも自尊心が強いから。

**女客B**　でも人間であることに変りはないわ。

**男客D**　さあ、分りませんよ。もしかすると人間じゃないかもしれない。ぼくらだって人間かどうかあやしいもんだ。

**女客C**　そういえば、実は私の古いボーイフレンドがね、ついこの間自殺したのよ、首をつって。その理由が何だとお思いになる？　奥さんのあと追ったのよ、ガンでなくなった奥さんのあとを。大学生の長男を頭に、三人の子供があったんですけどね。遺書はなんにもなかったそうよ。でもね、財産のことから、子供さんたちのことから、後始末は実に整然と、心をこめてしてあったたって。

テーブルの上のものを綺麗に三等分しながら——。

**女客C**　株券から、家から、土地から見事に三等分してあって、それぞれの子供の名義になってるんだって。

それが、丁度大学を出るまでは、一応不自由のない暮らしのできる位の額なんだって。子供たちが、また一風変っててね、両親のお墓を立てないのよ、お骨を自分たちのうちの、お茶の間の茶だんすにしまいこんでるの。お砂糖やおしょうゆと一緒に。それでいいって信じこんでるのよ。

男客A、男客グループからはちょっとはなれて、ひとりマリリン・モンローのブロマイドを眺めている。
男客のグループには、男客Cの他に、女客Dが増えている。

**女客D**　退屈するのが一番こわいんです。私。
もっとも、誰でもそうでしょうけど、私のお店、赤電話がおいてあるでしょう？　実はこないだから、あれにテープレコーダーをつないであるんです。通話が始まると自動的にスイッチの入るような仕掛を、アルバイトの学生さんに作ってもらって。お店がかんばんになって、夜、私一人になると、それをすっかりひととおり聞くんです。もちろん法律的にも許されていないことですし、ほめたことでもないんですけれどやめられないの。
いろんな方がいますわ。このあいだなんか、電話で離婚の申しこみしてる男の人なんかいるんですの、その人、自分から離婚してくれって云いながら、電話口で泣いてるの、そしたら、奥さんの方も、むこうで泣いてるの。それでも、どうしても別れなくちゃならないらしいの、テープ聞きながら、私も思わずもらい泣きしちゃった。

**男客C**　聞いたあと、そのテープはどうするの？

**女客D**　一度聞いたら、すぐ消してしまいますわ。

**男客C**　今度、ぼくにも一度きかせてくれないか？

**女客D**　（真面目に抗議して）いいえ、そんなことはできないわ。だって、みんなプライベートな会話ですのもの。

この時、扉が開いて、ワゴンにのせられた大きなお祝いのケーキが運びこまれる。
それと共に、秘書も入ってきて、一同に。

**秘書**　お待たせして、大変失礼しておりますが、先生御夫妻、もう間もなくおりてみえると思います。今しばらくそのままで、おくつろぎ下さい。

同時に男客Eが入ってくる。
一同と挨拶をかわしながら、この男はすぐに電話に向かう。落着き払ってダイヤルをまわす、出ない、また別の番号をまわす、出ない、また他の番号をまわす、出ない。

男客Cと男客B
あかりの下で、女客ＢＣ談笑する光景、続いて客たちのそれぞれの光景。

**男客C**　こういうパーティには、ぼくはほんとは出てきたくないんだ。一時間前は絶対に出ないつもりでいる。ところが、始まる時間が迫ってくると、だんだん気持が落ち着かなくなってくる。パーティに欠席することがこわいんだ。あかりの下で、みんなが集って喋ったり、飲んだりしている。自分だけその仲間外れになるのがおそろしいんだ。そのくせこうやって出てきてみると、何てことはない。みんな、してもしなくてもいいような話をして、飲んでも飲まなくてもいいような酒を飲んでいる。

ほんとに何てことはない。だけど、その何てことはないという雰囲気ほど安心できる雰囲気もないんだ。


男客Bの、声のない笑い。男客E、相変らず電話のダイヤルをまわしつづけている。

男客Cポケットから薬を出している。


**男客B**　このあいだぼくの所に、全学連の男がやってきてね。といってももう学生じゃないんだ、一種の職業的革命家だな。年も三十を出ているんだが、一寸魅力のある男でね。いきなり百科事典を買ってくれっていうんだ。

訳を聞いてみると、例の安保騒ぎの時の借金ね、仲間の保釈金やら何やらの……それがまだ返せてないんだそうだ。

そのための金策らしいんだな。実は僕もあの時には、応分の金を寄附させられてね。いや政治的信念というわけじゃない。何ていうか、若い人たちのあの純粋な熱情ね、それに打たれた。もちろんそんな曖昧な理由で、政治に関係するなんて、我ながら妙なセンチメンタリズムだが、ぼくのかせいだ金が、とにかく一人の青年の食いものになり、そいつの血や肉になるんなら、それもいいじゃないかという気がしてね……。

ま、うるさいもんなんだ。

特に仕事してる最中に来られたりするとね、金ですむならすましちまおうって気にもなる（短い沈黙）。だが百科事典はね、十何万するんだ、アメリカの出版社の本でね、かわいそうだが、買ってやれなかったよ。

（短い沈黙）

痛々しかったな、アメリカ製百科事典のセールスマンになってね。元気のいい男が。

だが今に彼等の時代になるさ。いつかは、いつかはね。

その頃にゃ、ぼくはもう死んでるだろうけど。

女客Aのところへ、男客Aがやってくる。彼は酒のグラスをかたわらの小机におき、ポケットから何やらとり出し、女客Aに手品を見せ始める。

指の間で消えたり出たりする小さなボール、女客Aは素直に、それを見ている。

いつの間にか新しい男客Fが、モービルの下に立ち、それに、しきりに息を吹きかけて、動かしている。

男客Eは、また電話のダイヤルをまわしている。相手が出た様子。男客E、ノートをみながら、電話で

**男客E**　いいか、3692のF、2199のD5、117863５のP28B、え、ぐずぐずするな！P28B、次に6324のA、5211のAそれから337452のMM3、シリアルで337453のS、馬鹿。ぼけなす！　組織するんだ、どんどん組織するんだ！　5274のG、6612のH、89231のKの7338。

O・L（オーヴァーラップ）して

客間のフルショット

いつか客間は客たちであふれている。

それぞれに小さな群をつくり、喋ったり飲んだりしている客たち。O・L（オーヴァーラップ）して、

女客B、女客E、女客F

**女客E**　ほんとうにはっきり見たのよ、夢で。黒い牝豚が、白い仔豚を六匹連れて、うちの八畳のお座敷へ上ってくるの。そしてそのまま廊下をお台所まで歩いて行って、そこから外へ出て行ってしまうの。ほんとにはっきり見たのよ。ところがその夢を見た晩の、次の次の日の昼間、真昼間、午後二時頃、そのとおりのことがほんとうに起ったのよ。

女客B、女客Fの退屈した顔。

トロンとした目つきの男が、注がれるままに、何杯でもグラスをあけている。

**女客E**　夢で見たまま、正確にそのとおりなのよ。黒い牝豚と白い仔豚が六匹。呆れてしばらくものも云えなかった。もちろん、夢を見たのは私一人だけど、本ものの豚の方は、うちのお手伝いさんが二人とも見てるわ。あとで足跡をふきとるんで、大変だったんですもの、ね。信じられないようなことでしょう？

だけど掛け値なしのほんと。その豚はね、近くの養豚場のオリの破れ目から逃げ出して来たんだって。すぐつかまったらしいけど。

**女客F**　きっとほんとでしょうね。信じるわ私。でも豚なんてグロテスクね。どうしてコッカースパニエルじゃいけないのかしら（夢見るように）。

男客Ｄ、男客Ｇ、女客Ｇ、女客Ｈ、女客Ｉ

**男客D**　（女客Ｇに）今までにどの位飲みましたか？

**女客G**　ジンフィズ二杯。

**男客D**　高血圧の気味は？

**女客G**　ないわ。

**男客D**　今日のパーティの客の中に、あなたの愛している人がいますか？

**女客G**　いません。

**女客H**　いいの？　旦那様がいるのに。

**女客G**　本当なんだから、仕方がないわ。

**男客D**　九十三。

**男客G**　八十五。

**女客I**　（近づいてきて）何してるの？　一体。

**女客H**　（女客Ｇをさして）この人の脈膊の数をあってこしてるのよ。

女客I　あら、賭けごと？　面白そうね、いくらかかってるの？
男客D　（財布を出して）千円位にしておこう。多すぎても少なすぎても、品がわるい。
男客G　金を賭けるなんて、つまらないな。
男客D　じゃ、何を賭ける？
男客G　ぼくが勝ったら、このハイボールを君の背中に流しこむ。
男客D　じゃ、ぼくが勝ったら？
男客G　千円やるよ。
男客D　いいだろう、（女客Hに）声に出して数えてくれよ。
女客H　いいわ、始めるわよ。

女客H、腕時計を見ながら数え始める。

女客H　一、二、三、四、五、六、七…………

男客F、まだモービルに息を吹きかけている。
男客H、ひどく肉感的な手つきで、棚の上の抽象彫刻を撫でまわしている。

女客H　八十、八十一、八十二、八十三、八十四、八十五（数え終る）。

女客H、男客GとDとを見くらべる。

男客Gおだやかな動作で手にしたハイボールを男客Dの背中に流し込む。何ともいえぬ奇妙な表情の男客D。

ハイボールはズボンのすそから流れ出し、床にしみをつくる。

その時、扉を蹴破るようにして、秘書がとびこんでくる。その背後から三発の銃声（ただし、口真似らしい）が響くと、

秘書は全く真に迫った様子でゆっくりと床にくずおれ、殆どグロテスクな位長い間もがき、のたうちまわって死ぬ。一同、唖然として成行を見守る。

バーテンだけが平気な顔で、グラスをふいている。

開いた扉から、一分のすきもないウエスタンスタイルの青年が、片手に拳銃をさげて現れる。

ウエスタンスタイルの青年　射ちたくなかったんだ、ジェス、丸腰のお前を、しかもうしろからなんてぼくは射ちたくなかったんだ。だけど、お前が勝負に応じないから、こうするよりなかった。許してくれ。

青年は、拳銃をホルスターにおさめ、一同をふりむきもせずに、歩み去る。

短い間。

秘書はごそごそと起き上り、恥かしさからわざと仮面のような表情で一同に、

**秘書**　驚かせて申訳ございません。つい、追いつめられて、ここまできてしまいました（そそくさと姿を消す）。

一同、元に戻る。

**男客C**　（バーテンに）一体全体、こりゃあ何事だい？

**バーテン**　この家の息子さんですよ、もうはたちにもなるんですがね。（と、指を頭の上でまわして、頭がおかしいのだということを示す）

**男客C**　驚いたね、あんな息子がいるなんて、知らなかったよ。

**バーテン**　つい最近、病院の方から帰ってこられたんですよ。

**男客B**　気ちがいっていえば、ぼくは昔、妙な男を知ってた。そいつは、女にはどんな女にでも、全く欲望というものを感じないんだ。かといって、男色家でもない。そいつが欲望を感じるのは、ネジ回しに対してなんだ。ネジ回し、全く変な奴だったよ。

そいつの下宿は、盗んできたネジ回しでいっぱいだった。毎晩そいつは、ネジ回しの山の中から一本を択び出し、その一本のネジ廻しと一緒に寝るんだ。だが、うらやましい点もあったよ。なにしろネジ回しは、妊娠しないからね。

男客E、いつのまにか電話を離れ、床に座って短波ラジオを聞いている。雑音にまじって、谺（こだま）を伴ってきこえてくるのは、ロシヤ語の放送。
男客E、すっかり寛いで陶然とそれを聞いている。

男客Dと女客B

**男客D**　（まだ背中を気にしながら）それにしても、先生御夫妻の現われるのが、一寸おくれすぎてますね。
**女客B**　奥さまのお化粧が長いのよ、見ててごらんなさい。能面みたいな顔で現れるから。
**男客D**　近頃ずいぶんお能を見ないなあ。
**女客B**　見ても何も感じないのだから無駄よ。
**男客D**　この間あなたが例の画かきと御一緒のところを見ましたよ（声が低くなる）。
**女客B**　私もあなたが例のモデルと一緒のところを見たわ。偶然の一致ね（ソッポむいて）。
**男客D**　離婚しないんですか？

女客Bの視線を追うと、男客B、ひとりで飲んでいる。

**女客B**　しないわ。
**男客D**　何故？　子はかすがい？
**女客B**　どんなに傷つけあっていても、彼と一緒にいたいのよ。

男客Ｄ　たまには、ぼくとも会って下さい。

女客Ｂ　じゃあ今度一緒にお能を見に行きましょう。。

男客Ｄ　見に行くふりをしましょう。

女客Ｂ　いいえ、ほんとに見に行くのよ。私、子供を連れて行くわ。退屈したら、きっと眠るでしょう。

男客Ｆと女客Ｄ、男客Ｆは相変らず、モービルに息を吹きかけている。

女客Ｄ　退屈なすっちゃいけませんわ。退屈なすっちゃ。退屈って恥ずべきことですわ。ほら、ここに白い紙があります。何でもいいからお書きなさいな。

男客Ｆ　書いてどうするんです？

女客Ｄ　私が占ってあげます。

男客Ｆ、すらすらと何か書く。

女客Ｄ　（読む）すべての書物は読んでしまった、ああ肉体は悲しい、ヴァレリーですね。

男客Ｆ　マラルメです。

女客Ｄ　あら、そう？

男客Ｆ　で、何が見えますか、ぼくの筆蹟に。

短い間

**女客D**　あなたには、運命というものが、ありませんわ。運命ってものが全く欠如してます。もっとも近頃では珍しいケースじゃないんです。運命のない人が、だんだん増えてきています。何故でしょうね。

**男客F**　運命がなければ、一体何があるんです？

**女客D**　分りませんわ、私には。きれいな字をお書きになるのね。

女客Dの手から舞い落ちる白い頁――
O・L（オーヴァーラップ）して

男客Aと女客A。
男客Aは手品をやめ、女客Aは編物をやめている。

**女客A**　小学校二年の夏休みでした。その男の子は、私にきれいな小さい生きた蛇をくれましたわ。私は泣き出してしまいました。彼としては、最上のプレゼントのつもりだったんでしょうけれど。よく陽に灼けていて、とても短い半ズボンをはいて、いがぐり頭をしてました。私はとてもその男の子が好きでした。でも、何をすればいいのか、どうすればいいのか分りませんでした。何しろ小学校二年生だったんですものね、二人とも。

その子がそばへ来ると、私はどきどきしました。その子の汗の匂いをかぐと、私は気が遠くなりかけました。何十人もの同じような年頃の男の子の中から、どうして特別にその子だけを択んだのでしょう。あいうのが、本当の恋っていうものなんですね、きっと。大人になってから、何度も男の人を好きになりましたが、小学校二年の夏休みのあの男の子の時ほど、自分の気持がたしかだったことはありませんでした。いつもほんとうに好きなのかどうかあやふやで、もう胸がときめきもしませんし、気が遠くもなりません。好きな男には何をすればいいのか、それだけははっきり分っているというのに。

O・L(オーヴァーラップ)して

トロンとした目の男、この頃には、一同にも少しづつアルコールの影響が現れ始めていて、それが客間全体の雰囲気を、ごくわずかではあるが、熱っぽいものにしている。
男客H、片隅で小さなつめ切りばさみをとり出し、丹念につめを切りながら、口笛を吹いている。その口笛をよく聞くと、それは〈君が代〉の旋律である。

男客I　ぼくは地球人じゃありません。金星人です。金星から来た人間です。これはもちろん秘密です。(この男は眉がなく禿頭で実際どこか人間離れした顔をしている。彼はカメラに向って話しかけるのである。彼は手にしたグラスから一杯やる)。地球の酒は、うまいですね。金星の水によく似ています。むこうでは、つまり金星では、私たちは靴をはきません。靴なんてきゅうくつすぎます。靴の代りに私たちは、木の葉を足の裏にはりつけます。そう、地球のやつでの葉にそっくりのやつです。それから女、女は地球の女そっくりです。ただ違っているのは、金星の女は生れた時は老婆で、年をとるにつれて若くなってゆくというところです。男はそうじゃない。男は地球人と同じに、年をとって老けてゆく。だから、金星での結婚生活は大変愉快なものです。はじめは年上の女、それから同いどし、次には若い娘、そして男が老年に近くなると、孫も同様な小さな妖精、そのくせ彼女は人生の手練手管のすべてを知りつくしてるんです。この結婚生活の最後の部分ほど、純粋な歓びに満ちた時間はありません。ついには女は自分の娘の乳房で養われながら、死んでゆくんです。あわわわとしか云えない赤坊になって。

ぴっちり体についたワンピース姿の女客Jが、男客Iと並ぶ。

**男客I**　御紹介します。ぼくのワイフです。

女客J、あでやかにほほえむ。

男客Aと女客A

**男客A**　ぼくは結局ソナチネとカスタードプディングと二十四色のクレヨンの世界から脱け出すことのできない人間なんだ。中流中層階級の中の中にぞくしていて、一生そこから出られないんだ。

女客Aまたスェーターを編んでいる。

男客Gと女客G。

男客G、女客Gの手を愛撫しながら。

**男客G**　ガンなんですよ、一種の。エピテリオマという名前の。エピテリオマ、きれいな名前でしょう？　何かイタリーあたりの一幕もののヒロインの名前みたいだ。ところが恐しい腫瘍なんです（短い沈黙）。現代の医学では直せないんです。確実に死ぬんですよ、何年か先には（短い沈黙）。見せてあげましょうか？　背中にできてるんです。きれいなものですよ。まるですみれの花のようだ。毎朝、浴室の鏡にうつしてみるんですがね。

女客Gのみはった眼

**男客G**　うそだと思いますか？

女客G、動かない。

**男客G**　（相変らずもの静かに）実はうそなんです。お芝居なんですよ。ピランデルロという人のお芝居に出てくるんですよ、そのエピテリオマをもった男が。だが、ぼくは時々自分がその男であるような気がすることがあるんです。いまもそうです、だからうそをついたんです。

女客G、やはり動かず、目をみはっている。

この時、正面の扉が大きな音をたてて開く。先生（七十才位。白髪、白いひげ、サスペンダーをつけた黒いズボンをはき、きちんと蝶ネクタイをしめているが、上着を着ていない。）が立っている。一同迎えようとしてとまどう。先生は右手に、血の付着したペーパーナイフを持っているのである。先生、ゆっくり客間の中へ入ってくる。

一同、注目しつつ道を開ける。

先生、客間中央の大きなケーキのかたわらの椅子に腰をおろす。おもむろに、落ち着いた、おだやかな口調で口を開く。

**先生** たった今、妻を殺してきた。

（間）

秘書がつと電話の方へ動こうとする。

**先生** 医者を呼ぶ必要はない。もう絶命している。すぐに死んだよ、苦しまずに。

沈黙。

**先生**　妻を殺した理由は、何もない。少くとも具体的な理由は何もない。激情にかられて殺したのではない、かといって、計画的に殺したのでもない。いわば私の七十年の人生の重味が、自然に私をこうした行為に追いやったのだといえるかもしれない。
　私は妻を憎んではいなかった。だが、私は妻を愛してもいなかった。（秘書に）君、一一〇番に電話して、警官に来てもらってくれ給え。

秘書はややためらった後、電話に近づき、低い声で事件を告げている。

**先生**　若い頃から私は、偉大といわれ、深遠といわれる数々の思想にあこがれ、親しんで来た。

客間をカメラがゆっくり這って行く――

**先生**　それらのうちのいくつかには、私自身の生命を賭しもした。私は自分の専門の領域では、少なからぬ功績も残し得たと信じているし、また、そこから人並以上の富も得、生活を楽しむことにも事欠かなかった。実際私は、幸運な人間だったといえるだろう。
　けれど、だからといって、私の心が常に満ち足りていたかといえば、そうではない。妻は殆んど理想に近い女だった。年齢の開きはあったが、妻は私をよく理解し、おそらく私を愛しもしたのだろう。子供のことは、私たちの一人息子のことは、触れないでおこう。苦労の種だったが、息子のことで争ったことは、私たちにはなかった。むしろ私たちは息子のおかげで、一層互いを身近に感じあっていたかもしれない。けれど、だからと云って、私の心がうつろでなかったかといえば、そうはいえない。私の心が一体何に蝕まれていったのか、自分でもそれを明らかにすることができないのだ。

それは、この現代という時代のせいなのか、それとも、時代とはかかわりのない人間の生命（いのち）そのものの仕くみとか、この地球という天体の運命とかに、その原因があるのか、私にはわからない。心を蝕んでゆくうつろさを、私はどうすることもできなかった。

（沈黙）

私は何故自分を殺さなかったのだろう。私はなぜ自殺する代りに、妻を殺してしまったのだろう。

（沈黙）

生命そのもののエゴイズムだ。どんなにうつろでも、生きてゆこうとするこの肉体の怒りだけは残っているのだ。この老いさらばえた、もう女も抱けない肉体の中にも、それだけは残っているのだ。だがそれも、うつろなことだ。

（沈黙）

さっき妻は、三面鏡の前で、肩をあらわに化粧していた。私はそういう妻を待っていた。二十五年間そうしてきたように。その時、妻が云ったのだ。〈私もとうとう終ってしまったらしいわ〉　思わず私はきき返した。〈何が？〉　すると妻は答えた。〈あれよ、女のあれよ〉（沈黙）

私は、どんなあわれみもやさしさもわかなかった。その代り、突然私の中で、うつろさが爆発した。私にはそんな私が許せなかった。そんな私に安心している妻が許せなかった。私には人生が許せなかった。

（沈黙）

諸君、今日は私たち夫婦のためによく集って下さった。お礼を云います。諸君は皆、それぞれの分野で成功をおさめた人たちだ。諸君は私の友人であり、私は諸君をずっと尊敬しつづけてきた。友情を感じてきた。ただ、残念ながら今日はちがう。何故なら今日、はじめて私は正直な人間になったからです。

（沈黙）

その正直な人間の資格において、一言いわせてもらう。

（男客Aを指して）君は確かにすぐれた作曲家だ。君の音楽は、この国の何十万という人々に歌われている。だが本当の君は、ただ虚弱児童だ。君は自分でもそれをよく承知していながら、そこから出てゆこうとしない。そういう自分をわざとさらけ出して、女をひっかける。それが君のやり方だ。


男客A、目を伏せたまま。

男客Bを指して。

**先生**　君は、評論家という名の傍観者だ。君はいつでも人間に興味を持っている。そして、興味をもつ自分に興味をもっている。だが心底では君は、氷のように無感動な男だ。何かを考えることはできても、何かを感じることのできない男だ。

男客B、目を伏せたまま。

男客Cを指して。

**先生**　君は自分に耐えることのできぬ男だ。成程君は少壮政治家として、その廉潔と敏腕とを買われている。だが本当の君は、他人の間を泳ぎまわりながら、自分と対決することをずるずるとひきのばして生きている。卑怯な男だ。

男客C、皮肉にほほえむ。
男客Gを指して。

**先生**　それから君。君は何とか賞をもらった小説家として通用しているが、実はおおげさなセンチメンタリストだ。君は自分で自分をヒーローに仕立てあげる、それも被害者のヒーローに。君は何もかもを社会と時代のせいにして、自分では何ひとつ責任をとろうとはしない。

男客G、黙って煙草をふかしている。
男客Eを指して。

**先生**　君は簡単な男だ。君は他人のために苦しむのを趣味としている。君はマゾヒストですらない。君は単なる部分品だ。多忙な部分品だ。

男客E、呆然と先生をみつめている。

男客Iに。

**先生** そして君、君は気違い病院にいなければいけない。君は宇宙詩人と自称しているそうだが、誰も君の詩なんか読みはしない、もういい加減であきらめ給え。

男客I　にやっとうつむいて笑う。

(沈黙)

**先生** 御婦人に対しては、あえて何も云わないでおこう。今日、私の仕出かしたことを、ひとつの教訓として受けとめることのできる知性と感情の持主は、一人もいらっしゃらないとお見うけするから。(独言のように)私はこの年まで、いつも女に頼って来た。女のあのわけの分らない愚かさに頼って生きて来た。私には男は見えるが、女は見えない。あまりに巨大すぎて目がくらむ。

女客たち、眉をしかめたり、同情したり、ハンカチを口にあてたり、いずれも凝然と――

先生なかば無意識に、手にしたナイフで、ケーキの一片をきりとりゆっくり食べ、指についたクリームをしゃぶる。

客たちのそれぞれの表情。

あわただしい足音が聞こえ、一名の制服警官と、二名の私服刑事が、扉のところに姿を現わす。刑事たち、近寄って、両側から先生の腕をとり、連行し、去る。

短い間。

**秘書**　皆さん、どうぞ、おひきとり下さい。今日のことは、何卒御内聞にお願いいたします。

一同、我に返って、黙ったまま、ぞろぞろとひきあげてゆく。秘書の無表情な顔。二つの時計が前後して、六時と十二時を告げる。人々がすべていなくなり。秘書も扉を閉めて、去る。バーテンだけが残っている。

扉がこっそり開いて、ウエスタンスタイルの青年が、拳銃をかまえてしのびこんでくる。青年、慎重に物かげを択んでバーテンに近づき、やにわに〈ばん、ばあん〉と射つ。バーテン、にこりともしないで、あたりを片付けている。青年、期待を裏切られて、がっかりする。

**ウエスタンスタイルの青年**　死なきゃいけませんよ。射たれたんだから、死なきゃいけませんよ（どもって）。

バーテン、黙ってじろりとにらむ。

青年、おずおずと、

**ウエスタンスタイルの青年**　ぼくのねらいは、はずれっこないんですから、死なきゃいけませんよ、死ななくちゃ。

**バーテン**　うすのろ。

**ウエスタンスタイルの青年**　え?

**バーテン**　お前みたいな野郎は、この世に生きてる資格はねえんだ。

**ウエスタンスタイルの青年**　え?

理解できない

**バーテン**　はりとばされねえうちに、出てけよ。

バーテンに気押されて、青年出てゆく。

バーテン、デスクの上のインク壺に気づく。

**バーテン**　（ひとりごと）　銀だぞ、こりゃあ。

中のインクをあけて、インク壺をポケットにおさめる。ふと思いついて、テレビをつけてみる。どのチャンネルをまわしても、絵は出てこない、妙な縞模様だけ。舌打ちしてテレビを消し、客の飲み残しの酒を、一息に飲み、大きなあくびをする。

カメラ、そのあくびに近づく。悲鳴にも似た叫びが谺する。

バーテンの口腔の奥の闇から、エンドマークが浮かびあがってくる。

やがて終了を告げる音楽が静かに起り、それとともに、スタッフ、キャストのクレヂットが流れて行く――

# じゃあね

放送データ

制作・NHK総合テレビ
演出・関川良夫　　音楽・星勝
放送日・1974（昭和49）年9月23日　22時15分〜23時25分

人物
仙波ヨネ　74歳
河原一成　69歳
仙波宏　45歳
仙波律子　43歳
仙波由加子　18歳
茂木洋太郎　20歳

メインタイトル〈じゃあね〉小さな明朝活字体で。無音。

団地の中の道。日曜日の朝。

一人の老人（ヨネ）の足と杖の先端。
少々おぼつかない歩きかただが、よぼよぼという程ではない。カメラは後方からフォローする。下駄がコンクリートにぶつかる音——その中から、主題歌が聞こえてくる。

♪思い出しておくれ
あの日のこと
楽しかったあの日のこと
けれどそれももう過ぎ去って
じゃあね
ひとりぼっちはこわいけど
きみにはきみの明日がある
どこか見知らぬ宇宙のかなたで
また会うこともあるかもしれない
じゃあね
もうふり返らなくていいんだよ
さよならよりもさりげなく
じゃあね、じゃあね……

ヨネの足が立ち止まる。

広場の片隅の砂場で、男の幼児がひとりで遊んでいる。かたわらのベンチで、母親らしい若い女が子どもには知らん顔で新聞をひろげて読んでいる。

ヨネはじっと遊ぶ幼児をみつめている。

はじめ無表情だったその顔にやがてかすかな微笑が浮ぶ。

新聞の頁をめくろうとした若い女が、ヨネに目をとめ、とがめるようにじろじろと見る。

それに気づいたヨネは、腰をかがめて挨拶し、また歩き出す。幼児はひとりで熱心に遊びつづけている。

主題歌は次のシーンの中で騒音に消える。


街。騒音にあふれている。

歩道を歩いてゆくヨネの足と杖。周囲のめまぐるしさに乱されない。ゆっくり静かなテンポである。


中年の男（宏）と若い娘（由加子）の足。ヨネを尾行しているらしい。不自然にゆっくりしている。

時々立ち止まったりもする。

**由加子**　このひと月ばかり、ほとんど毎日らしいわよ。ガスや電気の集金、洗濯屋さんなんかが文句言って来たんで分かったんだって。おばあちゃん、家で留守番なんかしていないってことが……お母さんそう言ってたわ。でも、ちょっとロマンチックね。こっそり出かけて、こっそり帰ってくる。どこで何をしているのか、おばあちゃん以外誰も知らないなんて。
**宏**　昼間の留守番ぐらいやってもらわなきゃ、年寄りがうちにいる意味がない。律子も律子だ。家庭の主婦が毎日毎日、朝っぱらからデモになんぞ出かけて行くから、こんな事になるんだ。
**由加子**　何年ぶりかしら……お父さんと二人でこうして歩くの……
**宏**　……
**由加子**　おばあちゃんのおかげね……

車の流れがはげしい。
ヨネ、静かに歩く。

尾行する宏、由加子。

ヨネ、歩く
宏、由加子、歩く。

ヨネ、立ち止まる。カメラひくと、歩道橋の下である。歩道橋の急な階段を見上げてヨネはちょっと迷うが、決心したように杖を前に水平に突き出して、幹線道路を渡ろうとする。
宏と由加子、ヨネの立ち止まったのを見て物かげにかくれる。ヨネが歩道橋の下を渡り始めたのを見て、宏は、びっくりする。

宏　おばあちゃん、いつもああやって道を渡るのかね……
由加子　危いわ。
宏　あそこじゃ轢かれても、保険もらえんなあ。
由加子　助けにいく、お父さん？
宏　馬鹿。そんなことしたら、肝心の尾行がふいになる。

車が急停車する。ヨネ、びっくりしてまた歩道に戻り、あきらめて歩道橋の階段を一歩一歩登り始める。
宏と由加子、顔を見合わせ、ヨネの登り切ったのを見すましてつづく。
（階段の上端から首を出した宏と由加子の視点で）歩道橋の上を歩いてゆき、向こう側の階段を降り始めるヨネの後姿。

歩道橋の上。

由加子　ほんとは轢かれたってかまわないと思ってるんでしょ。お父さん。

数歩先の宏、聞こえないふりをして、歩道橋を降り始めている。

バスの中。盛り場へ出てゆく家族連れで混んでいる。ひろげた新聞のかげからのぞくと宏と由加子の視野の隅に、誰にも席をゆずってもらえずに、バーにしがみついてよろけているヨネがちらっと見える。カメラは烈しくブレる。

盛り場。大看板の前を歩くヨネ。後に続く宏、由加子。
歩行者天国の大通り。アメリカ風スナックの前の椅子で、ヨネは紙コップからストローで何か飲んでいる。もう中味がないのに、チューチュー、子どものようにすすっている。
ヨネをうかがっている宏と由加子。

由加子　私、のどがからから。ねえ、おとうさん……

由加子、手を出す。
渋々財布から金を出す宏。

真正面を向いたヨネのクローズアップ。
その顔が突然、画面を上へ上り始める。カメラがあわててフォローすると、ヨネは透明エレベーターに乗っているのである。エレベーターは最上階まで上り、下りてくる。ヨネはまだのっていて、幼女のように硝子に鼻を押しつけて外を見ている。エレベーターは地下に下りて見えなくなり、また上ってくる。ヨネ、依然として乗っている。

宏、由加子、ストローで飲んでいる。

**宏**　ただ街をぶらついているだけかなあ。いい歳をしてくだらんねえ、全く。

**由加子**　自由がほしいんだわ、きっと……

**宏**　束縛や干渉をした覚えはないけどねえ。

一軒の和服屋の前。宏と由加子が街路樹のかげでヨネの出てくるのを待っている。

由加子は少しいらいらし始めている。

**宏**　裏口から出たんじゃないだろうなあ。

**由加子**　ちょっと私、あそこのパンタロン見てくる。

と、近くの店へ行ってしまう。

宏、手持ぶさた。通りかかった若い娘をじっと見送る。もう一人見送る。時計を見る。それから意を決したように、道を横切って用心深く和服屋に近づき、中をうかがう。ヨネの姿はない。

宏、少々、あわてる。

**宏**　あー、ちょっとうかがいますが、十分程前に、杖をもったこういう（と身ぶりで真似て）年よりがひとり参りませんでしたか？

**女店員**　ああ、なんかお手洗いを借りたいとかおっしゃって――お呼びしますか？

**宏**　いや結構です。どうも……

脱ぎ捨てられたヨネのぞうりと杖を横目で見て、宏はうろたえて店を出る。

ヨネの足。変わらぬリズムで歩いてゆく。

宏の足、歩きながら煙草のすいがらを踏み消す。おくれて小走りに由加子の足。

**由加子**　おばあちゃんには、おばあちゃんの生活があって、いいじゃない。尾行するなんて基本的人権にかかわるわよ。

公園。宏と由加子の視点で。ヨネがベンチのひとつに近づく。一組のアベックと一人の姿勢のいい老人が座っている。

老人は帽子をかぶり、イヤホンを耳にはめてラジオを聞いている。ヨネが老人に会釈すると老人も礼を返し、体をずらせて席をあける。見ようによっては、席をとっていたようにも見える。

ヨネ、ニコニコしながら腰をかけ、おもむろに信玄袋から、編物などとり出し、眼鏡をかけて編み始める。

**宏**　十二年。

**由加子**　でも、おばあちゃんの部屋、日当り悪いからね、あ、こんなこと言っちゃ、お父さんに悪いわね。公団のローン、あと何年残ってるの？　二十年？

**宏**　編物ならうちにいたってできるのになあ。

日曜日の公園に集まる人々の点描。

走りまわっている幼児たちと、ぼんやり座っている老人たちの対照。

ベンチ。老人とヨネ、相変わらずラジオを聞き、編物をつづけている。

何かの拍子にふと目が合うと、ふたりは無言で少々てれたようにほほえみあう。かたわらのアベックは人が変わっている。

ベンチを見通せる木の下に、宏と由加子が座っている。宏の横の土の上に、すいがらが散らばっている。

**宏**　もう二時間も編物している。一体何を編んでるんだろう。

**由加子**　私のマフラーよ。おばあちゃんたら私をびっくりさせるつもりらしいけど、私、知ってるんだ。

**宏**　あの老人は、知りあいには見えないし、第一さっきから、一言も喋っていない。何がめあてで家を出てゆくのか見当もつかん。

由加子　ねえ、お父さん、もう切り上げない？　おばあちゃん、何も変なことしてるわけじゃないのよ。きっと……街をわけもなくブラブラしてみたくなる時あるでしょう、お父さんも。

宏　まァなあ……

由加子　人の噂にでもなると困るからって考えるのは、お父さんの考えすぎね。

宏　なあ、由加子。これ、帰りの交通費、それに今日の日当だ。

と、千円札と百円玉を渡す。

由加子　あら。

宏　あとを頼むよ。お父さんはちょっと寄る所があるから。

と、立上る。

由加子　えーっ？　そんなのないよう。尾行しておばあちゃんの秘密をさぐろうって言いだしたのお父さんじゃない。

宏　お父さんはね、真面目におばあちゃんのこと心配してるんだ。おばあちゃんだって女だからね。悪い男にでもひっかかっちゃ困る。だから頼むんだよ、由加子に。いいね。

由加子　裏切るかもしれないわよ。役目を。

じゃあね

宏、立ち去る。

**由加子**　（不服そうにひとりごと）私だって女よ。

と言いながら、千円札をしまいこむが、ふとヨネのほうを見て（おや）という顔をする。

ベンチ。イヤホンをはずした老人と、編物の手を休めたヨネが、何やらむつまじそうに話し始めている。声は聞えない。

ボールが老人の足元にころがってくる。老人、立ち上り、ゆっくりした動作でボールを画面外の子どもに投げ返す。

地面に置かれたプラカードのクローズアップ。手が大きな文字を書きこんでゆく。

〈人口増加を0に！　インドに避妊具を送りませんか？〉

団地。

仙波家の住んでいる建物の下の芝生で、律子がプラカードを書いている。起きぬけらしい由加子が、階上の踊り場から声をかける。

**由加子**　お母さん、おばあちゃんは？

**律子**　今朝はもうとっくに出かけたわよ。

由加子　ふうん、何か言ってた？

律子　別に。

由加子　なんにも？

律子　いつもと同じよ。私の作るおみそしるがおいしいって、お愛想言って出てったわ。とぼけてるんだか、もうろくしてるんだか。

由加子　ひがまなくってもいいのよ、お母さん。ほんとうにおいしいんだもん。

律子　あなた、こんなにのんきにしていいの？

由加子　何が。

律子　学校。

由加子　今日は休講。お母さん――

律子　何？

由加子　おばあちゃんの秘密知りたい？

律子　秘密？

由加子　私、おばあちゃんがどこへ行ったか知ってるんだ。

律子　ほんと？　どこ？

由加子　あのね、おばあちゃんたらね……

律子　ちょっと、そんな所から大きな声出さないで、下りてらっしゃい。

由加子　やめた、言うの。

律子　何よ。

由加子　なんでもない。
律子　なんでもないことないでしょ。
由加子　どうして？
律子　行先が分かってれば心配しないけど、行先が分からないなんて気味が悪いわ。家族の中に秘密があるなんていやよ。
由加子　私にだって秘密はあるかもしれないわよ。
律子　それどういう意味？
由加子　別に。今日はどこへデモに行くの？
律子　下りてらっしゃい。ご近所に迷惑よ。
由加子　よくあきないなあ、毎日毎日。
律子　あきるとか、あきないとかいうもんじゃないでしょ。
由加子　ここから見ると、色が多くて今日のはきれい。きっと目立つわ。
律子　そう？
由加子　（くしゃみして）くさい。
律子　南風だと、きまってこうね。
律子　ゴミ焼き工場反対のデモをしなくちゃねえ。

団地に近い茂木洋太郎の家の前、由加子が待っている。
茂木がバイクをひっぱり出してくる。

由加子　悪いわね。モギくん、夜までには返すから。
茂木　（学生運動家風の語尾を少しひっぱる喋りかた）同棲って言葉はきらいだな。いっしょに住むって言えばいいと思うんだ。つまり、ひとつ穴のムジナになることで、言語以前の皮膚感覚でおたがいを知ることになるわけだろ。愛ってものはもともと言葉にならないものだから、そこでこそぼくらは、本当の意味での関係をもつことになると思うんだ、どう？　論理通ってるだろ？
由加子　ヘルメットも借りるわ。
茂木　人間である以上、それは必ずしも生殖にむすびつかないんだ。つまり、社会の最小単位としての男と女の連帯だな。そこのところをね、ユッカ、きみはつかんでいないから、迷うんじゃないの？
由加子　迷ってなんかいないわ。大体こんなに近くに住んでて、どうして私たち同棲の必要があるのよ。じゃあね。

と、エンジンをかけて、走り出す。

茂木　ユッカ、待てよ、どこへ行くんだい、行先ぐらい言えよ、ユッカ！

茂木、あわてて家へ入り、

茂木　弟よ、弟くん、自転車借りるぞ！

じゃあね

と叫んで、自転車をひき出し、由加子を追う。


バイクの由加子が走る。

自転車の茂木が懸命に追うが、ひき離される。


下り坂、つづいて上り坂。

下り坂で茂木は慣性をつけるために飛ばし、由加子にくっつきそうになる、が、上り坂ではみるみる速度がおちて、遂に自転車を下りて、ひっぱる。

由加子は遠ざかるが、茂木はあきらめない。


渋滞、由加子がまっている。

茂木が追いついてくるが、一定の距離を保って尾行の態勢。


前日と同じ小公園。

ヘルメットをかぶった由加子が歩いてきて、前日と同じ木の下に座り、ヘルメットを脱ぐ。

由加子の後ろ姿ごしに、同じベンチに座った老人とヨネの姿が見える。

由加子、尻ポケットから、文庫本をとり出し、くつろいで読み始める。

ベンチ。今日は老人とヨネの二人きりである。ふたりは間に、菓子折をひろげ、老人がもってきたらしい魔法びんから茶を注いで、おいしそうに飲んでいる。

由加子、ホットドッグをかじり、コーラを飲みながら、文庫本に熱中している。突然、ニュッと手が伸びてきて、コーラのカンを奪いとる。見ると茂木である。

茂木　（コーラをあおって）こういう偶然の出会いは起こってくれちゃ困るんだなあ。ぼくを運命論者にしちゃうから。考えてもごらんよ。この都会には一千万以上の人間がいるんだ。ぼくらが出会う確率はほとんどゼロに等しいんだよ。

由加子　（コーラをとり返して）知ってたわよ。私のあとをつけてきたの。

茂木　そういう考え方は、運命ってものを過小評価しすぎてるよ。ところで、何をしてるのかねえ。

ヨネと老人、何やら話をしている。

茂木　ありゃユッカの……

由加子　おばあちゃんよ、私の。

茂木　何で？

由加子　ちょっと興味もってるの、あの二人に……

茂木　二人？

由加子　いるでしょう。おばあちゃんの隣りの老人。
茂木　それでどうしたの。
由加子　どう見る。
茂木　何を？
由加子　二人を。
茂木　二人？
由加子　にぶいのねェ、男の人って。
茂木　きまってるだろう。知人か、友人だろう。
由加子　夢がないわね。
茂木　夢の問題じゃないよ、こんなこと。
由加子　恋人。現在熱烈に恋愛している恋人同士。
茂木　僕達かい？
由加子　何言ってるの、あの二人。
茂木　（笑って）恋とか愛とかは、老人には関係ないよ。老人に興味を示す前に、もっと自分自身の事を考えなきゃいけないと思うよ。
由加子　……
茂木　ユッカ、金少し貸してくれないか。腹へっちゃってたまんないよ。
由加子　うちのおやじさんは、おばあちゃんの遺産を気にしてるの。どうせたいしたお金じゃないと思うんだけど、亡くなったおじいちゃんのもってた土地を売ったお金で、株を買ってるらしいの。

茂木　株を持つってことは、現代日本のこのゆがんだ資本主義を公然と支持してるってことになるんだぜ。

ベンチ。

ラジオからイヤホンがふたつ出ていて、老人とヨネがそれぞれ耳にはめて仲良く聞いている。何かおかしい話なのか、顔を見合わせて大笑いするふたり。

茂木　この世に金ってものがなけりゃ、どんなにすっきりするだろうなぁ。大体男と女が愛しあうのに金が要るなんてこっけいだと思わないかい？　金ってものを生み出したって点ではぼくは人類に絶望してるよ。今じゃ、何をするにもその前提は金だ。男と女が愛しあっていっしょに暮したいと思っても、問題になるのは愛情の深さよりもまず金があるかないかなんだ。学校でぼくらが教わってることだって同じだよ。口じゃあ人類の知的遺産がどうのこうの言ってるけど、今じゃすべての知識が金かせぎのための手段にしかすぎないんだ。分かるかい。ユッカ。ぼくらが本当の意味で生きるためには、今や貧乏にならなければウソなんだ。金が愛情を支配するんじゃない。愛情が金を支配するんだよ。だから何も恐れることはないんだ。つまり……。

茂木の熱心な饒舌は果てしなくつづく。が、由加子はもう聞いていない。彼女には茂木の上気した顔とよく動く口が見えるだけである。由加子はヘルメットを枕に横になる。その眼に木もれ陽が眩しい。

ベンチ。

陽が傾いている。

老人とヨネ、帰り仕度している。やがて二人は立ち上り、ていねいにお辞儀しあって、ヨネは去ってゆく。老人はベンチのかたわらでいつまでも見送る。ヨネがふり返って手をふると、老人も手をふる。

同右。由加子、起き直って、そんなふたりをある感動をもってみつめている。茂木は喋り疲れてねころがっている。

ラジオと魔法びんを肩から下げた老人が、ゆっくり歩いてゆく。

後からバイクをひっぱった由加子と自転車をひっぱった茂木が尾行してゆく。

スーパーマーケットの前。

由加子と茂木が待っている。老人が小さな紙袋を手に出てくる。

閑静な屋敷街。

老人が歩いてゆく。由加子と茂木がつけてゆく。

屋敷の門。

老人が入ってゆく。由加子、物かげから見送り、老人の姿の消えるのを待って近づき、表札をたしかめる。表札には、〈三上〉とある。

由加子と茂木がそれぞれバイクと自転車をひっぱって歩いてゆく。

**由加子**　でも素敵ね、七十四にもなって恋をするなんて。おばあちゃんを見直したわ。

**茂木**　ああ腹へったなあもう。ねえユッカ金を貸してくれないんならせめてバイクを返してくれよ。きみは自転車に乗れるだろう、バイクに乗れるんだから。

**由加子**　あのおじいさん紳士ね。帽子のかぶりかたなんかいきなもんだわ。

**茂木**　ああいう男に限って我々若者の足をひっぱるようなことをするもんなんだ。

**由加子**　バイク、モギくんの家の中に入れとくわ。鍵はおうちの人に渡しとくから、じゃ、お先に。

と、エンジンをかけて走り出す。

**茂木**　ユッカ、それはないだろ、ユッカどっちか一方の犠牲が大きすぎる時、連帯は必ず破れるもんなんだ、エゴイズムは抑制しなきゃいけないよ。

自転車にとび乗りそこねてぶざまに転ぶ。

朝。

宏は会社へ、律子はデモへ、由加子は学校へ行く途中である。律子のプラカード、今日は〈老人よ

〈大志を抱け！　定年延長かちとろう！〉というようなもの。

宏　富士見台っていえば大変なお屋敷街じゃないか。そこに住んでるっていうんだね。

由加子　そう、表札は三上って出てたわ。

律子　いやねえ、親子でスパイみたいな真似して。

宏　いやこれもおばあちゃんのためを思ってのことなんだよ。

律子　おかけで私まで、うちの中じゃひそひそ声で喋るようになっちゃったわ。

宏　だからうちではこの話はしないことにしてあるだろう。秘密をつくったのは、もとはといえばおばあちゃんのほうなんだから。

律子　昨日もお隣の奥さんに言われたわ、このごろおばあちゃん毎日元気そうで結構ですねって。みっともないったらないわ。

由加子　あらどうして？

律子　だって、年よりってのはうちにいるものじゃない。

由加子　猫じゃあるまいし。

宏　富士見台の三上、富士見台の三上と。こりゃもしかすると、三上新平じゃないかな。いやもしかしなくてもたしかにあの三上新平にちがいないということになる。

由加子　三上新平って？

宏　加賀百万石の縁つづきなんだよ。

由加子　加賀百万石って？

宏　とにかく大変な大金持ちなんだ、たしか大臣も二、三度やっている。
律子　そのかたが、うちのおばあちゃんのボーイフレンドなの？
宏　世の中は面白いもんだね。
由加子　ちょっとしたシンデレラじゃない。
律子　おそすぎたシンデレラね。
由加子　でもそんなお金持ちには見えなかったけどなあ、あのおじいさん。
宏　本当の金持ちは金持ちらしく見えないものなんだ。由加子もよく覚えておきなさい。
律子　本当の貧乏人は、ちゃんと貧乏人らしく見えるのにねえ。
宏　これはちょっとしたことになるかもしれないなあ。我が仙波家の歴史に一大変化が起こるかもしれない。

興奮してだんだん足が早くなる。

由加子　どうして一大変化が起きるのよ、お父さん。
宏　いや私にもよく分からないが、ただそういう予感がするんだ。
律子　お父さんはね、うちと三上家が縁つづきになるかもしれないって空想してらっしゃるんじゃないの。
由加子　縁つづき？
律子　もしおばあちゃんが、そのおじいさんといっしょにでもなればね。
宏　何を言うんだ、私はそんな政略結婚のようなこと考えてもみないよ。おばあちゃんをだしにして、三上家の財産を狙うなんて、そんなだいそれたこと、考えろったって考えられないよ。それとも考えられるかね。まあ、考えかたにもよるけれども。

由加子　でもあのおじいさんに奥さんがいたら？

宏　三上新平はやもめだ。やもめに決まっている。もういい年なんだから。

律子　七十四にもなって色恋ざたなんて、生ぐさくてやりきれないわ。

由加子　あら、そうかしら。

律子　だってそうでしょう？

由加子　だってどうなの？

律子　私はそんな風に年とりたくないわ。じたばたするのはいや。

由加子　年とったらデモもやめて、うちの中でテレビ見て暮らすの？

律子　そうは言ってないわよ。

宏　おばあちゃんが、未亡人になったのは、律子、丁度今のきみ位の年頃だね。私はたしか十四だった。あれ以来おばあちゃんも随分苦労してきた。

律子　とにかく私はもっと枯れた年よりになりたいの。あれこれ悩むのは若いうちだけでたくさん。

由加子　人間て、いったい何歳から年よりってことになるのかなあ。

ヨネの部屋。

ヨネがひとりきちんと正座して、古ぼけたアルバムに見入っている。カメラが静かに近づいて、写真の一枚をとらえる。黄ばんだ幼児の写真。〈昭和六年正月、宏二歳〉という文字が見える。うす暗い室内で、身じろぎもしない化石のようなヨネの後ろ姿。

斎場。
今日も誰かの葬式が行われている。黒白の幔幕の前を喪章をつけたヨネの相手の老人（河原一成）が、亡霊のように歩いてくる。無音。他に通行人は一人もない。やや象徴的な画面。

公園。
いつもヨネと一成が座っているベンチに、宏がひとりぽつんと座っている。律子があたりをうかがうようにしてやって来て、宏に気づき、歩みよる。

**律子**　（宏と並んで腰かける）思ったよりいい所じゃない？
**宏**　ついさっきまで、ここに座ってたんだがね、例の二人。
**律子**　のぞき見してたの？　やあね。
**宏**　あれで一体どこが楽しいのかね、ろくに話をするでもなし、手を握るでもなし。
**律子**　恋人同士ってものは、いっしょにいるだけで幸せなのよ。私たちだって、そうだったでしょ？
**宏**　しかし、あの頃と今とじゃ時代が違うだろ、時代が。と言っても、うちのおばあちゃんは明治生まれだが。
**律子**　どういう気持ちなんでしょうね、おばあちゃんたら。
**宏**　うん。
**律子**　話相手が欲しいのかしら。

宏　近頃じゃ由加子も大きくなって、おばあちゃんに甘えることもなくなったしなあ。
律子　不満があれば、ぶつけてくれたほうが私は気楽なんだけど。
宏　あの人はなんでもひとりで自分の胸にしまっておくたちなんだ。
律子　この頃ね、よくあなたの子どもの頃の話をなさるのよ。それも同じ話を何度でもくり返して。
宏　どんな話だい？
律子　あなたが寝呆けて、夜中に二階の階段から下へおしっこした話。
宏　（笑う）。
律子　こないだなんか、夜、いきなり宏はまだ学校から帰ってこないのかい、だって。
宏　学校？
律子　ええ。
宏　ふうん。
律子　あなたは一体どうするつもり？　このままじゃ私、落ち着かなくてやりきれないわ。
宏　しかし仲をさくわけにもいかないだろう、相手は子どもじゃないんだから。
律子　じゃ、どうするの？
宏　けじめをつけるさ、ちゃんと。何しろ相手は大物だ。

律子、宏から目をそらし、やれやれというようにそっぽをむく。

ロング。宏と律子がヨネと一成と同じようにちょこんとベンチに座り、互いにあらぬ方を見ている。

夕暮の運動場。トレパン姿の由加子と茂木が並んでトラックを走っている。ふたりの会話は画面に関係なく聞こえている。

茂木　就職って言葉はきらいだな。働くって言えばいいと思うんだ。この人間社会にとにかくなんらかの形で参加してみること。そのしがらみに進んでからめられて、矛盾をこの身にひきうけてみることが大切なんだよ。立身出世もいやだけど、脱社会なんてのはもともとあり得ない。ぼくが地方の会社に入りたいと考えてるのも、この都会から逃げ出すんじゃなくて、むしろ一人でも人口をへらしてこの都会を救ってやろうっていう気持からさ。

由加子　おばあちゃんの相手がどんな人かってことは私にとっては問題じゃないわ。おばあちゃんはおばあちゃんのしたいようにすればいいのよ。公園でデートするのが楽しいなら、ほっとけばいいと思うの、相手が金持ちだろうが貧乏だろうが関係ないわ。

茂木　ユッカ、きみはぼくについてきてくれる気があるのかい、ないのかい?

由加子　私はおばあちゃんのことを考えているのよ。

茂木　ぼくはぼくたちふたりのことを考えてるんだ。

由加子　うちのおやじさんの下心はあんまり見えすいてる。自分じゃそれに気づかないふりをしてるけど。

茂木　ぼくのプランはね、もう何度も言ってる通り、まずできるだけ早くいっしょに生活し始める。次の段階はぼくの大学中退と地方への移動。それまでに我々の関係が確実なものになっていた場合は、きみの転校と、地方における共同生活と、こういうことになっているんだ。民法上の手続きは必要に応じてやる。子どもをつくるかどうかは、数年の世界の人口動態とにらみあわせて決定する。大体そんな線でどうかなあ。

**由加子**　私、おじいさんに会って、気持ちを聞いてみるわ。場合によっては、お父さんのたくらみをばらすわ。

**茂木**　時間がないんだよ。ユッカ、地球は今、この瞬間にも破滅への道を歩んでいる。ぼくらはいそいで生きなくちゃ、未来をつかみそこねるんだ。

**由加子**　ふたりは確かに愛しあってる。でなけりゃ毎日かかさずあんな所で座りつづけていられるはずないわ。きっと雨の日も傘さして、座ってるのよ。ふたりっきりで。

**茂木**　うらやましいなあ。

**由加子**　どうして？

**茂木**　年よりたちは、未来が残り少ないから、いそぐ必要もないし、何もおそれる必要もない。

　ヨネの部屋。
　ヨネ、柔和な微笑を浮べている。無言。

　宏のクローズアップ。

　律子、仕方なく同席しているといった感じ。目を伏せている。

**宏**　ちょくちょく出歩いてるそうですね、近頃。いいことですよ。昼間はみんな出払ってさびしいでしょうし。

**律子**　でも危いわ。ひとりでバスにおのりになるのは。

ヨネ、ニコニコしている。

宏　そんなことないよ。人間、足さえ使ってりゃ年はとらんもんだよ。
律子　でもバスつて急ブレーキかけるでしょ。
宏　かけなきゃなおさら危いんだから仕方ないさ。
律子　運転手さんがとばしすぎるのよ。
宏　道路が混みすぎるんだ。
律子　結局問題は政治ね。

ヨネ、にこにこと聞いている。

宏　ごいっしょに出かけられるといいんですがね。私は会社が忙しいし、律子はデモが大変なようで……
律子　由加子は学校が休みだと、デートで。
宏　そんなにしょっちゅう会ってるのかい、例の男の子と。
律子　会えば、けんからしいけど。
宏　ほっといちゃいかんな、それは。けんかばかりしてるのは、仲のいい証拠だ。
律子　あの子は大丈夫。
宏　いや意外にもろい所がある。

律子　でも意志は強いわ。
宏　誘惑には弱いね。
律子　見るべき所は見てますよ。
宏　だがまだまだ視野がせまい。
律子　そうかしら。
宏　まあ近頃の子は幸せだね、我々に比べると。私が由加子くらいの時は、考えることといえば食うことだけ、雑草の雑煮に豆粕、かぼちゃにいもの切りぼし――

ヨネ、茶を啜りながらうなずく。

宏　お母さんは毎日食糧の買い出しに大きなリュックを背負ってね。
律子　おばあちゃんは、二十世紀とおない年ですものねえ、いろんなことがありましたよねえ。
宏　四つの年に日露戦争、十四で第一次大戦、二・二六は三十六の時、真珠湾が四十一の時、五十歳で朝鮮戦争、六十四でオリンピック。敗戦が四十五の時か……まあお父さんが死んでからお母さんはずっとお白粉っ気ひとつありませんでしたねえ。

ヨネ、静かに聞いている様子。

宏　二十世紀と共に生きてきたということは、並大抵なことじゃない。しかも二十世紀はまだ終わっていない、だからこの辺で、おばあちゃんにもがんばってもらわなくちゃ。我々に遠慮は要りませんよ。

**律子**　そうよ、不満があれば、どしどし言っていただきたいし、もっと年よりの権利を主張していただきたいわ。この団地でも敬老会館を作ろうっていう動きがあるんですよ。

**宏**　とにかく、私たちは、おばあちゃんの味方です。おばあちゃんがどんなことをおっしゃったって驚きませんよ。まだ若いんだから、ボーイフレンドの一人や二人つくらなくちゃダメですよ。おばあちゃん！

河原一成の家の中。せまくて、汚い。

ヨネの相手の老人（一成）のクローズアップ。きょとんとした表情。

由加子のクローズアップ。思いつめたような表情。

茂木のクローズアップ。居心地が悪い。

**一成**　よく、ここがお分かりでしたねえ。

**由加子**　あとをつけたんです。

**茂木**　ぼくは悪趣味だって言ったんですが。

**一成**　ごらんの通りの所で、何もおかまいできんが。

**由加子**　父はあなたを三上新平だって思いこんでいるんです。

ヨネの部屋。

**宏**　へえ、そうですか、ボーイフレンドができた。いや、そうじゃないかなんて話してたんですよ。そりゃよかった。

ヨネ、にこにこしている。

**宏**　亡くなったお父さんもきっと草葉のかげで喜んでくださってますよ。

一成の家。

**由加子**　私、ほんとに安心しちゃった。おじいさんが三上新平じゃなくて。

**茂木**　うん、ほんとによかった。

ヨネの部屋。

**宏**　そんな恥ずかしいなんてことはないでしょう。おばあちゃん、お父さんが亡くなってもう三十年にもなるんだし、相手のそのかたが、五つ年下だからって、もう双方立派なおとななんだから。

**律子**　うらやましいわ、おばあちゃん。お若くて。

一成の家。

**由加子**　あら、おばあちゃんまだこのおうちへ来たことないんですか？

**一成**　ひとり暮しのむさ苦しい所をごらんになるのも興ざめでしょうから。

ヨネの部屋。

**宏**　ほう、まだ相手のかたのお宅へいらしたことがないんですか、残念ですねえ。

一成の家。

**由加子**　おばあちゃんはね、お小づかいくらいは不自由しない位の株をもってててね、お父さんはそれをどうにか吐き出させようとするんだけど、おばあちゃんもさる者よ、いくらあるかも言わないの。

一成、ほほえみながら聞いている。

茂木、室内を分からないように見廻している様子。

ヨネの部屋。

**宏**　そりゃあ見かけは好々爺でも、きっと大きな仕事をなさってるかたに違いありませんよ、とにかく一度ぜひご紹介いただきたいものですねえ。

ヨネ、おとなしくうなずいている。

**律子**　でもあなた、かえって失礼じゃない、私たちがしゃしゃり出ちゃ。

一成の家。

**由加子**　おばあちゃんを幸せにしてあげて下さい、お願いします。

**一成**　実は、もう結婚しているんです、私たちは。

ヨネの部屋。

**宏**　え？　もう結婚した？

**律子**　まあ。

一成の家。

茂木　法律的に？
一成　法律的にどうなるのかは分かりませんが、十日ほど前に二人で約束しました。皆さんに黙って約束するのは、申し訳ないと思ってたのですが……

ヨネの部屋。

宏　しかし、よく先方が承知されましたねえ。

一成の家。

由加子（感動している）おめでとう、おじいちゃん。
茂木　愛しあってるんなら、男と女とはいっしょに生活すべきです。
由加子　モギくんは口数が多すぎるわよ、男のくせに。
茂本　しかし、論理は通さなきゃ。
由加子　私は今、感動してるのよ。少し静かにしてて。

一成、黙然と目を閉じている。

ヨネの部屋。
ヨネ、にこにこしている。

宏　そうですか、そのかたを信じて、どこまでもついてゆくという気持ちですか、うん。
律子　なんだか、さびしいような気もしますわ。
宏　そんなことはない。おばあちゃんの第二の人生の門出だよ、これは。
律子　でもねえ。
宏　いや律子も私も拍手を送るのみですよ。

一成の家。掘立小屋に近い。
由加子と茂木と一成がガラクタの山の中央の空間で対座している。由加子と茂木が口論しているが、声は聞こえない。

ヨネの部屋。
きちんと整頓されて、むしろ白々しい。ヨネと宏と律子。ヨネが何か喋っているが声は聞えない。宏は聞き、律子は茶を飲んでいる。
前シーンから、主題歌が流れ始めているかもしれない。

下町、カーブを都電が曲ってゆく。

ヨネと一成が並んで腰かけているのが見える。

♪忘れちゃっておくれ
あの日のこと
くやしかったあの日のこと
けれどそれももう過ぎ去って
じゃあね
年をとるのはこわいけど
ぼくにはぼくの日々がある
いつか夜明けの夢のはざまで
また会うこともあるかもしれない
じゃあね
もうふり返らなくていいんだよ
さよならよりもきっぱりと
じゃあね、じゃあね……

下町のせまい石段を、ヨネと一成が互いにいたわりながら上っていく。

下町の道。

ロングの場面、ヨネと一成の歩き。

下町の小さな寺の墓地。
ヨネと一成が草ぼうぼうの片隅を探している。

傾いて荒れた一個の墓。かすかに河原家之墓という文字が読みとれる。
ヨネが水をかけ、草をむしっている。

ふたりが墓に向って合掌している。線香の煙が淡くたなびいている。

走るバスの内部。
ヨネが一成の肩にもたれて、目を閉じている。

ビル街。
ヨネと一成が歩いている。

郊外の大きな霊園の中の道。
手桶と花束、線香などを持ったヨネと一成が歩いてゆく。
カメラはいくつかの墓をとらえる。

新しい墓、古い墓、立派な墓、ささやかな墓、よく手入れされた墓、訪れる人もない墓――
そして、その中のひとつ、仙波家代々之墓の前で、ヨネと一成が並んで長い間合掌している。

墓地の中の芝生。
ビニールを敷いて、二人がお弁当を食べている。

**一成**　私の亡くなった家内にも、あなたの亡くなった御主人にも挨拶をすませた。これでせいせいしました。もう何も思い残す事はありませんね。

ヨネ、のり巻をほおばったまま、真面目な顔でうなずく。

道。
朝、出勤途中の宏と、茂木が歩いている。

**茂木**　もしおじさんが、民法上の手続きを先にやれっていう御意見なら、それを先にしたっていいんです。
**宏**　民法上の手続きというと、つまり結婚の事かね。
**茂木**　ええ、そうです。もっとも先に結婚して、それから一緒に住むっていうのは、僕の意見では少々軽率なやり方だと思いますが。

宏　由加子は知ってるかね、君がこういう話を僕にするってこと。

茂木　いや、知りません。彼女全然ぼくについて来ないんです。

宏　そりゃそうだろうなあ。

茂木　そこで僕としては、おじさんからもエンゴ射撃をしていただきたいんです、甘えるのはよくないけど、まあ男同士としてね、そこのところは分かってもらえると思うんですが。

宏　分からないねえ、私には。

茂木　はあ？　そうですか？

宏　だってそうだろ、そうだって事は君にも分かってると思うがねえ。

茂木　そうかなあ？

宏　就職はおろか大学卒業の見込みさえ立たないっていうのに相手の親に向って同棲の手伝いをしろっていうのは、非常識だよ。

茂木　いや、就職とか、同棲とかそういう言葉で総括されると違ってきちゃうんだなあ。僕としては、あらゆる連帯の基礎となる男と女の愛を中心に考えているつもりなんだけど。

宏　大体話が抽象的すぎるよ。

茂木　具体的な話はこれからなんです。つまりお宅のおばあちゃんに関係してくるんですけど……

宏　おばあちゃんに？

茂木　ええ、おばあちゃんと、それから相手のおじいさんに。

宏　君に関係ないでしょう、うちうちの事なんだから。

茂木　おばあちゃんがその相手の方とですね、一緒に住んで下されば、ふたつの空間のうちの、ひとつが余る勘定でしょう？　そこに僕とユッカが住むってわけです。

**宏**　つまり君は、おばあちゃんの部屋に引っ越したいと言っているんだね。

**茂木**　でなければ、その逆。

**宏**　その逆？

**茂木**　もちろん例のおじいさんの掘立小屋より、お宅のおばあちゃんの部屋の方が、同居という形になるとはいえ住み心地はよさそうだから、その方がありがたいけど、あの小屋におばあちゃんを引っ越させるのは身体に良くないでしょう……

**宏**　小屋って……何の話だい？　三上新平の家の事かい？

**茂木**　僕が見たところでは、家というより小屋ですねえ。がらくたで一杯で、水もろくに出ないみたいな。

**宏**　三上新平ともあろう人物が、そんな家に住んでるわけないだろう。馬鹿な、あれだけ広大な邸があって……

**茂木**　あれ？　ユッカは話さなかったんですか？　例のおじいさんは三上新平じゃないんですよ。

**宏**　（立ち止まる）え？

**茂木**　河原一成とか言う人ですよ、なんか恩給だけで食うのもやっと、とかいう老人で、あ、いけなかったのかな、この話しちゃあ。

宏、口をぽかんとあけて呆然と立ちつくす。

スーパーマーケット。

夕方、律子と由加子があれこれ迷いながら買物をしている。

**律子**　会社から早びけして来て、それっきりお部屋に閉じこもってるわ、お父さん、ウイスキーのびんをかかえて。

**由加子**　私、わざとかくしてたのよ、本当言うと。

**律子**　どうして?

**由加子**　お父さんったら、あまり自分勝手なんですもの、ちょっと意地悪したくって。

**律子**　せめて私にだけでも、言っといてくれればよかったのに。

**由加子**　でも、いずれ分かる事でしょう。お父さんが勝手にそう思い込んでただけの話だもの。

**律子**　だからかわいそうなのよ。

**由加子**　こっけいよ。

**律子**　親の心子知らずよ。お父さんはねえ、あなたの未来をちょっとでも確かなものにしたいから、いろいろ苦労して分譲でアパートまで買ったんだし、あ、卵買うの忘れないでね。

**由加子**　お父さんがどんなに頑張ったって、私の未来は変えられないわ。家があればいい、財産があればいいってもんでもないでしょ、それに私の未来のためにおばあちゃんを利用するなんて最低よ。おばあちゃんにはおばあちゃんの幸福があるはずよ。お父さんこそ親の心子知らずよ。

**律子**　でもおばあちゃんは、そう言っちゃなんだけどもう人生のゴールにいる方よ、あなたはまだスタートについたところでしょう?　どっちが余計心配かって言えば、どうしたってあなたの事を先に考えるわ。

**由加子**　どうして何もかも私のせいみたいに言うの?　そんなのずるいわよ、お母さんは一体何の為に毎日毎日デモに行ってるの？　お父さんみたいなやり方じゃ、いつまでたっても世の中は変わらないって思うから行ってるんじゃないの？　私はお父さんみたいになりたくないの。

**律子**　デモは関係ないわ。

**由加子**　お母さんはおばあちゃんの結婚をどう思ってるの？

**律子**　そりゃいい気持ちはしないわよ、御近所の手前もあるし、でももうこうなった以上、しょうがないでしょう。

**由加子**　いやだなあ、そんな言い方。どうしてもっと素直に祝福してあげられないの。

**律子**　だって由加子、変よ、あの年になって。

**由加子**　お母さんだって女でしょう。私だって女、もしそうならおばあちゃんだって女よ、女はいくつになっても女よ、すばらしいじゃない。

**律子**　あなたはまだ自分の事だけ心配してればいいのよ。うち、まだサラダ油残ってたかしら？

**由加子**　知らないわ。

**律子**　由加子ちゃん、あなた茂木くんの事、ほんとうはどう思ってるの？

**由加子**　好きよ。

**律子**　それで？

**由加子**　それでって？

**律子**　それだけ？

**由加子**　分からないわ。

**律子**　茂木くんは、ああ見えても真剣らしいわよ、彼なりのやり方で。

由加子　そんな事分かってる。
律子　これ以上お父さんを心配させないでね、お願い。

由加子は意外なものでも見るように、母親の顔をみつめる。

律子　ちょっと、この買い物見ててね。ウイスキー買ってくるから。
由加子　お父さんに?
律子　そうよ。

一成の家の内部。
家の中では気持の張りもゆるんでいるのか、ひとりの時の一成の動作はじじむさい。リューマチで痛むらしい手をかばいながら、のろのろと何度もしくじりながらネクタイを結んでいる。その顔はおそろしい程暗い。

公園。
ベンチに宏が座っている。一成がいつもの通りの歩調でやって来る。宏が声をかけ、ふたりは挨拶をかわす、ロングの場面、声は聞こえない。

公園に集まる人々の点描。

ベンチ。

**宏**　すると現在、三上さんとの御関係は？

**一成**　何か役に立てればいいと思うんですが、私も老いぼれてしまって。

**宏**　お会いになる事は？

**一成**　正月に挨拶に行くだけです。あの小屋にただで住まわせてもらっているものですから。

——間——

**一成**　（無邪気に）あのう、今日は母上はお見えにならんのですか？

**宏**　ええ、私と一緒に来るのが何かてれくさいとか言いまして、私一人で伺ったような訳で。

**一成**　はあ、そうですか、あなたにお願い事をしなければならないのに、てれくさいと言いましたか、はっは。

——間——

**宏**　まあ正直に言いますと、今度の事では私どもも少々驚きましてね。母の方から何も相談がなかったもので。

と、一成をうかがう、一成は軽く頭を下げるのみ。

**宏**　私も息子として、母には出来る限りの事をしてきました。専用の部屋も用意してやりましたし、テレビも白黒ですが別に買ってやりました。

一成、うなずいて聞いている。

**宏**　母もとりたてて不満を言う訳でもなし、一応幸せに暮らしているものと思っていたところへこういう事が起こった訳で、七十四歳とはいえ母も女ですから、不自然でないと言えばそれまでですが。

一成、無表情に聞いている。

**宏**　ま、今後の事もあるわけで……
**一成**　御家族の重荷になるような事はありません。その点は二人でよく話し合ってあります。
**宏**　しかし……
**一成**　生活も、お互い今までのままで、ただこの公園でだけ、一緒にいようじゃないかと言っておるんです。
**宏**　しかし、あなたはそれでいいとしても、うちには若い娘がいる事ですし……いろいろと……
**一成**　いい娘さんをおもちでお幸せですなあ。
**宏**　やはりけじめはつけていただかないと、教育上も問題がある。
**一成**　はあ、その……けじめをつける為に二人で結婚の誓いをした訳で……これはあなたの母上の強い希望で……来たるべき時の為に……いえ……いい加減な形で私とおつきあいするのは亡くなられた父上にもまた、御家族の方々にも顔むけがならないと言われて……女というものは、この年になってもちょっと分からんとこがありますなあ。

**宏** はあ。

**一成** それでもやはり、年寄りは年寄り同士のほうが話が合うもので、あなたの母上は私と違って、家庭にも恵まれ何不自由なく暮らしておられる身の上ですが。

**宏** はあ。

**一成** 年よりには年よりにしか分からん気持ちというものがある、その点で私達は同じです。

**宏** 母の事は、あきらめていただけませんか。

**一成** はあ？

**宏** 母の事は、あきらめていただいた方が、母の為だと思うんです。

――間――

**一成** 私の方はいいが、あなたの母上のほうはどうでしょうか。

**宏** は？

**一成** 血がつながっているという事は、近いようでかえって遠いものですなあ。それに比べれば、私などはほんのゆきずりの御縁です。だからこそ母上は私のような者を頼りにしておられる。旅は道連れという事でしょうか。

宏　……

一成　しかし、あなたはいや、あなたの御家族の方々は御自身で考えておられる以上に、母上に愛されておられるんです。

宏　……

一成　今日わざわざおいで願ったのは、実はちょっと二人で旅に出ようかと話しておるんです、どこか少し遠くへ。

宏　と言うと?

一成　あなたの母上は、家族に黙ってかけ落ちのような事はしたくないと申されるので、どうかひとつお許しを頂戴したいと思うのです。

と、頭を下げる。

ヨネの部屋。

出来上ったマフラー。

カレンダーの雪山の写真を見つめるヨネの顔。

駅からの道。

夕方。買いもの袋をもった律子と宏がくる。

律子　別れさせるって言ってたのはあなたじゃありませんか。

宏　その話は二人が旅行から帰って来てからでもいいだろう。

律子　でも旅行に行かせるっていうのは、二人の仲を公認した事になるのよ、お金だって馬鹿にならないわ、おばあちゃん、株を処分してしまったらしいわよ。

宏　おばあちゃんがあのじいさんと旅に出たいんなら、それもいいじゃないか。

律子　今になってそんな事言うの？　あてにしてらしたんでしょ？

宏　何を？

律子　株券よ、おばあちゃんの。

宏　それはもういいんだ。

律子　負け惜しみね。

宏　ちがうよ。

律子　あのおじいさんに何もかも取られてしまうかもしれないのよ。

宏　いいんだよ、律子いいんだ。

律子　よくないわ、私だって散々いやな気持ちにさせられたんですもの。

——間——

宏　私達だって、いずれ年を取るんだ、当たり前の事さ。

律子　いやだわ、年を取りたくない。

**宏**　無理だよ。
**律子**　こわいわ。
**宏**　何が？　死ぬのがかい？
**律子**　ちがうの、自分がどんな気持ちになるか分からないからこわいのよ。

ヨネの部屋。
見事に片づいている、がらんとした部屋の真ん中に、真新しい旅行鞄がひとつ。ヨネは鏡台に向かって化粧している。

仙波家の住んでいる団地。
風が強い朝。階段、踊り場。
由加子がヨネからマフラーを受け取ったところ。

**由加子**　やっと編み上ったのね。まあ、きれい、どう似合う？
と、首に巻いて見せる。ヨネは微笑んでそんな由加子を見詰め、マフラーを直してやる。

車が到着する。一成が降りてくる。迎えに出る宏、律子。

階段、旅行鞄をもってやって、由加子がヨネをいたわりながら、ゆっくり下りてくる。

路上。ヨネが不器用に車に乗りこみ、窓から顔を出す。

**宏**　行ってらっしゃい。気をつけて、帰る時は電話かけるんですよ、迎えに出るから。

ヨネ、見送る三人の顔をゆっくりと見つめる。

ヨネ　じゃあね。

運転手、車を出す。車の後ろ窓から手を振るヨネと、振り返る一成が見える。

**由加子**　おばあちゃん！

と、思わず走り出したタクシーを追う。

**由加子**　おばあちゃん！

追いかけてゆくが見る見る引き離される。

まだ全力で追う。

**律子**　由加子、危いわよ！

宏は手を振っている。
由加子、遂にあきらめ車は遠ざかる。

遊び場。

黄昏、静寂。公団内の遊び場で茂木と由加子が、かすかにきしむブランコに乗っている。二人の会話は画面に関係なくＯＮで聞こえている。

**茂木**　帰ってきても相変わらず公園でデートするだけなのかなあ、あの二人。そうだとするとまた、ぼくらは一緒に住めなくなる。いっそはじめっから地方で部屋を探そうか。大分部屋代が違うらしいから、かけ落ちって言葉はいやだけど、そんな形になると思うんだ。ユッカついてきてくれる？

由加子、答えない。

**茂木**　どこへ行ったんだい二人は？

由加子　知らないわ。
茂木　ええ？　どうしてさ。
由加子　言わないの。
茂木　聞かなかったのかい？
由加子　聞いたわ。
茂木　温泉場めぐりでもするんだろうな。
由加子　違うわ。
茂木　違うの？
由加子　違うのよ。

——間——

由加子　おばあちゃんがいなかったら、お父さんはこの世に生まれなかった。
宏　決まってるじゃないか。
由加子　おばあちゃんがいなかったら私もいなかったわ、ここでこうしてあなたと話をする事もなかったのよ。
宏　何だいそりゃあ、哲学してるのかい？

由加子のイメージ。フラッシュ。ロングで、ヨネと一成が荒涼とした雪山の斜面を頂上へと登ってゆく。青空が冷たく硬い。

遊び場。

由加子　分かってるつもりで、私達にはおばあちゃんの事、何にも分かってなかったんじゃないかと思うの。
茂木　そりゃあ、そういうもんだよ僕と君だって、まだまだ分かり合ってなんかいない。
由加子　そんな事とは違うわ！
茂木　そうかなあ。
由加子　あの二人はもう帰って来ないつもりなのよ。
茂木　え？
由加子　もう帰って来ないのよ。
茂木　じゃあ……
由加子　そうよ。

——間——

茂木　それはユッカの思い過ごしだと思うけどね。
由加子　それならそれでもいいわ。
茂木　どうして、もう帰って来ないと思うんだい？

由加子　私には分かるの。
茂木　何故さ。
由加子　おばあちゃんが〈じゃあね〉って言った時、私には分かったの。

——間——

茂木　お父さん達は？
由加子　思ってもみないでしょ、そんな事。
茂木　君は、おばあちゃんの事……
由加子　好きよ、大好きよ！

由加子のクローズアップ。
ヨネの編んだマフラーを首に巻いて、怒ったように口を結んでいる。

フラッシュ。ヨネと一成が雪山を一歩一歩登ってゆく。

遊び場。

由加子　あの二人があんなに幸せそうだったのは、二人にはもう未来が必要じゃなかったからなのよ。

　茂木のクローズアップ。表情を固くして、まっすぐ前を見詰めている。

**茂木**　だけど僕等には未来がある。

**由加子**　ええ、まだ何十年も。

**茂木**　（低く）畜生！

　茂木は突然、烈しくブランコをこぎ始める。

　カメラは徐々にズームバックする。由加子のブランコもやがて大きくゆれ始める。二人の表情は、もう分からない。夕闇にふたつのブランコがゆれているのが見え、そのきしみが聞こえるだけだ。

# テレビをめぐるエッセイ・詩

## テレビドラマ

'62-11

VOL.4 NO 11　芸術祭参加作品特集号 1

**Zoom-in**

谷川俊太郎

### 秋の陽の……

秋の陽の逆光の中に、ひとり立っている青年——そこには無限のドラマがかくされている。彼は英雄である必要はない、彼は被害者である必要もない、彼は彼でいい。

ドラマをでっちあげる必要はないのだ。ドラマを発見できる眼さえもつことができるならば、ドラマはわれわれの日常の中にある。死すべき者としての、われわれの日々にある。

そのようなドラマをつかみ出すことのできる文体を、テレビドラマもうそろそろ持ち始めていいのではないか。いつまでも田舎の老人のようにテレビを珍しがって、それを使い切ってしまえぬようでは困るのである。

必要なのは、現在のわれわれにとって何がドラマかという巨視的な視点である。

— 13 —

「秋の陽の……」(『テレビドラマ』1962 年 11 月号)

# 新しいイメージを

（『ＮＨＫ放送文化』一九五七年一一月）

テレビジョンというものには、どこかひどく可愛らしいところがあるような気がします。勿論今では、テレビも実験段階をとうに通り越して、ひとつの巨大な企業となり、マス・コミュニケーションの有力な手段と化しつつあります。そのシアリアスネスを疑う訳ではありません。しかし例えば、夕暮の街を歩いていて、とあるラジオ屋さんの店先などで、何台ものテレビセットが一斉にテストパターンなどをきらめかせているのを見たりすると、ぼくは何か微笑ましい気持になってしまいます。

おそらくぼくなどの一生かかっても理解出来ぬような沢山のもののつながりによって、そのテストパターンは、夕闇の中で輝いているのでしょう。複雑な電磁波の理論、何度も何度もくり返された実験（そのために一生を捧げた人だっているに違いない）、莫大なお金、それに続いて今度は電気のデの字も知らぬような政治屋さんやお金持たちが登場します。無数の取引、無数の宴会、テレビの発明に要したものの、おそらく数百倍ものお金、考え出せばきりがありません。しかしそれらすべての巨きさ、重さにもかかわらず、テストパターンはひどく明るく軽やかに、ちらちら、ちらちらと輝いているのです。

ぼくはそこにひとつの可愛い、子供っぽい夢だけを見ます。テレビジョン――遠く離れたものを見たいという夢、どんな子供でも一度は抱く千里眼の夢。テレビジョンとは、本質的にはその単純な夢の実現以外の何ものでもない、ぼくにはどうしてもそんな風に思えるのです。

この複雑な現代社会の中においては、物事を単純化しようという試みは、えてして失敗に終りがちです。だが人間というこの単純な動物は、複雑なものを何時までも複雑なままにしておくことにも耐えられません。一国の経済をあずかる大臣も、お腹をこわした後のおかゆと梅干に生きる喜びを感じることだってあるでしょう。ノーベル賞をもらった科学者にしても、彼の部厚い著書の頁の間に、浮気の相手の写真をかくしているかもしれません。生きることの単純な喜び、それ無しではどんな巨大な企業も、どんな複雑な理論も、無意味に等しいのではないでしょうか。そんな単純な喜びなど、もうこの現代には存在する余地がないとおっしゃる方もあるかもしれません。もしそうでも、その喜びへの努力と夢は残せる筈です。テレビジョンというこの巨大なメカニズムの中にだって。

あたり前な話ですが、テレビは機械です。それはそれ自体の魂なんてもっていない。それに魂を与えるのはわれわれ人間の筈です。テレビは、テレビだけでは何ものでもない。それは人間に奉仕することによって始めてテレビジョンの名に値するのです。それは、もともと、見るためのひとつの手段にすぎない筈です。テレビが見るのではない、我々人間が見るのです。

テレビセットが高価なせいもあって、日本ではまだ何かテレビジョンというものを意識しすぎるように思うのです。テレビジョンのもつ最も本質的でかつ最も単純な意味、つまり見えないものを見ることの意味、その軽やかさと可愛らしさ、そのどこかお伽話的な感じ、それを失いたくないと思います。もう十年もすれば、テレビなどラジオ以上に当り前のものになってしまって、どこを探してもお伽話的なところなど無くなってしまうに違いありませんが、その時にでもごく少数の人々、例えば子供たちや詩人たちの中の誰かが、ふとした時にそんな感じ方をしてくれないものでしょうか。

＊

見えないものを見る、これは実はもともとは詩人のビジネスなのです。歌の翼、想像力の雲にのって、詩人は数々のイメージをつくり出します。勿論それらをすぐにテレビカメラでのぞきこむという訳にはいきませんが。

ラジオの世界では、近頃、詩劇という言葉は一寸した流行語です。誰にでも聞くことの出来る音をそれらしく聞かせる、というところから脱して、人間の内面の声を純粋な形で発見してゆこうという動きではないでしょうか。いわゆる音響効果というものにしたって、今日ではもはや擬音というものは事実上存在しません。現実の音を真似るというよりも、ドラマ自身の必然性によって、音響効果は音楽と殆んど等価値の、いわば内面性をもって扱われるのが常識です。だから、そこで使われる音は、現実には無い音であることも多いのです。

ラジオがそのように、自らの音というものを一方で内面化してゆくのと同じように、テレビもそのイメージを、そういう方向に向けてゆく可能性が考えられないでしょうか？　そうなると、テレビジョンのテレ——遠く離れた、という意味も、必ずしも物理的な距離だけを意味しないようになります。それは幻——ヴィジョンというものがいつも人に対してもっている、あの神秘的な遠さそのものにもなる訳です。

見えないものを見るということの一つの面、すなわち、物理的な遠さによって見えぬものを見るのは、機械にまかせておけばいいのです。しかし、そのもう一つの面、いわば夢見る可能性、それは芸術の問題、とりわけ詩人たちの責任だと思います。

＊

だが、具体的に一体どういう仕事が可能か、それはまだ見当もつきません。別にテレビドラマの分野に限らないと思うのですが。

テレビを見るということは、映画を見ることよりは孤独ではないでしょう。真暗な大きなホールの中に坐って、両隣も前後も赤の他人、ちょっと咳でもすると忽ち叱られる、そんな映画館の中とは違って、テレビは晩御飯のあとの茶の間、家族が一緒に楽しむもの、或いは、喫茶店の中にしたところで、隣のテーブルのお客と顔を見合わせて笑うことも出来ます。テレビの方が映画よりはまだ人間的なところがあるようにも思えます。それは確かに、画面の大きさにも関係していることだと思いますが。

ぼくには映画の魅力は多く、その非人間的とも言えるスペクタクル性にあるようです。例えばシネスコの西部劇などを見る場合、その魅力の大半は、シネスコの大画面に写し出された西部の風土にあります。どんなに筋がやくざでも、ロケで撮ったものなら、ぼくは風景を見ているだけで退屈しません。テレビはそうはゆかぬようです。映画でいえば八ミリと同じことでしょう。おそらく当分の間、それはアップの技法で人間をみつめるという難しい途をゆかねばならぬ訳です。

テレビのそういう制約、それはしかし、制約であると同時に自由でもあると思います。というよりもむしろ、その制約を自由に転化するところにテレビの存在の意味がかかっているとも言えないでしょうか。

手近な例をあげれば、先日、『群衆の中の一つの顔』という映画を見ました。その中で主人公の田舎者が、初めてテレビに出演する場面が実に愉快でした。レンズをのぞきこむ、モニターをうつしてしまう、カメラに帽子をひっかける。テレビのことを何も知らないで滅茶苦茶をする、それが実に自由なのです。その主人公はラジオに出た時も同じ調子で、ミクサーに話しかけたり、マイクの前でパイを食べたり、勝手なことをするのですが、それを見て、ぼくは結局人間の魅力というものが最初にして最後だということを感ぜずにはいられませんでした。その人間というのは何も一人のタレントだけを指すのではありません。つまり、機械を超えた人間的なものの迫力、とでも言えばいいのでしょうか。

テレビの座談会などに出ると、腹立たしくなります。ベニヤ板のはげかかった壁に、紙の名画がかかり、こわれかかったフランス窓のむこうに、ニセモノの青空があります。出演者はみんな顔に愛想笑いをうかべて、カメラを意識しないようにとコチコチになる。上には何百キロワットの熱くてぎらぎらする照明、顔はドーランでこわばり、向うでは数十の眼がこちらをにらみつけている、そんな中で、自分の家の客間にでもいるみたいにふるまえと言ったって無理な話です。何故すべてをそう、まことらしくしなければならないのでしょう。スタジオの中は、スタジオの中にきまっているのです。大切なのは話をする人間なのだ。その人間をつかまえるのに最善をつくすべきです。そしてそのためには、その人間をもっと自由にさせるべきです。メークアップもやめ、マイクと口の距離も自由にし、ライトも自然な明るさにし、カメラは自由な位置でうつせばいい、話や表情が面白ければ、画面にどんなものがうつろうと、見る方は気にしないに違いありません。

テレビドラマでも同じことではないかと思います。機械を機械として使い切るだけの強さをドラマ自身が持っていること、それが結局一番大切なのではないでしょうか。言葉と表情と動きだけに頼る、最も古典的な仕方が、ここでもラジオの場合と同じく、詩劇というような形でよみがえってくるのではないでしょうか。

＊

技術の進歩は楽しみです。ヴィデオテープはあと何年位で実用になるのでしょうか、カラーテレビとヴィデオテープを組みあわせたら、おそらくアブストラクトや、ノンフィギュラティフの画家たちが黙っていないでしょう。超小型のウォーキイ・ルッキイを、任意の人のポケットに仕込んで「ある生活」を一人称で眺めたら、或いは月世界行無人ロケットの旅行を全世界にテレビ中継したら、等々夢はいくらでもひろがります。

だがテレビの未来に、手放しで楽観的になっている訳にもゆきません。『群衆の中の一つの顔』の主人公は、その強烈な魅力にもかかわらず、テレビゆえに滅んでゆきます。機械を統率することの出来る人間の強さ、それがますます必要になってくるでしょう。それはテレビだけの問題に限らず、これからの人間の文明すべてにかかわる問題に他ならないのですが。

われわれ詩人にも勿論大きな責任がある訳です。オーディオの分野で、例えばミュジックコンクレートが最新最高の電子技術を用いて、むしろプリミティヴな生命感を求めているように、ヴィデオの分野でも、技術の進歩を新しい表現の手段として使いこなし、今まで見たことのないような新しい人間的イメージをつくってゆきたいものです。

# メニューにない料理

（『テレビドラマ』一九六一年六月）

台本を書く前に、作曲の武満徹の家の二階の六畳のこたつで、和田勉と話しあった。彼は僕と武満とがあんまり暇そうなのはよくないといった。僕も武満も、別にちっとも暇ではなかったのだが和田勉にとってはその程度の忙しさではなまぬるく思われたらしい。

その時の話しあいで、私は和田勉は、一作で勝負はしないということを理解した。多忙なテレビ界にあっては、これは大変現実主義的な処世術であると同時に、テレビの存在の仕方を正統にふまえた上での、ひとつの新しい方法論でもある。

いわば現実のすべてをコンテクストとして作品を見、作品をつくってゆこうとする彼のやり方には、もちろん多くの批判の余地はあるけれども、彼がひとつの作品だけで作家を評価せず、むしろ、演出家と作家との連続した関係を重視し、戦線を築くようにテレビを創ってゆくことに、私は共感した。

彼にとっては、ひとつの作品とは、いわば両端の開放された一個の回路素子のようなものだろうと思う。それだけで閉じている回路は、人を感電させることが出来ないのだ。

今度の作品についていえば、これは内輪話的にいうと、作者と演出者とが、互いに互いを瀬踏みしているようなところがある。異質なもの同志の衝突を重視すると、和田勉はいっていたのだが、それは大層不徹底に終っている。

和田は、これが谷川俊太郎だというだろうが、私にいわせれば、この作品はせいぜい、谷田勉太くらいのところにすぎないので、これを見た人たちが、面白かったにしろ、面白くなかったにしろ、私は半分位しか責任が負えないのが、ひどくもどかしい。

演出や俳優の、こまかいところにも、いろいろ不満もあるし、また讃辞もあるのだが、そういうことをあげつらうのは、殆ど無意味と私は考える。テレビは動きに動いてゆくものであり、すべてとりかえしはつかないものである。和田勉との未来の仕事について考える方が、まだしもみのりがありそうだ。

未練がましいが、一言だけ自作について説明しておく。この「あなたは誰でしょう」は、ドラマとして発想されたのではない。実在の一人の人間をひっぱってきて、その人間のおかれているポジションに、いろいろな方向から照明を与えてゆく、一種の実況ヴァラエティのようなものとしてあたためていたものだ。

無理を承知でそれをドラマもどきにつくり上げたのは、私はテレビドラマのドラマツルギィを、大変アイマイモコとしたものと考えているからである。虚構も現実も、抒情も劇も、ニュースもドラマも、先ずいっしょくたにするところから始めたいと思っているからである。

# 創作ノート

（『テレビドラマ』一九六一年八月）

何年か前、この〈テレビドラマ〉に、書き下ろしを書いたことがある。テレビドラマを、先ず活字にして発表するからには、それは放送の不可能性をはらむものでなければ無意味だと私は考えた。雑誌〈テレビドラマ〉は、作品のマネージメントをする場ではないからである。放送可能な作品なら、放送されたものを見てもらわなければ困る。それがテレビドラマというものなのだから。

私はそうして一つの作品を書きあげた。自分にもよく分らぬところのある作品だった。ところが、それが殆ど事後承諾に近い形で、私に何の相談もないままに、或るテレビ局から放送されてしまったのである。私はびっくりした。大胆な本を書いたつもりだったから、日本のテレビもずいぶん進歩的になったという感嘆と、同時にそれを帯ドラマと変らぬお手軽さで、（事実は他の作品が間にあわなかったので、その穴うめとして使われた）放送してしまう、手早い曖昧さ（変なことばだが）への怒りとを私は感じた。

とまれ、〈書き下ろし〉の結果は、私にとっては好ましいものではなかった。こっちは石でつくったトーフを出したつもりなのに相手は噛みもせずにそれをのみこんで平然としているといったようなものであった。

これは私の個人的経験であって、だからといってすぐに書き下ろしを全面的に否定しようとは思わない。けれど私としては、テレビドラマを活字にするということを、むしろ記録として考えたい。少数のスタッフしか見ていなかった台本を、公衆の目にさらすことによって、そこにもう一度批評の成立する場をつくりたい。書き下ろしは活字下ろしでいい。

作家は台本を自分の作品であると信じ、それが残ると考えている。彼にとっては、放送されたのは、彼の作品のリアリゼーションの単なる一例にすぎない。

演出家は、放送されたものを自分の作品と信じ、それは行為の如く一回で終るものと考えている。彼にとっては、台本とは、彼の作品の不完全な複製の一例にすぎない。

テレビドラマの台本とは、この二つの立場からダイナミックに読まれるべきものだと私は考える。放送されたものが生きた裸体であるとすれば、台本はレントゲン写真のようなものだ。逆に台本を生きた裸体と考えれば、放送されたものは、それよりもずっと年老いた死体となる可能性もある。

もうひとつ、この本の場合でもそうだったが、時には作家にとって台本とは実にまどろっこしいものなのである。文字ではどうしても書ききれぬものがある。（小鳥のさえずりひとつだってそうだ）作家も演出はおろか、演技すらしなければならぬと感ずることがある。作家の未熟さの証拠でもあるけれど、そこに台本という形式のもつ決定的な限界もたしかにあるということを忘れたくない。

# 秋の陽の……

（『テレビドラマ』一九六二年一一月）

秋の陽の逆光の中に、ひとり立っている青年——そこには無限のドラマがかくされている。彼は英雄である必要はない、彼は被害者である必要もない、彼は彼でいい。ドラマをでっちあげる必要はないのだ。ドラマを発見できる眼さえもつことができるならば、ドラマはわれわれの日常の中にある。死すべき者としての、われわれの日々にある。

そのようなドラマをつかみ出すことのできる文体を、テレビドラマももうそろそろ持ち始めていいのではないか。いつまでも田舎の老人のようにテレビを珍しがって、それを使い切ってしまえぬようでは困るのである。

必要なのは、現在のわれわれにとって何がドラマかという巨視的な視点である。

# 詩

## さびしいアンテナたち

マイクの前でひとりの男が〈空〉と言うと
何十万もの山彦が国中に木魂する
だがそれは本当の声ではない
カメラの前でひとりの女がほほえむと
街角で何万もの幽霊がそれを真似る
だがそれは本当のほほえみではない

人々は男の声を聞いているが
男はひとりの答を聞かないから
人々は女のほほえみを見ているが
女はひとりのかなしみを見ないから
本当の声　本当のほほえみは
一人々々の心の奥にかくれているから

それ故不器用な巨人のようなアンテナたちは
今日も青空に高くしかもさびしげに
自らの孤独をかくして　傲っている

（『ＮＨＫ放送文化』一九五六年三月）

## 聞いて

イアホーンを耳につっこんで
ひとりでにやついているあなた
人工衛星はモロトフ氏の平和的カージナルスにおいて
四十万株裕次郎の寒冷前線がのど自慢のお古いところ
で一席スタンケントン出産
世界中の音が耳の中
小さな小さな地球で耳をふたして
あなたはつんぼでひとりぼっち

愛しているとささやくためには
どんな妨害電波を出せばいいの

（『ＮＨＫ 放送文化』一九五八年一二月）

## くりかえす

くりかえしてこんなにもくりかえしくりかえして　こんなにこんなにくりかえしくりかえし
くりかえして　くりかえしくりかえしつづけてこんなにもくりかえしてくりかえし　いくた
びくりかえせばいいのかくりかえす言葉は死んでくりかえすものだけがくりかえし残るくり
かえし　そのくりかえしのくりかえしをくりかえすたび　陽はのぼり陽は沈みそのくりかえ
しにくりかえす日々　くりかえし米を煮てくりかえしむかえるその朝のくりかえしにいつか
夜のくるこのくりかえしよ

云うな云うなさよならとは！
別れの幸せは誰のものでもない
私たちはくりかえす他はないくりかえしくりかえし夢みあいくりかえし抱きあってくりかえ
しくるよだれよ

もう会えないことをくりかえし
いつまでも会うくりかえし会わないくりかえしの樹々に風は吹き
今日くりかえす私たちの絶えない咳と鍋に水を汲む音
おお明日よ明日よ
何とおまえは遠いのだ

（『あなたに』東京創元社、一九六〇年四月）

## 遠さ

遠さはどこへいってしまったのか
ぼくらと見知らぬ国との間の遠さは
遠さはどこへいってしまったのか
ぼくらと野放図な夢との間の遠さは
遠さはどこへいってしまったのか
ぼくらを不可視なものから距てていた遠さは

ジェット機が遠さを殺す
テレビジョンが遠さを殺す
ぼくら自身の性急さが遠さを殺す
キロメートルでマイルで光年でパーセクで
ぼくらは遠さを計りつづけやがて忘れる
自分をとりかこむ計れない遠さを
目的地のない生きることの道のりを

（『ＮＨＫ放送文化』一九六一年九月）

# 収録作品解題

瀬崎圭二

## テレビドラマ・シナリオ集 1959（昭和34）年〜1974（昭和49）年

### 部屋

日本教育テレビ（NET、後のテレビ朝日）制作。一九五九年三月三〇日の二二時三〇分から二三時にかけて、「半常識の眼」シリーズの一編として放送された。谷川氏の記憶では、演出はご自身もしくは浅利慶太が担当したそうである。出演・水島弘、喜多道枝、ほか。底本は『荒地詩集』（荒地出版社、一九五八年一二月）収録の脚本に拠った。

### 顔又はドンファンの死

ラジオ東京テレビ（KRT、後の東京放送（TBS））制作。一九六〇年三月二一日の二二時から二二時三〇分にかけて、「慎太郎ミステリー　暗闇の声」シリーズの一編として放送された。演出・大山勝美。出演・西村晃、原泉、林孝一、ほか。底本は『テレビドラマ』（一九五九年九月）掲載の脚本に拠った。

### 死ぬ

北海道放送（HBC）制作。一九六〇年五月七日、北海道地域のみで放送された。放送当日の『北海道新聞』テレビ欄には、同番組の放送時間が一三時四五分から一七時三五分になっているが、『テレビドラマ』（一九六一年九月）掲載の脚本には三〇分のドラマという記載がある。演出・森開逞次。出演・HBC放送劇団、劇団さっぽろ、ほか。底本は『テレビドラマ』掲載の脚本に拠った。なお、脚本と共に森開逞次の「「死ぬ」の演出にあたって」も掲載されている。

## 電話

RKB毎日放送制作。一九六一年二月二七日の二二時三〇分から二三時にかけて、福岡地域のみで放送された。演出・谷川清明。出演・山田孝子、金井愛昭、ほか。底本は『テレビドラマ』（一九六一年二月）掲載の脚本に拠った。

## あなたは誰でしょう

NHK教育テレビ制作。一九六一年四月二九日の二一時から二一時四五分にかけて、「創作劇場」シリーズの一編として放送された。演出・和田勉。音楽・武満徹。出演・寺下貞信、富田恵子、早川保、ほか。底本は『テレビドラマ』（一九六一年六月）掲載の脚本に拠った。

## 愛情の問題

日本テレビ（NTV）制作。一九六一年七月三日の二二時三〇分から二三時にかけて、「愛の劇場」シリーズの一編として放送された。演出・せんぼんよしこ。出演・仲谷昇、大塚道子、筬田勝弘、ほか。底本は谷川氏所蔵の台本に拠った。

## 終電まで…

東京放送（ＴＢＳ）制作。一九六一年八月二六日の二三時一五分から二三時四五分にかけて、「恋愛専科」シリーズの一編として放送された。演出・岩崎守尚。出演・戸沢裕介、滝口恵子、ほか。底本は『テレビドラマ』（一九六四年四月）掲載の脚本に拠った。

## ムックリを吹く女

北海道放送（ＨＢＣ）制作。一九六一年一一月一二日の二一時三〇分から二三時三〇分にかけて、芸術祭参加作として放送された。演出・森開逞次。出演・大空真弓、木村功、広井隆、久米明、ほか。音楽・武満徹。底本は『シナリオ』（一九六一年一二月）掲載の脚本に拠った。

## りんご

ＮＥＴテレビ（後のテレビ朝日）制作。一九六二年二月九日の二一時から二一時一五分にかけて、「短い短い物語」シリーズの一編として放送された。演出・古谷寿里雄。出演・露口茂、加藤治子、大川温子。音楽・一柳慧。底本は『テレビドラマ』（一九六二年三月）掲載の脚本に拠った。

## 祭

北海道放送（ＨＢＣ）制作。一九六二年一〇月二六日の二〇時から二〇時五六分にかけて、芸術祭参加作として放送された。演出・森開逞次。出演・石崎二郎、黛ひかる、安田稔、日高澄子、笹川恵三、ほか。音楽・武満徹。底本は『テレビドラマ』（一九六二年一一月）掲載の脚本に拠った。

パーティ

ＮＨＫ教育テレビ制作。一九六二年一二月二二日の二一時から二一時四六分にかけて、「創作劇場」シリーズの一編として放送された。演出・関川良夫。出演・溝田繁、北村英三、美杉てい子、松岡与志雄、高桐真、ほか。底本は谷川氏所蔵の台本に拠った。その台本には別綴じで、三〇六頁の七行目より三〇七頁の七行目までの男客Ｂのセリフの差し替え訂正原稿があり、本文はその訂正を反映した。訂正前のセリフは以下の通り。

**男客Ｂ**　ぼくの知っている或夫婦のところに、腕のない赤ン坊が生れたんだ。例のサリドマイドを飲んでたらしいんだな。

男客Ｃの妙な顔……。

**男客Ｂ**　奥さんの方は、赤ん坊を殺そうと思ったらしい。だが、旦那の方は反対した。結局、二人で専門医のところへ相談に行ったんだ。そしたらそこの医者が、その腕がなくて、手だけが肩から生えている赤ん坊をじっと見て云ったというんだ。

男客Ｃジット見つめる。

**男客Ｂ**　「奥さん、あなたの赤ちゃんは、まるでかわいい翼をもった天使のようですね」って。奥さんはそのことばを聞いた瞬間に、自分が間違っていたことを悟ったそうだ。

男客C、薬を飲み終る。

女客A、相変らず一人で編物をしている。

男客B　ところが、その話が週刊誌なんかで紹介されて以来、サリドマイド畸形児のことを、みんなが、エンジェル・ベビイって呼び始めたんだ。ついこの間までは、アザラシ状畸型児とか、呼んでたのが、とたんにエンジェル・ベビイに豹変しちまった訳だ。ぼくはとてもいやな気がした。「天使のようですね」と、はじめて云った医者のことばには、現実を変えるだけの力があった。だけど、エンジェル・ベビイってことばには、もう虚偽と偽善のにおいがする（短い沈黙）。その夫婦は結局別れたよ。旦那の方が耐えきれなくなって逃げ出しちまったんだ。今じゃ奥さんは一人で天使を育ててる。

『悲劇喜劇』（一九六三年九月）に掲載された「パーティ」では、訂正前のサリドマイド児のエピソード、訂正後の百科事典のセールスマンのエピソード両方が、それぞれ別の男客によって語られる。なお、同誌掲載のものは大幅な改稿がなされている。

## じゃあね

NHK総合テレビ制作。一九七四年九月二三日の二二時一五分から二三時二五分にかけて放送された。演出・松尾武。音楽・星勝。出演・田中絹代、笠智衆、仲谷昇、原知佐子、野村けい子、望月太郎、ほか。底本は『いつだって今だもん　谷川俊太郎ドラマ集』（大和書房、二〇〇九年八月）収録の脚本に拠った。

## テレビをめぐるエッセイ・詩

### 新しいイメージを

『ＮＨＫ放送文化』（一九五七年一一月）掲載。

### メニューにない料理

『テレビドラマ』（一九六一年六月）掲載。「作品研究　あなたは誰でしょう」の一編。なお「作品研究　あなたは誰でしょう」には、このほかに、寺田信義「方法と疑問」、岡本愛彦「本年度の秀作」、和田勉「フレエムのかなたに」が寄せられている。

### 創作ノート

『テレビドラマ』（一九六四年四月）に「終電まで……」の脚本と共に掲載。

### 秋の陽の……

『テレビドラマ』（一九六二年一一月）の巻頭言「Ｚｏｏｍ――ｉｎ」として掲載。

### さびしいアンテナたち

『ＮＨＫ放送文化』（一九五六年三月）掲載。

### 聞いて

『NHK 放送文化』（一九五八年一二月）掲載。

### くりかえす

『あなたに』（東京創元社、一九六〇年四月）に収録。「あなたは誰でしょう」の中で、作中人物の詩人がこの詩の前半部分を朗読する場面がある。

### 遠さ

『NHK 放送文化』（一九六一年九月）掲載。

# 編集後記

六年ほど前から、テレビ放送が開始されて間もない頃の文学者とテレビとの関係について調査し始めた。その主な材料となったのが、一九五九年九月に創刊され、一九六五年一二月に休刊となった『テレビドラマ』という雑誌だった。この雑誌の誌面にはしばしば谷川俊太郎さんが登場し、テレビドラマの脚本も掲載されている。ならば、谷川さんに直接お話を聞いてみようと思ったことが、本書の出発点となった。

本書のタイトルともなった、谷川さんが和田勉と一緒に制作したドラマ「あなたは誰でしょう」は、ドラマを制作しているスタジオを俯瞰的に映すショットから開始される。セットも簡略化されており、それがつくられているものであることを自ら露呈するような映像になっている。作中人物である経済評論家の長広舌や、詩人による詩の朗読、詩「くりかえす」に呼応した物語の円環構造、「1＝∞」（1イコール無限大）のエンドパターンなど、様々な要素の混濁こそがこのドラマの特徴である。それは、現在の私たちが考えるテレビドラマとは異なる何かだ。それ故にこそ魅力的でもある。

本書は、その「あなたは誰でしょう」をはじめとして、谷川さんがかつて書かれた単発のテレビドラマ脚本を収録することを編集方針とした。企画を進める段階で、谷川さんが「愛情の問題」と「パーティ」の台本を保存しておられたことが分かり、それらを収録できたことは大きな喜びとなった。

今日の視点から見ると、脚本の表現や認識に多少の違和感を覚える読者もいるだろう。しかしそこには、脚本が発表された時代状況や、当時のテレビドラマの性質、テレビドラマという表現そのものが抱えている限界、制作側の要望などが関係していることも忘れてはならない。

脚本に対する評価や表現の吟味については読者に委ねるとして、最後に本書を実現させてくれた方々にお礼を申し上げたい。まず、谷川さんへのインタビューに際してご協力くださったナナロク社の川口恵子さん。それから、本書の出版元である、ゆまに書房の高井健さん。そして、何よりも著者である谷川俊太郎さんに改めて感謝を申しあげる。

二〇二〇年二月　　瀬崎圭二

著者紹介

谷川俊太郎（たにかわ・しゅんたろう）

1931年東京生れ。詩人。1952年第一詩集『二十億光年の孤独』を刊行。以来2500を超える詩を創作、海外でも評価が高まる。多数の詩集、散文、絵本、童話、翻訳があり、脚本、作詞、写真、ビデオも手がける。1983年『日々の地図』で読売文学賞、1993年『世間知ラズ』で萩原朔太郎賞、2010年『トロムソコラージュ』で鮎川信夫賞など。近作に『あたしとあなた』『バウムクーヘン』『普通の人々』など。

編者紹介

瀬崎圭二（せざき・けいじ）

1974年、広島県生まれ。同志社大学文学部教授。日本近現代文学・文化専攻。
近論に「佐々木基一の『テレビ芸術』とテレビドラマ　アクチュアリティの追求」（『転形期のメディオロジー 一九五〇年代日本の芸術とメディアの再編成』鳥羽耕史・山本直樹編、森話社、2019年9月）、「一九六〇年代初頭における寺山修司とテレビ—政治・土俗・大衆—」『人文学』第200号、2017年11月）、「和田勉の演出技法—芸術的テレビドラマの探求—」（『人文学』第199号、2017年3月）ほか。

# 谷川俊太郎　私のテレビドラマの世界
## ――『あなたは誰でしょう』

---

2020年3月25日　第1版第1刷発行

［著者］谷川俊太郎

［発行者］鈴木一行

［装幀］辻高建人

［発行所］株式会社ゆまに書房
〒101-0047　東京都千代田区内神田2-7-6
tel. 03-5296-0491 / fax. 03-5296-0493
http://www.yumani.co.jp

［印刷・製本］シナノ　パブリッシング　プレス


ISBN978-4-8433-5683-8 C0074
落丁・乱丁本はお取り替えいたします。定価はカバー・帯に表記してあります。